들꽃과 잡초 사이, 사람이 산다

들꽃과 잡초 사이, 사람이 산다

구재기 수필집

지은이 | 구재기
펴낸이 | 김명수
펴낸곳 | 도서출판 시아북(詩芽Book)
발행일 | 2022년 11월 30일

출판등록 | 2018년 3월 30일
주소 | 대전광역시 동구 선화로214번길 21(3F)
전화 | (042) 254-9966, 226-9966
팩스 | (042) 367-2915
E-mail | siabook@daum.net

값 15,000원

ISBN 979-11-91108-59-0(03800)

* 본 도서는 2022년 충남문화재단 의 후원으로 발간되었습니다.

상사화와 바랭이의 공존共存 공생共生의 모습은
결코 모르는 체만 할 수 없었다.

구재기 수필집

들꽃과 잡초 사이
사람이 산다

시아북
詩芽BOOK

『들꽃과 잡초 사이, 사람이 산다』를 펴내며

첫 수필집을 낸다. 그런데 막상 '수필집'이라 하여 앞글로 삼아 몇 자 덧붙여 써보려 하니 뭐라고 시작해서 어떻게 끝내야 할지 모르겠다. 적이 망설여진다. 아니 수필이라 하니 뭐라 할 말이 없다. 대체 수필이란 무엇일까? 아니 나에게 수필이란 무엇일까? 그러하거니와 수필집이라고 해야 할까, 아니면 아무 말도 내놓지 말아야 할까, 자꾸만 어떻게 해야 할까까지도 망설여진다. 수필을 '붓 가는 대로 쓰는 글'이라 하고들 있지만, 어디 붓 가는 대로 써지는 것일까. 수필이라고 쓰는 데 어디 단 한 번만이라도 붓 가는 대로 써왔던가. 또 수필이란 '자신의 경험이나 느낌 따위를 일정한 형식에 얽매이지 않고 자유롭게 기술한 산문 형식의 글'이라고 정의되어 있지만 단 한 번도 자유롭게 기술한 적이 없다. 한 편의 수필을 쓰기 전에는, 한 편의 수필을 쓰기 위하여 어떻게 써야 할까에 대하여 이리저리 생각하면서 겨우겨우 한 편 한 편씩 써오지 않았던가.

시로써 쓰지 못하다가, '수필'이라고는 생각조차 하지 않고 있으면서 이따금 쓰기 시작한 글이 수필집 몇 권의 분량만큼 모아져 있는 것을 어느 날 문득 알아차리고는 이렇게 한 권의 수필집으로 모아보기로 한다. 그러다 보니 무엇인가에 이리저리 생각의 굴레를 원으로 굴려 제 자리 걸음을 해온 모양새들이 대부분이다. 특히나 고향집을 리모델링하고 나서 〈산애재蒜艾齋〉라 이름 하여 붙인 이후, 들꽃 몇 포기를 심고, 나무도 심고, 좋아하는 시 몇 편 찾아 돌에 새겨 세운 사이로 봄·여름·가울·겨울을 보내면서 그래도 '사람'으로 살아가고자하는 작은 멋을 느끼는 가운데 때때로 미운 잡초에게도 모자람 없이 정을 내어줌은 물론 지나는 바람결에도 이마의 땀을 씻게 되는 일 등을 어줍은 수필 둥지에 함께 하게 되었다.

　일단의 이야기들을 한 울타리 안에 밀어 넣고 산애재의 뜰로 내려서니, 마악 외출에서 돌아오는 작은 바람결에 풋내가 물씬 묻어나온다. 몇 걸음 할 요량의 틈을 얻은 셈이다.

2022. 11. 15.

산애재蒜艾齋에서

구재기

차례

제2부 봄맞이 두 꽃

제3부 자생목自生木 엄나무

맨 처음 산애재에 나무 몇 그루를 심을 때는 모든 나무들이 제 모습 제 뜻에 따라 각각 자라나면서 자연스럽게 서로서로 조화를 이루어 주기를 바랐다. 그러나 그게 아니었다. 점점 시간의 흐름에 따라 나무들은 나무들 끼리끼리 다툼을 불러들였다. 바람을 불러 소리치면서 서로의 고유 영역을 뛰어넘기에 예사로웠다.

제1부

붉은 단풍잎 하나

봄꽃을 맞으며

　드디어 봄꽃이 피기 시작한다. 그 동안 추위와 봄볕과의 힘겨운 싸움이 계속 되더니 어느덧 한겨울의 꼬리격인 추위가 마침내 아예 꼬리의 꼬리조차 내던져버리고 사라진 듯하다. 갑자기 온 누리가 변하고 있다. 사실 하루하루 다르게 변하는 둘레의 풍광은 실로 놀랄 만하다. 아무리 인간사 살아가는 곳에서는 미세먼지처럼 흐릿한 정신까지 희뿌옇게 잡쳐버리게 하지만 계절의 변화는 굳이 옛과 오늘을 분별하지 않고 여전함을 보인다. 지난해의 변화도 그렇고, 오늘날의 변화 과정 또한 마찬가지이다. 살아생전 해마다 찾아오되 변하지 않는 과정을 보여주는 계절이기 때문에 아무리 귓불이 아려지는 겨울이 와도 손톱밑이 포근해지는 봄을 인간으로 하여금 희망으로 확신하게 하고 있는지 모른다.

산애재蒜艾齋에서 이런 봄을 암시라도 하는 듯 가장 먼저 피는 꽃은 잎 하나도 보이지 않고 있는 듯 없는 듯 홀로 피어나는 관동화款冬花이다. 둘레에 꽃 한 송이 보이지 않고 홀로 피어나니 자칫 외롭기도 하겠지만, 아무런 이파리 보이지 않고서도 아직도 남아 있는 겨울 속에서 홀로 피어나기 때문에 여느 꽃보다도 반갑기만 하다. 일명 '땅머위'라고도 부르는 이 관동화는 겨울의 맹추위에도 아랑곳하지 않고 12월에서 1월 사이 그 땅을 뚫고 올라와 노오란 꽃송이를 활짝 터뜨린다. 이름부터 얼음을 가른다는 뜻으로 봄을 알리는 꽃 중 하나로 유명한 야생화가 관동화이다. '관款'이란 '정성'과 '성의'요, '사랑하다, 두드리다'의 의미이거니와 겨울을 두드려 피워내는 이 꽃이야말로 쉽게 세파世波에 흔들려 가늠하지 못한 채로 살아가는 인간들에게 어떻게 살아가는 것인지를 올바르게 보여주는 본보기의 꽃이라 하겠다.

관동화에 이어 봄으로 가는 산애재의 길에서는 복수초와 영춘화, 산수유, 홍매와 청매, 수선화, 튤립 등등이 피어나는가 하면 지면을 송두리째 덮어버리는 지면 패랭이꽃이 한창이다 보면 어느덧 지상에는 봄꽃들의 세상이 된다. 화려하다 못해 현란하기까지 한 갖가지 색깔의 철쭉을 불러들이면서 봄은 절정에 이르게 되고, 복사꽃, 살구꽃, 사과꽃, 배꽃들도 내 건너 산기슭을 봄으로 완전하게 치장해낸다. 참으로 봄의 심장에 깊숙이 빠져들면 빠져들수록 아름다움의 극치를 보여주고 있거니와 봄은 인간들에게 아름다움을 통한 삶의 방향을 바르게 제시해주고 있는 이정표상里程標像이라 하겠다. 백년춘색百年春色이라고, 오랫동안 변함없는 아름다운 봄빛이야말로 인간들이 추구해야할 삶의 지표가 아니겠는가. 서정주의 산문시「상리과원上里果園」에서 봄을 맛보기로 한다.

꽃밭은 그 향기만으로 볼진대 한강수漢江水나 낙동강洛東江 상류와도 같은 융융隆隆한 흐름이다. 그러나 그 낱낱의 얼굴들로 볼진대 우리 조카딸년들이나 그 조카딸년들의 친구들의 웃음판과도 같은 꾕장히 즐거운 웃음판이다. / 세상에 이렇게도 타고난 기쁨을 찬란히 터트리는 몸뚱아리들이 또 어디 있는가. 더구나 서양에서 건너온 배나무의 어떤 것들은, 머리나 가슴패기 뿐만이 아니라 배와 허리와 다리 발꿈치에까지도 이쁜 꽃숭어리들을 달았다. 멧새, 참새, 때까치, 꾀꼬리, 꾀꼬리새끼들이 조석朝夕으로 이 많은 기쁨을 대신 읊조리고, 수십 만 마리의 꿀벌들이 왼종일 북치고 소고치고 마짓굿 울리는 소리를 하고, 그래도 모자라는 놈은 더러 그 속에 묻혀 자기도 하는 것은 참으로 당연當然한 일이다. / 우리가 이것들을 사랑하려면 어떻게 했으면 좋겠는가. 묻혀서 누워 있는 못물과 같이 저 아래 저것들을 비취고 누워서, 때로 가냘프게도 떨어져 내리는 저 어린것들의 꽃잎사귀들을 우리 몸 위에 받아라도 볼 것인가. 아니면 머언 산山들과 나란히 마주 서서, 이것들의 아침의 유두분면油頭粉面과, 한 낮의 춤과, 황혼의 어둠 속에 이것들이 잦아들어 돌아오는 아스라한 침잠沈潛이나 지킬 것인가. / 하여간 이 하나도 서러울 것이 없는 것들 옆에서, 또 이것들을 서러워하는 미물微物 하나도 없는 곳에서, 우리는 섣불리 우리 어린것들에게 설움 같은 걸 가르치지 말 일이다. 저것들을 축복祝福하는 때까치의 어느 것, 비비새의 어느 것, 벌 나비의 어느 것, 또는 저것들의 꽃봉오리와 꽃숭어리의 어느 것에 대체 우리가 항용 나직이 서로 주고받는 슬픔이란 것이 깃들이어 있단 말인가. / 이것들의 초밤에의 완전 귀소完全歸巢가 끝난 뒤, 어둠이 우리와 우리 어린것들과 산과 냇물을 까마득히 덮을 때가 되거든, 우리는 차라리 우리 어린것들에게 제일 가까운 곳의 별을 가리켜 보일 일이요, 제일 오래인 종鐘소리를 들릴 일이다.

이 시작품에서 '봄'은 인간구원의 빛이 된다. 봄철 과수원의 만발한 꽃의 정경으로부터 순진무구한 자연의 아름다운 모습을 바라보고는, 마침내 생동감 넘치는 과수원의 찬란한 희열 세계에 빠져들지 않을 수 없는 봄, 그래서 결코 인간은 자연과 함께하되 합일할 수 없는 인간의 한계를 느끼지 않을 수 없다. 그러하거니와 봄은 멀리해야 할 설움의 인간사로부터 기쁨과 행복이 충만한 세상에 대하여 소원하며 살아가게 하는 것이 아닐까. 현실을 극복할 꿈과 지혜로 인간 구원의 방향을 모색하도록 해주는 이 시작품을 통해서 어쩌면 허무적이고 비극적인 현실로부터 벗어나〈상리과원〉과도 같은 기쁨 충만한 미래 지향적인 아름다운 삶을 추구하며 살아가야 할 것임을 말해주고 있는 듯하다.

봄이 오면 "갑자기 거리는 온갖 빛깔로 단장되고 어디선지 끊임없이 물이 흐르는 소리가 나고 눈부신 신록이 마치 베일을 벗듯이 벗겨져 나오고 회색이던 햇빛은 황금색을 띠게 되고 연옥색 하늘에서는 한 달 동안 구름이 덮이지 않고 밝고 빛나는 날씨가 계속된다."(전혜린의 『그리고 아무 말도 하지 않았다』에서)

그래서일까, 봄은 하루가 다르게 나날이 익어간다. 무르익어 갈수록 아름다움을 더해간다. 그런 봄의 모습을 바라보다가 문득 인간사에 두 눈을 돌리고 나면 갑자기 씁쓸해지는 마음은 또한 어쩔 수 없다. 익어갈수록 아름다움이라는 진면목을 보이는 봄과는 다르게, 익어갈수록 아름다움을 보여주기는커녕 점점 진부해져가는 인간들을 만나고 나면 봄을 맞는 것도 때로는 인간으로서의 죄스러움을 가지게 된다. 그러나 정치政治 군상群像들의 추잡한 꼴을 바라보며 살아가는 가운데 이 나라 이 땅에서 나날이 익어가는 봄의 아름다움을 바라볼 수 있다는 것이 얼마나 다행스러운 일인가? 익어갈수록 변하지 않는 아름다움을 보여주는 봄이 찾아오고 있어 내 나라 내 땅은 그래도 살만한 세상이 된다.

(2017. 03. 23. 목)

덜꿩나무 옮겨심기

산애재蒜艾齋의 나무들 중 아끼는 나무 중의 하나에 '덜꿩나무'라는 게 있다. 이 나무에는 봄철 꽃을 피울 때는 온통 하얀 꽃송이를 매달아 놓고 있어 나무의 잎보다는 꽃만 보이게 한다. 그냥 꽃송이만 보이고 있는 셈이다. 특히나 개화 기간이 길어 오래도록 그 모습을 보이고 있으니 다른 어느 나무보다 나에게 돋보인다. 뿐만 아니라 꽃송이가 처음에는 눈부신 흰색이지만 차츰 시간이 지나면 조금은 붉은 빛을 띠기도 하여 보기에 아주 좋다. 그러하거니와 해마다 찾아오는 봄에 이 덜꿩나무를 관심 있게 바라보는 것은 나에게 있어 지극히 정상적인 일인지 모른다.

그런데 이 나무에 이상한 기운이 감돌고 있다는 것을 감지하게 되면서 걱정이 앞서게 되었다. 해마다 꽃피는 모습이 점점 쇠

약해져 갈 뿐만 아니라, 나무의 기운 또한 점점 약해지고 있다는 것이 느껴졌다. 그래 덜꿩나무 바라보기를 하늘을 먼저 보고 땅을 굽어보기를 거듭하였다. 덜꿩나무의 수세樹勢가 해마다 점점 약해지고 있는 원인 규명에 나선 것이다. 그러다가 알아낸 것은 두 가지 원인, 즉 하늘과 땅에서 찾을 수 있었던 것이다.

덜꿩나무가 이고 있는 하늘을 바라보다가 그에게는 하늘의 일부를 잃어가고 있다는 것을 알아내었다. 반송 때문이었다. 반송이 자라기 전에는 그런 일이 없었는데, 점점 자라나면서 덜꿩나무의 그늘받이가 되어 있는 것이다. 언젠가 귀동냥으로 들은 바에 의하면 소나무에서는 자체의 보호본능으로 자신이 서 있는 자리에 독을 뿜어 다른 식물이 자라나지 못하도록 한다는 것이다. 물론 이러한 보호본능은 다른 식물에게도 있다고는 하지만 유독 소나무가 더 그렇단다. 정확한 귀동냥인지는 모르겠지만 그것이 바로 피톤치드phytoncide라나? 피톤치드를 마시면 스트레스가 해소되고 장과 심폐 기능이 강화되며 살균 작용도 이루어진다고는 하지만, 아무튼 이 관송 때문에 덜꿩나무는 치명타를 입고 있음은 물론이요, 자신의 하늘 일부까지 점점 더 잃어가고 있음이 분명했다.

또 하나의 원인으로는 굽어본 땅에 있었다. 다른 곳보다 습기가 많다는 것이다. 나무나 야생화에게는 그 자람에 있어 치명적인 것은 역시 습기라 한다. 식물에게는 무엇보다도 물관리를 우선해주어야 한단다. 물관리만 잘해주면 어떠한 식물도 잘 자라날 수 있단다. 그럼에도 불구하고 그 동안 습기 많은 자리에서 묵묵히 꽃을 피워왔으니 덜꿩나무가 겪은 시련을 어찌 다 말 할 수 있으리오. 자세히 살펴보니 덜꿩나무의 몸체에 푸른 이끼가 슬어있는 것도 비로소 눈에 띄었다.

이렇게 원인 분석을 하고나니 그 동안 약해지는 수세로 한 해 한 해 살아오면서 덜꿩나무가 얼마나 고생을 하였을까 하는 생각에 참 미안하기도 하였다. 어서 옮겨 주어야지, 옮겨주어야지, 거듭으로 마음하고는 좋은 날을 선택하였다. 올 2월 중순의 어느 햇볕 좋고 따뜻하기가 무척이나 봄날을 옮겨놓은 듯한 날이었다. 우선 경계목을 구하여 평지보다 조금 높게 덜꿩나무를 옮겨 심을 곳에 둘레를 만들고는 삽과 전지가위와 뿌리가 떨어져 나가지 못하도록 단단히 묶을 끈도 준비하였다.

삽을 들어 덜꿩나무의 둘레를 천천히, 조심조심 파 내려갔다. 그런데 뜻밖의 일이 벌어졌다. 아무리 조심스러이 흙을 파내려가도 흙을 감싸 안고 있는 잔뿌리가 전혀 보이지 않았다. 제법 굵은 뿌리 몇 만이 끝을 보여주지 않은 채 흙속으로 한없이 뻗어나간 것이다. 미리 준비한 끈을 사용해볼 겨를도 없이 덜꿩나무는 뿌리의 모든 걸 보여주었다. 감싸 안은 잔뿌리고 뭐고 어찌할 수 없이 모든 걸 그대로 보여주었다. 하는 수 없이 전지가위로 굵은 뿌리 몇 적당한 부분을 잘라낸 후에 온갖 정성을 다하여 '덜꿩나무 옮겨심기'를 무사히 마쳤다. 그러나 마음은 영 개운하지 않고 떨뜨름하여 온통 덜꿩나무 생각뿐이었다.

설상가상雪上加霜으로 2월이 다 가기 전에 덜꿩나무에는 견디기 어려운 일이 닥쳐왔다. 아, 나의 어둔함의 곁치기로부터 온 꽃샘추위, 무서울 정도로 동장군의 칼날은 날카로웠다. 급히 짚을 구하여 뿌리부분을 감싸 주었다. 바람에 지푸라기 한 올이라도 날아가 버릴까 염려하여 돌로 눌러주기도 하였다. 조금이라도 날씨가 풀리면 몸체가 마르지 않도록 부지런히 온몸 샤워도 시켜주었다. 물을 주더라도 지나치면 미처 벋어내지 못한 뿌리가 썩어버리지는 않을까 염려하여 겉흙이 마르지 않을 정도로만 뿌려주었다. 옮겨 심은 덜꿩나무에 베푼 나의 정성은 그것이 모두였다.

그러나 아무리 정성을 다하여도 되살아날 기미가 보이지 않았다. 거의 매일이다시피 덜꿩나무 둘레를 맴돌았다. 때때로 아프지 않을 정도로만 나무 가지의 끝을 잘라보니 아직 물기가 남아 있어 살아날 것이라는 희망도 잃지 않았다. 그렇게 꽃샘추위의 2월도 보내고, 3월의 꽃샘추위도 넘기까지 발걸음을 재촉하여 살펴보기를 거듭하다보니 어느덧 4월 중순의 어느 날에 이르렀다. 나무의 끝가지에 조금은 푸릇한 기운이 매달려 있는 것이 보였다. 어? 살아나는 거야, 너무 반가워 큰 소리로 외치고 싶었다. 그렇다. 덜꿩나무는 드디어 살아난 것이다.

한 번 살아나는 기미를 엿보이던 덜꿩나무는 하루가 다르게 놀라울 만한 속도로 푸르러져 갔다. 그리고는 어느 날, 하나, 둘, 꽃송이를 보이더니 이제는 완전한 꽃나무가 되었다. 아, 드디어 덜꿩나무가 살아났구나. 나의 나무에 대한 무지無知와 성급함에서 온 어리석음을 뚫고, 온몸으로 온갖 고통을 견뎌내고 살아준 덜꿩나무의 모습은 나에게 고고孤高한 교목喬木과 다름이 없다.

일찍이 F. 카프카는 사람에게는 두 가지 큰 죄가 있으며, 다른 죄는 모두 이 두 가지 죄에서 나온다는 것이거니와 그것은 곧 '성급함'과 '게으름'이라고 하였다. 덜꿩나무를 앞에 둔 나에게 딱 맞는 말이었다. 사람은 성급하였기 때문에 낙원에서 쫓겨났고, 게으르기 때문에 되돌아가지 못한다고 덧붙였다. 나는 성급함 때문에 시기時機도 모르고 덜꿩나무를 옮겨 심고는 마음 아파하였으며, 게으르기 때문에 미리 나무의 성질을 파악하지 못한 채 약해질 대로 약해지도록 관송 밑 습기 찬 땅에 방치(?)한 것이었다. 그러나 무엇보다도 덜꿩나무에 대한 나의 어리석음은 성급함 때문이라 하겠다. 나날이 약해져가는 나무를 구하겠다는 일념만으로 성급함을 불러들여 시도 때도 모르고 선뜻 서둘러 삽을 들었고, 그 성급함 때문에 자칫 영원히 복귀할 수 없는 아픔을 간직할 뻔하였다. 덜꿩나무 한 그루를 옮겨 심다보니 성급한 것은 분명 어리석은 자의 가장 큰 약점이라고 생각하게 되었다.

(2017. 06. 01. 목)

포포나무 열매맛을 보며

　몇 년 전에 포포나무 한 그루를 얻어 심었다가 올해 처음 열매 맛을 보았다. 지난해 처음 포포나무에 꽃이 피었을 때의 그 모습은 정말 신기하기만 하여 꽃핀 채 그냥 그대로 있기만을 기다렸으나, 마침내 열매가 열렸을 때에는 신기함 때문에 더욱 그랬다. 그도 그럴 것이 그 꽃송이의 모습이나 열매 맺은 모습이 이제까지 전혀 보지도 못하였을 뿐만 아니라 내 상상의 꽃과 열매 모습까지도 완전히 빗나가게 하였기 때문이었다. 늘어지는 잎은 넓고 긴 타원형인가 싶더니 끝이 뾰족하고 길이가 무려 30㎝에 이르는 넓은 잎도 잎이려니와, 자주색 꽃은 무엇이 그리 부끄러운지 아니면 지나친 수줍음 때문인지 고개 한 번 들지 아니한 채 푹 숙이고 있어서 사진기 속으로 끌어 들이는데도 적지 않은 수고로움을 주기도 하였다. 그런데 어느 사이 꽃잎은 사라지고 꽃잎 진 자리에 무엇이 그리 궁금한 것이 많은지 작은 고추같은 것을 쏘옥 내밀더니 으름열매 같은 것이 서너개씩 송이 지어 열매로 맺혀주는 것이 아닌가? 너무 신기하고 반가웠다. 그렇다. 난생 처음 보는 것이라서 그런 게다. 무엇이든지 처음은 마냥 신기하 고 반갑고 신선하고 정결하기 마련이다. 자못 긴장감을 느끼게 도 한다. 차츰차츰 크기를 더해가는 포포 열매는 나날이 새로운 느낌을 주기에 충분하였다.

처음 포포나무의 열매를 맞은 것은 지난해의 일이었다. 포포 나무 열매가 익는 날을 소리 없이 기다렸다. 그러다가 어느 사이 포포나무 열매 몇 개가 땅에 떨어진 것을 보게 되었다. 처음 열 리고 처음 익어가는 열매라서 소중히 아끼고 아껴 좀 더 익을 때 까지 기다려 보자고 마음한 것이 그만 따낼 시기를 놓치게 하여 너무 익어버린 나머지 그대로 떨어지고 만 것이다. 그대로 떨어 졌을 뿐만 아니라 땅위에서 아예 썩어버리고 말았다. 아까운 마 음도 마음이려니와 너무 안타깝기만 하였다.

올해 다시 포포나무에 열매가 맺혔다. 물론 지난해보다 많은 양의 열매를 맺어주었다. 몹시 반가웠다, 너른 잎새 뒤에 숨어 있기만 하여 이따금 포포나무 잎을 들추며 열매의 안부를 물었 다. 잎새를 들추며 바라보는 재미도 솔솔했다. 그러나 포포나무 는 나를 기다리지는 아니했다. 제 스스로 자라나고 제 스스로 열매를 익혀갔다. 어느 날에 익어갈 것인가를 말하지 아니하고 내 스스로 포포나무의 잎을 들추어 상황을 살펴볼 때에서야 익는 정도를 알려주곤 하였다.

그러다가 어느 날 문득 포포나무 밑에 열매 두어 개가 떨어진 것을 보게 되었다. 아뿔싸! 내가 그만 자리를 비운 사이 익어버리고 있었구나, 급한 걸음으로 포포나무에게 다가가서 너른 잎을 들추었다. 푸르디푸른 포포열매도 있었지만 어느 사이 노랗게 열매껍질이 변해가는 것도 있었다. 푸른 열매 또한 은근 슬쩍 만져보니 말랑말랑한 느낌을 주었다. 이미 익기 시작한 것들이다. 먼저 노랗게 열매의 겉껍질이 변한 것부터 조심스럽게 손을 내밀어 따 내렸다. 쉽게 따졌다. 만져서 말랑말랑해진 것도 몇 개 겸하여 따 내렸다. 그러나 나머지 짙푸르고 탄탄한 것은 며칠 후에 다시 따내기로 하고 젖혀진 잎새를 손에서 풀어주었다.

익은 포포열매를 반으로 쪼개었다. 진노란 열매껍질이 쉽게 칼을 맞으면서 핑크빛 속살이 고스란히 드러났다. 망고를 먹을 때처럼 티스푼으로 조금 퍼 올렸다. 그리고 조금은 설레는 마음으로 입속에 넣고는 오물거렸다. 이제까지 맛보아왔던 과일맛과는 전혀 다른 색다른 맛이었다. 망고맛이 나는 듯했다. 그러다가 잠시 고개를 갸웃거렸다. 전혀 감을 잡을 수 없는 맛이었다. 바나나 맛이 아닌가? 아무튼 망고맛보다는 좀 밍밍하고 바나나맛보다는 감칠맛이 덜했다. 아무튼 전혀 색다른 맛이었다. 그런데 굵은 씨앗이 많이 나왔다. 감씨보다 조금 더 굵은 씨앗이 짙은 흙갈색을 띠면서 열 개 가까이 나왔다. 난생 처음으로 맛본 포포나무 열매맛이었다. 기대한 것만큼 좋은 맛은 아니었으나 처음으로 맛볼 기회를 가졌다는 것이 나에게는 작은 기쁨이 되었다. 하마터면 지난해처럼 열매를 아끼다가 따낼 시기를 잃어버린 채로 썩히지 않은 것만으로도 다행이라 생각되었다.

"과일은 설익은 채로 따서도 안 되지만, 그렇다고 내버려 두어 썩혀서도 안 된다."는 독일의 정치가이며 총리였던 W.브란트(Brandt, Willy, 1913~1992)의 말이 생각났다. 그는 동방정책(Ostpolitik, 오스트폴리티크)을 펼치면서 독일 통일의 밑거름 역할을 톡톡히 해왔다. 한때 유대인 게토 봉기 희생자 추모비 앞에서 무릎을 꿇고 조의를 표함으로써 '잃어버린 영토 회복을 포기한, 조국의 배신자'라고 정치적 공격을 받기도 했던 진정한 심미안을 가진 정치인이자 독일을 진정으로 사랑한 애국자로서 독일 통일의 디딤돌을 마련해 놓은 것이다. 그는 서독 수상 당시 소련과의 불가침 조약에 조인하고 나서 바로 과일을 따 내릴 시기가 언제인가를 가장 잘 헤아린 것이다.

원래 이 포포나무는 미국의 원산으로 대서양 연안에서 북쪽으로 뉴욕 주까지, 서쪽으로 미시간과 캔자스 주에 이르는 지역에 분포한다. 키가 12m까지 자라며, 악취를 풍기는 5cm의 자주색 꽃은 잎이 나오기 전 봄에 피어난다는데 악취는 전혀 느끼지 못하였다. 또한 열매는 변종에 따라 크기·성숙시기·맛 등이 다양하단다. 이 나무의 열매를 만지면 피부 반응이 일어나는 사람도 있단다. 포포나무 열매를 맛보면서 새로운 나무라는 걸 처음 알게 된 것이다. 겨울에는 완전히 잎을 떨어뜨린 채로 추운 겨울도 잘 넘기고 있으니 더욱 새롭다. 포포나무 열매를 처음 따서 맛보면서 새삼 과일이 따 내릴 때를 잘 헤아릴 줄 아는 지혜로움을 가져야겠다는 생각을 해본다.

(2017. 08. 13. 일)

물때를 기다리며

산애재蒜艾齋의 야생화 사이에서 잡초를 뽑아내다가 문득 재미있는 이야기를 떠올린다. 얌체 같은 쥐들이 당하는 꼴이 얼마나 통쾌한가. 멀리 북부 아일랜드 지방의 이야기이다.

북부 아일랜드 도네가르 지방의 여러 섬에 번져 있는 쥐들은 먹이를 찾아서 곧잘 바닷가까지 몰려나온다고 한다. 바닷가에 이르기까지 출렁거리던 물결이 물러나가는 썰물 때에 이르면 쥐들은 기다렸다는 듯이 바닷가로 몰려 나간다. 그리고 물이 없는 바닷가에서 모래땅을 돌아다니면서 굴을 찾는다. 대부분의 굴들은 물이 빠져나가면 껍질의 반쯤을 열고 있는데, 쥐들은 바로 벌어진 그 틈을 이용한다. 즉 반쯤 열린 굴의 껍질 속에 쥐들이 주둥이를 밀어 넣는다. 속에 든 굴을 꺼내 먹으려는 것이다. 그러나 주둥이가 굴의 입속으로 들어오는 순간, 굴은 기다렸다는 듯이 껍질을 앙 다물어버린다. 쥐들은 굴을 먹기는커녕 꼼짝없이 주둥이를 굴에 물리고 만다. 주둥이가 물린 채로 요동을 치면서 굴로부터 벗어나려 몸부림한다. 그러나 아무리 몸부림하여도 굴은 쥐를 문 껍질을 열지 않는다. 쥐와 함께 뒹굴면서, 굴은 어서 물이 들어오기만을 기다린다. 마침내 밀물이 들어오고 굴은 쥐를 문 채 물속으로 들어간다. 얼마 안 있다가 쥐들은 참으로 어처구니 없게스리 굴의 밥이 되어버린다.

가만히 생각해보면 꼭 산애재 곳곳에 돋아나고 있는 잡초들이 이 도네가르 지방의 쥐들과 닮았다. 처음 흙속에서 돋아날 때에는 야생화인지 풀인지 잘 구분이 안 된다. 잡초고 야생화고 모두 어린 새싹은 예쁘고 앙증맞고 귀엽기만 하다. 그래서 어릴 때에는 모든 풀들이 잡초라 생각하고 함부로 뽑아낼 수가 없다. 또한 갓 돋아나는 풀잎라서 약하기도 하지만 너무 작으면 잡아 뽑을 재간이 없다. 어느 정도 자라나면 풀잎을 잡고 뽑아내는 수밖에 없다.

그러나 어느 사이 야생화보다도 엄청 빠르게 자라나면서 잡초는 제 습성을 드러내고 만다. 차츰 자라나면서 야생화와 잡초는 점점 제 본연의 모습을 조금씩 드러내기 시작하는 것이다. 자람의 속도만 보더라도 야생화보다 잡초가 빠르다. 자라날수록 야생화는 잡초들의 기세에 눌려 자람의 속도가 줄어든다. 그러하거니와 어느 정도 자라는 시각에 이르러서 잡초를 뽑아내야만 야생화가 제대로 자랄 수가 있다. 기회를 놓치고 나면 그 왕성하게 자라난 잡초에 겨우겨우 몸을 옹크리고 있는 야생화까지 뽑아내는 우愚를 범하게 될 수도 있다. 근본적으로 따져본다면야 야생화도 일종의 잡초이기는 하지만 주인인 내가 기르고자 하는 땅에서 제멋대로 돋아났으니 사실 원하지 않는 잡초는 잡초일 수밖에 없는 노릇이다. 부지런히 잡초를 뽑아내야만 야생화의 그 순박하고도 나긋나긋한 향기를 맛볼 수 있게 된다.

지나친 비약인지는 몰라도 잡초를 바라보면 꼭 정치를 앞세워 정치를 그르치는 정치인을 보고 있는 것만 같아 씁쓸하기만 하다. 정말로 잡초라면 이러한 정치인들을 잡초 뽑아내듯 송두리째 뽑아내고 싶지만 어디 세상이 그리 호락호락한가. 다 때를 기다려야 겨우 기회를 획득할 수 있으니 말이다.

처음 정치는 귀를 의심할 겨를도 주는 일도 없이 여리고 귀엽고 깜찍하고 앙증맞은 모습의 목소리를 들려준다. 일순 들어주는 귀를 아름답게 해준다. 그러나 일단 뿌리를 내리고 나면 단단하게 흙을 움켜쥐고 마구 흔들어대는 특성을 가진 것이 잡초이다. 잡초의 그런 습성을 가지게 되는 모습이 또한 정치인의 모습이기도 하다. 세상을 흔들어대고 싶은 욕망을 끊임없이 이루기 위하여 처음에는 여리고 곱고 아름답고 귀여운 새싹을 들어내고 그것을 밀어 올리다가도, 뿌리는 보이지 않고 거칠세 자라나서야 비로소 엿보이는 잡초 들. 그 잡초는 잠시도 쉬지 않고 끊임없이 자라나면서 제 세상을 만들기 위하여 온갖 술수를 다 부린다.

제우(帝禹, 기원전 2070년경)는 중국 고대의 전설적인 군주로 하나라의 창시자이다. 우는 인덕을 가져 사람들에게 존경받는 인물이었다. 또 탁월한 정치 능력을 가지고 있었다. 그러나 그럼에도 불구하고 스스로를 자랑하지 않았다. 구년 홍수 때에 우임금은 치수治水를 하느라고 천하를 돌아다니는 데 자기 집 앞을 세 번이나 지나면서도 들어가지 않았다 한다. 또 옛 순임금은 물정을 보려고 스스로 독장수가 되어 깨진 독을 지고 "깨진 독 사시오!"하고 외치면서 돌아다녔으나 아무도 깨진 독을 사주는 사람은커녕 의심하는 사람이 많았다. 그래서 다음에는 성한 독을 지고 돌아다니면서 "성한 독을 사시오"하니 백성들이 아무런 의심을 하지 않았다고 한다. 김동명金東鳴은 "무릇 정치 행위란 어떠한 경우에든 결국 그 사람의 인격의 반영 이외의 딴 것일 수는 없다. 나쁜 사람은 나쁜 정치를, 좋은 사람은 좋은 정치를 하기 마련이다. 우매한 인간에게서 현명한 정치를 바란다거나, 무지한 자에게서 지혜로운 정치를 기대한다는 것은 인과법리因果法理에 어긋나는 턱없는 욕심일 뿐이다"라고 그의 「장관론長官論」에서 말한다.

    올해의 날씨는 유별하다. 한창 극심한 가뭄에 농사포기 직전에 이르게 하더니, 폭염과 국지성 폭우에, 그리고 잦은 비와 햇살이 잡초가 잘 자라나기에 꼭 알맞다. 마구 잡초가 자라난다. 그러나 그 잡초 속에서도 아무런 힘도 없는 야생화는 여전히 가녀린 꽃을 피우곤 한다. 그리고 지나는 바람에 향기로운 꽃송이를 흔들면서 잡초와 같은 정치가 아니라 잡초를 심판해줄 현명한 정치를 기다리고 있을 것이다. 마치 도네가르 지방 해변의 굴처럼 입속에 주둥이를 집어넣은 쥐들을 멋지게 심판해주는 물때를 침묵으로 기다리듯이

(2015. 08. 18. 월)

상사화相思花가 살아있다

　　폭염 속 한여름에 경북 문경의 김룡사金龍寺를 찾았을 때 상사화꽃이 한창인 것을 보았다. 그 순간 산애재의 상사화를 떠올렸다. 어? 산애재에는 아직 꽃대조차 올라오지 않았는데? 생각해보니 문경이 산애재보다 위도 상 훨씬(?) 아래에 위치해 있기 때문에 그 온도 차이로 그런 것이라 여겼다. 그러나 올 같이 전국 어디에서건 푹푹 찌는 듯한 무더운 여름날에도 기온 차이로 인하여 꽃이 피고 안 피고 있다는 건 있을 수 없는 일이라 생각하며 김룡사의 상사화를 열심히 카메라에 담아왔다.

　　산애재에 도착하자마자 상사화부터 찾았다. 그러나 꽃대는 고사하고 덕지덕지 뿌리를 서로 움켜잡고 흙덩이 위로 심하게 솟아나 있는 모습만을 보였다. 그러하거니와 겉으로 드러난 알뿌리들의 겉껍질이 모두 썩어 있는 것처럼 보였다. 무척이나 마음이 아팠다. 굳어버린 나의 표정을 살피던 아내가 핀잔하듯 말을 건네왔다.

– 그러니까 미리미리 알뿌리 쪽을 분리하여 심어놓았으면 괜찮았을 것 아네요?

아내의 말이 백번도 맞는 말이었다. 오래전에 상사화 뿌리를 색깔별로 골고루 구해다가 심어놓고 해마다 피어나는 그 아름다운 꽃모습만 바라보며 즐거워했고, 지나가는 사람조차 불러들여 보여주곤 하였는데 알뿌리 쪽을 분리하여 심을 생각은 전혀하지 못해왔다. 아니 생각은 하였던 적도 있었으나 영 그렇게 하기가 귀찮아서 그냥 내버려 두어온 터였다. 노랑상사화, 진노랑상사화, 흰상사화, 그리고 붉은 상사화 등등 연분홍상사화에서 연분홍꽃만을 보아왔다가 갖가지 색깔의 상사화 꽃이 있음을 알고는 인터넷으로, 혹은 저 멀리 전남에까지 가서 구해온 상사화인데, 결국 나의 게으름이 한 몫 단단히 상사화를 전멸시키는 것이 아닌가?

무척이나 염려하면서 상사화 한 뿌리 한 뿌리를 쪽으로 분리하였다. 그러면서 살펴본 결과 상사화의 알뿌리는 하나도 썩지 않고 싱싱하였으며, 오직 흙을 밀고 겉으로만 들어나버린 것임을 알았다. 그런데 왜 꽃대가 올라오지 아니했는지 도무지 이해가 되지 않았다. 그냥 한 해 더 놓아두어도 꽃은 필 수 있지 않을까 하는 생각이 들기도 하였다. 그러나 그 동안 얼마나 긴 세월 동안 방치하면서 꽃만을 탐하여 왔던지 붇과 두 덩치에서 분리한 상사화 알뿌리가 제법 큰 대야에 가득 차고도 남았다.

아침부터 검은 구름이 몰려왔다가 몰려가고를 되풀이하면서 심심찮게 비를 뿌리던 날씨라서 상사화 알뿌리를 심어가는 데는 마음부터 몹시 급하기 시작했다. 하늘을 한 번 바라보고 흙을 파고, 알뿌리를 집어넣고 흙을 덮는 동안 급한 마음에서 벗어나기란 그리 쉽지만은 아니했다. 부지런히 흙을 파고 심기를 거듭하고 있는데, 아, 참으로 다행이다 싶게스리 그제서야 비가 내리기 시작했다. 이럴 때 비로소 하늘의 도움을 받았다는 말을 실감했다. 상사화 곁을 떠나면서 잠시 나의 「상사화相思花」라는 시를 떠올렸다. 그리고 상사화 뿌리를 심은 자리를 되돌아보면서 지난날의 가슴 아픈 그리움을 가슴 깊이에서 끄집어냈다.

내 너를 사랑하는 것은/ 너와는 전혀 무관한 일이다// 지나는 바람과 마주하여/ 나뭇잎 하나 흔들리고// 네 보이지 않는 모습에/ 내 가슴 온통 흔들리어// 네 또한 흔들리리라는 착각에/ 오늘도 나는 너를 생각할 뿐// 정말로 내가 널 사랑하는 것은/ 내 가슴 속의 날 지우는 것이다

— 졸시〈상사화相思花〉 전문

상사화의 전설을 상기하려는 듯 상사화 알뿌리를 분가해놓고 외출에서 돌아와 닷새 만에 산애재를 거닐다가 문득 연분홍상사화 꽃이 무리지어 피어있는 것을 보았다. 어? 상사화가 피었다? 문득 나의 두 눈을 의심했다. 분명 피어있었다. 옮겨 심지 않은 상사화에서는 작년이나 오늘이나 같은 모습으로 그 청초하고 아름답고 가녀리고 연약한 꽃대를 불쑥 드밀고는 그 끝에 아름다운 꽃송이를 매달고 있었다. 아, 상사화 알뿌리는 썩지도 아니하고 죽지도 아니하면 얼마나 좋을 것인가. 그러다가 바로 5일 전쪽 나누기를 하여 옮겨 심은 다른 상사화의 안부가 궁금했다. 한여름의 나무가 우거질 대로 우거진 초록 짙은 나무 밑으로 천천히 발걸음하여 상사화가 심겨진 곳으로 옮겼다.

놀랍게도 불과 5일 전에 옮겨 심은 상사화는 이곳저곳에서 꽃대를 들어 올리고 있었다. 참으로 놀라운 일이었다. 불과 옮겨 심은 지 딱 5일인데, 거처를 옮겨 미처 뿌리조차 내리지 못하였을 시간인데도 그렇게 멀쩡하게 살아 있음은 물론이요, 그 연약하고 가녀려서 안쓰럽도록 아름다운 꽃대를 밀어 올렸다.

그리고 보니 나의 염려와는 다르게 상사화 알뿌리는 죽어있지 아니한 것이었다. 겉모습만 그러하였을 뿐이지 알뿌리는 그대로 살아있어 죽은 듯 모양을 한 채로 내심 꽃대를 올릴 준비에 만전을 기하고 있었던 것임에 틀림없다. 상사화로서의 가장 어울리는 적기에 멈춤 없이 꽃대를 뽑아 올렸다. 그렇다, 바로 상사화는 내가 죽어있다고 생각하였던 그 순간에도 옮겨 심은 가장 큰 악조건조차 얼버무린 채 꽃을 피우기 위하여 저리도 예쁜 꽃 대를 내밀고 있는 것이다. 하 장하고도 신기하여 발걸음을 멈추 었다. 멀리서 먹구름이 건너오고 있음에도 예쁜 상사화 꽃대를 물끄러미 바라보았다, 상사화에 얽힌 전설 속 그리움을 아픔으 로 꺼내면서.

(2017. 08. 19. 토)

붉은 단풍잎 하나

산애재의 나무 몇 그루에 끝내 전지가위와 톱을 대고 말았다. 전지剪枝에 대한 작은 상식조차 잘 모르면서 손을 대기까지에는 너무 많은 시간이 흘렀다. 하루 이틀 생각한 것이 아니었다. 그렇다고 몇 주 동안 생각한 것도 아니고 몇 달 동안을 생각한 것도 아니었다. 무려 이삼년을 두고 쭈욱 생각해온 터였다. 그러는 동안에 나무는 나무대로 나의 마음을 아랑곳하지 않고 제멋대로 자라났다. 직간直幹은 하늘 높은 줄도 모르고 쭉쭉 치솟아 올라 그늘을 만들었다. 그 바람에 씨 뿌리는 야생화에게는 그늘만 두터워졌다. 키 큰 나무의 그늘로 인하여 보기 좋은 관목灌木들의 모양새도 허기虛飢지고 말았다.

하는 수 없이 전지가위와 톱과 사다리를 준비하였다. 이런 결심을 하게 된 것이 이삼년 전부터 계속되어온 터라 나로서는 어려운 일이었다. 그렇다고 전지 전문가를 모시고 전지해낼 일도 아니었다. 나무가 그리 값비싼 나무도 아닐 뿐더러 굳이 그렇게까지 해서 산애재의 나무와 함께 한다는 것은 나로서는 허락되지 않는 일이었다. 내 손으로 가꾸어 온 나무들을 다른 사람의 손에 맡겨 키운다는 생각은 전혀 해본 적이 없었다. 좋으나 나쁘나 내 손으로 내가 내 나무를 키운다는 마음으로 지금까지 야생화와 나무 몇 그루와 함께 살아왔으며, 그렇게 어언 10여년을 함께 해왔기 때문이기도 하였다. 다만 지금 나무를 잘라야 되는지 전지의 시기만을 전문가에게 묻기로 하였다.

맨 처음 산애재에 나무 몇 그루를 심을 때는 모든 나무들이 제 모습 제 뜻에 따라 각각 자라나면서 자연스럽게 서로서로 조화를 이루어 주기를 바랐다. 그러나 그게 아니었다. 점점 시간의 흐름에 따라 나무들은 나무들 끼리끼리 다툼을 불러들였다. 바람을 불러 소리치면서 서로의 고유 영역을 뛰어넘기에 예사로웠다. 푸른 하늘 아래에서 서로가 치솟아 오르기를 경주하기도 하고, 보이지 않는 땅속에서조차 서로의 질긴 뿌리를 휘감아 돌고 있는 암투暗鬪를 보이기까지 했다. 그래도 그 수많은 나무들 중에서 선택하여 올곧고 바르게 서로 조화를 이루며 자라나기를 바라는 마음으로 선택하여 심어놓은 나무들인데 이제와서는 전혀 딴 세상을 이루고 있지 아니한가?

드디어 10월의 끝 무렵 전지를 하기로 결심했다. 전지하기에 좋을 때라 했다. 전지할 나무들을 바라보았다. 한 잎 두 잎 제 빛깔로 물들기 시작하던 여러 나무들이 하루가 다르게 많은 잎을 떨어뜨리기 시작했다. 처음에는 한 잎 두 잎 떨어져 제법 조락凋落의 정취를 맛보게 하더니, 하루, 이틀, 사흘, 시간이 지남에 따라 맞게 된 뜨락의 아침은 온통 낙엽의 세례로 가득했다. 한 잎 두 잎 떨어뜨리는 나무에 전지가위를 댄다는 것은 어쩌면 너무 잔인한 일인지 모른다는 생각이 들었다. 좀 안쓰럽다는 느낌이 들었다. 사다리와 전지가위와 톱을 든 발걸음을 잠시 멈추고는 나무들을 바라보았다. 그것은 연민의 정을 뛰어 넘기 전 전지할 나무들에 대한 최소한의 예禮를 갖추는 일이기도 했다.

전지하는 데 어려운 나무는 당연히 관목灌木보다는 교목喬木이었다. 관목은 키 낮은 곁가지가 많아 일정한 모양새를 이루기에 편했다. 그러나 교목은 하늘을 향하여 치솟아 오르는 직간으로부터 곁가지를 늘어뜨리기 때문에 모양새를 종잡을 수가 없었다. 섣부른 작업으로 가장 위험한 일이 전지하는 일이라고 하지만, 직간을 잘라내고 키 낮은 교목(?)으로 키우기 위해서는 직간부터 잘라내야만 했다. 우선 밑에서 나무 전체를 바라보면서 직간을 잘라냈을 때의 나무 모습을 상상해보았다. 수많은 곁가지 중에서 무엇을 잘라낼 것인가도 그려보았다. 나름대로 잘 그려졌다. 그렇지 그렇게 잘라내면 멋질 거야- 라는 생각에 스스로 만족하며 사다리를 나무 곁에 세웠다.

전지가위를 호주머니에 집어넣고 톱을 걸머지고 나무 위로 올라갔다. 그리고 하늘까지도 호령하려던 직간을 서슴없이 잘라냈다. 우지직, 하늘로부터 꺾어져 내리는 소리가 자못 컸다. 그러나 일시에 푸른 가을 하늘이 훤해졌다. 그 동안 나무의 그늘 아래에서 신음하고 있던 경사진 언덕의 꽃잔디 무리의 환호성이 들리는 듯했다. 온 누리에 새로운 공간이 생겼다. 비어지니 세상이 그만큼 더 넓어졌다. 나무의 굵은 어깨 아래서 숨죽이고 겨우겨우 자라나던 관목들도 한숨을 돌렸다. 지나던 바람소리도 한층 낮아지는 듯했다. 그런 그림을 그리면서 전지가위를 꺼내어 쓸데없는(?) 잔가지까지도 잘라냈다. 그리고는 사다리를 타고 가볍게 지상으로 내려왔다.

전지한 나무를 바라보면서 조금 조금씩 거리를 두고 뒷걸음질했다. 그리고 전지한 나무의 모습을 천천히 살펴보았다. 그러나 다음 순간, 아뿔싸! 전지하기 전 상상만으로 그려보던 나무의 모습과는 전혀 딴판이었다. 달라도 너무 달리 보였다. 갑자기 손에 쥐고 있던 소중한 것을 한꺼번에 잃어버린 기분이었다. 그러나 어찌할 도리가 없었다. 이미 나무는 잘려져 나갔다. 보이지 않았던 하늘에 짙은 구름떼가 머물러 있었다. 지나던 바람에 노랗게 물들어가던 나뭇잎을 툭, 툭, 연하여 떨어뜨렸다. 그때였다. 길을 가던 다정한 이웃이 한 마디 던져주었다.

"언제 또 전지 기술까지 익히셨대요? 전지 기술 익히기가 굉장히 어렵다는데?"

순간 내 얼굴이 확 달아올랐다. 붉은 단풍잎 하나 내 얼굴로 확, 끼얹듯 날아드는 기분이었다.

(2017.10.31.화)

가장 긴 기다림

어느덧 봄의 꼬리가 보이기 시작한다. 봄을 가장 먼저 알려주었던 관동화는 이미 씨알에 날개를 달아 새로운 거처로 옮겨 갔고, 영춘화가 진노랑 꽃잎을 너무나 쉽게 버리는가 했더니 꽃자리마다에 연초록 어린 잎을 슬그머니 내밀고는 이제는 열심히 초록빛을 길러내고 있다. 아, 그 귀엽고 깜찍한 봄맞이꽃은 꽃자루 끝에 하얀 꽃송이를 수없이 매달아놓고 봄을 마음껏 즐기는 모습이 너무나 앙증맞아 영원한 봄인 줄 알았다. 그러나 이제는 영영 봄 속에 묻혀 사라질 시각을 기다리고 있다.

모든 산애재의 야생꽃들이 지난겨울 혹독하게 몰아치던 시간들을 소리 없이 견디어 낸 까닭은 모두 다 봄을 기다려 왔기 때문이었다. 그러나 막상 봄을 맞고 보니 이렇게 쉽사리 봄을 보내게 될 줄을 어느 봄꽃인들 짐작하고 있었으랴 싶다. 그렇다. 봄은 맞아 즐기는 가운데에 있는 것이 아니라 가장 긴 기다림에 있는 것이 아니겠는가. 봄을 즐기는 시간은 짧고 봄을 기다리는 시간은 언제나 길다.

지난겨울은 유난히도 추웠다. 그렇게 잘 돌아가던 보일러도 어느 날 갑자기 회전을 멈추고 말았고, 아차, 하는 순간 비워놓은 양변기 도기도 얼어 터져버렸다. 작은 연못 〈기수연지沂水蓮池〉의 물도 꽁꽁 얼어붙자 제 멋을 부리며 유영하던 금붕어들이 순식간에 사라져버렸다. 미처 챙기지 못한 나무들도 겨울을 벗어나지는 못했다. 지난 가을 잎을 떨어뜨린 가지 끝에 한 두 대의 꽃봉오리를 이슬방울처럼 매단 채로 겨울을 맞던 삼자닥나무를 굳이 외면하고서도 염치 불구하고 봄을 맞아 향기로운 꽃 피우기만을 기다렸다가, 뒤늦게 얼어버린 것을 알고 제발 살아만 있어달라며 때도 없는 기도부터 시작해야 했다. 그만큼 봄을 기다리는 마음은 기도해야할 정도로 간절하기만 했다. R. W. 에머슨은 봄철의 모든 신앙은 사랑으로 연결된다고 말하였지만 봄은 가장 긴 기다림의 기도에서부터 연결되는 것이 아닌가 생각하게 한다.

봄을 맞아 관동화가 피고, 성질 급한 민들레가 피고, 울타리에 매달린 영춘화가 피게 되면서 산수유, 진달래, 개나리가 연신 피고 나면 마침내 목련도 서서히 봄으로 무르익어갈 때가 된다. 바로 이때의 봄을 가장 긴 기다림으로 맞았다. 지난겨울 내내 여기 저기로 벋어나간 가지 끝에 수없이 많은 꽃봉오리를 맺은 채로 그리 지독한 추위를 묵묵히 견디어 낸 황목련이 올해 처음으로 피어날 것이기 때문이다. 도대체 황목련의 꽃빛깔은 어떠할까, 황목련의 향기는 어떠할까, 황목련의 꽃핀 모습은 어떠할까 등 등, 온갖 기다림 속에서 그려보는 하루 이틀 사흘… 초초한 마음 을 다독여야 했다. 그리고 마침내 한 송이, 두 송이, 세 송이… 피어나는 시각을 맞게 되었다. 그러나 꽃샘추위가 밀려오겠다 는 아침 뉴스를 들은 아침에는 초초해지고 말았다.

꽃샘추위 예보가 있던 날은 내내 그런 대로의 봄이었다. 그러 나 오후가 되면서 점점 되돌아오기 시작하는 겨울이 다시 겨울 로 깊어가는가 싶더니 밤이 어둠속으로 들어서자 그만 겨울은 깊어질 대로 깊어지고 말았다. 창밖으로는 한겨울의 어둠이요, 몸짓으로는 한겨울의 칼바람이 보이는 듯하였다. 칼바람은 간 간히 문풍지를 울리기까지 했다. 어둠 속에 묻혀 한창 몸부림 중 일 황목련의 가여운 모습이 두 눈 앞에 환하게 나타나는 듯했다.

하룻밤의 꽃샘추위는 봄 속의 긴 겨울이었다. 다음날이 밝아 오자 어둠을 내몰던 아침햇살은 여느 봄날처럼 눈부시게 매끄럽 고 부드러웠다. 서둘러 밖으로 나가 황목련 앞으로 다가섰다. 황 목련이 가지마다 꽃봉오리를 매단 채 어제와 같은 모습으로 멀 쩡하게 서 있었다. 반가웠다. 정말 반가웠다. 뛸 듯이 기분이 좋아졌다. 과연 겨울을 이겨낸 당당함과 그 보람이 황목련에게 있었던 것이었다.

봄의 아침이 천천히 흘러감에 따라 햇살은 더욱 봄다워지기 시작했다. 그런데 이게 웬일인가? 봄햇살이 점점 다사로워지기 시작하면서 황목련의 그 소담하였던 빛깔이 점점 변해가고 있지 아니한가? 손길이라도 닿으면 흔들려버리고 말듯이 조심스럽기만 하던 노릇노릇 마알간 빛깔이 점점 짙어져 가더니 오후에 이르러서는 흙빛깔로 변해져 버리고 말았다. 축 늘어뜨리고 말았다. 겨울의 혹독한 추위도 잘 견디어왔던 황목련도 그만 꽃샘추위 앞에서는 꽃송이를 늘어뜨리고 만 것이다. 봄을 맞아 소담한 꽃잎을 마음껏 피우려했던 가장 긴 기다림의 소망도 결국 이렇게 좌절되고 말았다.

겨울에서 봄으로 가는 길은 무한하였다. 끝이 보이지 않았다. 손등에 내려앉는 햇살에 봄인가 했더니 어디에 숨어 있었는지 갑작스럽게 몰려온 겨울의 칼날이 알종아리를 타고 기어오르곤 하였다. 도저히 종잡을 수 없는 겨울과 봄 사이였다. 그런 가운데 가장 긴 기다림은 항상 존재하였다. 그만큼 더 간절하기 마련이었다. 그래서인지 가장 긴 기다림에는 언제나 아픔이 있었다. 아픔이 있는 것이 곧 삶이 아닐까, 그 아픔은 즐거운 삶의 초석이 되었다. 황목련의 내년을 가장 긴 기다림으로 또다시 시작해야 할까 보다.

봄은 / 즐기는데 있는 것이 / 아니라, 생애 중 / 가장 긴 기다
림에 있다// 지는 봄꽃을 보면서 / 봄 속에 묻힐까 / 차마 두렵다

(2018. 05. 02. 수)

잡초와 야생화 사이

장마와 함께 찾아든 태풍 쁘라삐룬이 우리나라의 영향권 밖으로 밀려나면서 눈부신 햇살이 산애재에 가득 차오르자 잡초들은 마냥 신명이 나 있다. 더더욱 한 일주일쯤 산애재를 비워둔 뒤라서인지 잡초들은 제 세상을 만난 듯 방아개비 등을 잔뜩 불러들여 마음껏 숲을 이루고 있다. 그리도 무성하고 아름다운 꽃을 피우던 야생화들은 숨도 못 쉬고 온몸을 옹크리기에 여념이 없다. 따지고 보면 똑같은 잡초임이 분명하지만 야생화라 이름하고 나니 왜 그리도 왜소해지고 허약하고 나약해져 있는지 알 수가 없다. 잡초 사이에 있는 둥 마는 둥 얼굴조차 못 들고 옹크려 있는 모습이 초라하기 이를 데 없다. 그 모습을 바라보고 있자니 야생화 편인 나는 그만 화가 치밀어 잔인하게 잡초를 움켜잡는다. 하지만 잡초들은 그리 호락호락하게 뽑히지 않는다. 그 많은 실뿌리로 단단하게 흙을 붙잡고 있으니 한 줌 이상의 흙까지 묵직하게 뽑혀 나올 뿐만 아니라 끝내 흙에서 벗어나지 않은 채로 잎부분만 뜯겨주기가 예사였기 때문이다. 잡아 뜯길지언정 뿌리만은 양보할 수 없다고 외쳐대는 듯하다. 그들이 본래 태어나고 자란 터전이니만큼 어느 날 갑자기 야생화란 이름으로 생전 듣지도 보지도 못한 풀이 제 자리를 차지하고 온갖 귀여움을 혼자 받고 있다는 데에 화가 치밀어 해대는 무언無言의 주인에 대한 분풀이인지도 모른다.

다 뽑고 나서 뒤돌아서면 다시 자라난다는 잡초를 말하니 어느 지인 중의 한 사람이 잡초도 야생화이니 그냥 그대로 자라는 대로 놓아두라고 말하기도 하였다. 그러나 그 말이 틀려서가 아니다. 왠지 한가로운 소리를 한다는 한 마디 말대꾸는 끝내 속마음으로 감추고 말았다. 그렇다. 야생화는 내 뜻에 따라 자라주고 꽃을 피워주지만, 잡초는 내 의도와는 전혀 인연하지 않는다. 제멋대로다. 그야말로 내 뜻대로 자라나서 꽃 피워주는 야생화를 제쳐놓고 잡초는 제멋대로 보다 빨리 자라나고 종자를 퍼뜨린다. 뿐만 아니라 나의 정성이 담긴 소중한 야생화까지에 이르러 그 생명을 위협하고 있다.

지인의 말대로 본래 야생화도 잡초이겠지만 일단 야생화라는 이름으로 자리를 해주고 나면 본래의 잡초는 여지없이 그 둘레를 에워싸고 덤벼든다. 잠시 고개만 돌리면 야생화는 간 곳이 없어지고 잡초만이 무성해진다. 어느 원로 시인께 이런 말씀드리자 '야생화는 인간이 기르고 있지만 잡초는 하느님이 기르고 있다. 그러므로 사람인 시인으로서 잡초를 감당하기란 그리 녹녹하지 않다'라는 답을 주신다. 옳으신 말씀이다. 멋진 시 한 구절을 던져주신 셈이다. 참 멋지다. 장마를 지나 태풍이 지난 자리에서 무성히 돋아나는 잡초야말로 하느님의 뜻에 따른 것이니만큼 어느 정도 잡초를 뽑아내라는 하느님으로부터의 허락을 받아내기로 하자. 그리고 여름을 지나, 가을을 지나, 겨울을 맞기로 하자. 그때에 이르면 하느님은 내 뜻대로 모든 걸 하락할 것이다. 그러나 아무리 마음하여도 야생화라는 이름에는 어느 정도 한정이 있지만 잡초라는 이름에는 영영 끝이 보이지 않는다.

아무리 네 잎 토끼풀이 행운을 가져온다고 하였지만 소중히 다듬어진 잔디밭에서 자라나는 토끼풀은 잔디밭을 망가뜨리는 천적天敵의 잡초임에 틀림없다. 1910년대 우리나라가 일제의 식민지가 되면서부터 어느 해보다 많이 피어났다고 하여 '망할 망亡' 자를 넣어 '개망초'라 부르게 되었다는, 민족 역사의 슬픔이 배어 있는 개망초도 잡초다. 그 수도 헤아릴 수 없을 만큼 자라나는 잡초들을 바라보면서 나는 문득 '나'라는 존재를 생각해보았다.

마디풀 방동사니 여뀌 미나리아재비 아기똥풀 곰보배추 수
영 소리쟁이 한삼넝쿨 박주가리… 들을 / 모조리 뽑아내고 보니
/ 이적지 잊고 지내왔던 / 너른 땅이 나타났다 // 개망초 씀바귀
고들빼기 바랭이 쐬뜨기 강아지풀 쇠비름 매듭풀 땅빈대 가막
살이… 들로 전혀 / 구분되어지지 않았던 이 지구의 땅 / 아무
것도 없는 / 천체로 되돌아 왔다 // 처음도 없고 끝도 없는 / 지
구의 땅 한가운데 / 나는 나에게로 돌아와 / 홀로, 우뚝 서 있다

　　　　　　　　　　　　　　— 졸시 「존재론存在論」 전문

　　부모님이 남겨주신 시골집에 '마늘과 쑥의 집'이란 뜻으로 '산
애재蒜艾齋'라는 당호堂號를 붙이기 전에는 물론 잡초 같은 것은
전혀 생각지도 못하였다. 잡초가 얼마나 존재다운 존재인가를
농부의 아들로 태어나서 익히 알고는 있었지만 객지에서 주로
40여년 간 교직에 머물러 있었던 터라 직접 '하느님의 잡초'에 대
하여서는 마주하지 못하였기 때문이다. 그러다가 10여전 전부
터 텃밭을 일궈(?) 화단을 만들어 정원수를 심고, 많은 야생화를
심고, 존경하는 선배시인들의 친필시비도 세우고 다듬다 보니
자연스레 잡초와의 마주하는 일이 다반사로 이루어졌다.
　　오늘도 호미를 들고 전지가위를 들고 밖으로 나간다. 발걸음
이 옮겨질 때마다 발밑의 질척한 땅에서는 끊임없이 잡초의 씨
앗을 싹틔워 내올 것이다. 저 멀리 금강물이 멈춤을 저버리지 않

고 서해바다로 흘러내리듯 내 작품 속에서 움돋을 야생화는 나의 힘을 얹혀 무성한 잡초 사이에서 꽃을 피우고 씨알을 맺어갈 것이다. 그러는 동안 하늘을 우러르며, '하느님의 잡초'에도 나의 시선을 멈추게 할 것이다. 하루에도 수십 번 내 작품 속에 흐르는 강은 잡초와 야생화 사이에서 '나'를 '나'로서 존재하게 한다는 확신을 다져본다.

(2018. 07. 15. 일)

잡초들의 공존共存 · 공생共生

　바랭이처럼 잘 자라나는 잡초도 있을까. 바랭이는 1년생 초본으로 씨앗으로 번식한다. 전국 어디서나 자라지 않는 곳이 없다. 특히나 들에서도 잘 자라지만 과수원이나 작물을 재배하는 밭에서는 더욱 잘 자라난다. 줄기의 밑부분은 지표면으로 기어가듯이 자라나면서 마디마디에서 뿌리를 내린다. 그리고 뿌리를 내렸다 하면 하늘 높이 솟아 자라나기를 주저하지 않는다. 어떤 줄기는 무려 80cm 정도까지 곧추 자라나기도 한다. 여름작물 중에서 가장 문제가 되는 밭 잡초이다. 사방용으로도 쓰이고 소가 잘 먹어 목초로도 이용할 뿐만 아니라 잡초로가 아닌 관상식물로 심거나 퇴비로 쓰기도 한다. 이런 바랭이이니 산애재에서는 애물단지가 되는 것은 물론이다.

차일피일 미루다가 결국 바랭이를 잡초로 키워내고 말았다. 하루가 가고 이틀이 가는 동안에는 보이지 않았던 바랭이가 어느 사이 그리도 빨리 자라났는지 온통 바랭이 투성이다. 아니 호미를 들고 막상 바랭이를 뽑으려 마음하니 바랭이가 숲을 이루고 있다. 바랭이풀의 성장 위력은 실로 대단하다. 잠깐 한 눈을 파는 사이 싹이 트기가 무섭게 지표를 가로질러 기어간다. 그리고 줄기의 마디마디 밑부분에서 무수히 뿌리를 내리고 있다. 그 왕성한 성장력은 다른 잡초의 추종을 불허한다.

호미날에 힘을 주어 원뿌리 부분을 찍는다. 그러나 찍어내려도 그리 녹녹하게 뽑혀지지 않는다. 흙을 움켜쥔 수많은 잔뿌리를 휘어잡아 뽑아내는 데에도 보통 힘이 드는 게 아니다. 무성한 잎줄기를 헤치면서 한 포기 한 포기 뿌리를 찾아내고는 뿌리의 중심부분에 호미날을 깊게 박아 제키노라면 곧잘 포기마저 찢어져버리기도 한다. 큰 포기일수록 한 번에 뽑혀지지 않는다. 찢어져 뽑히기를 거듭하기도 한다. 원포기가 한꺼번에 뽑히면서 길게 뻗어나간 줄기 마디마디가 우두둑 소리를 내면서 곁들여 뽑혀질 때는 제법 잡초 뽑는 즐거움을 느끼게도 한다. 사실 바랭이는 여름작물 가운데에서 가장 문제가 되는 밭 잡초임에 틀림없다.

한참을 뽑아내던 중 바랭이 잎 사이에서 부러져 나오는 연약한 꽃대를 발견하였다. 뜻밖에도 상사화 꽃대였다. 아차! 바로 이곳이 상사화 뿌리가 묻혀있는 곳이었지! 혹시 땅속에 든 알뿌리에 상처를 입히지 않을까 해서 잡초를 뽑아내지 않은 곳인데, 바랭이가 너무 우거져 있자, 미처 상사화를 생각할 겨를도 없이 호미날을 드밀었던 것이다. 해맑고 청초하기만한 상사화 꽃대가 바랭이의 억센 풀잎 줄기가 뽑혀져 나올 때에 힘없이 부러져 함께 드러났다. 아차차, 부러진 상사화 꽃대를 들고는 너무 안타깝고 짠한 마음을 달래야 했다. 이제부터는 바랭이 뿌리를 포기째로 뽑아내는 것이 아니라, 바랭이의 밑줄기를 조심조심 들춰내어 조금씩 쪼개서 뽑아내기 시작하였다. 그럴 때마다 상사화 꽃대가 여기저기에서 나타났다. 보기에 좋았다.

그러나 이것은 또 무슨 일인가? 바랭이 잎줄기를 뽑아낼 때마다 꼿꼿하게 서 있던 상사화 꽃대가 옆으로 척척 쓰러지고 있지 아니한가? 모두 다 하나같이 힘이 없이 축 늘어졌다. 그렇다면 상사화 꽃대는 그리 무성한 바랭이 잎줄기에 몸을 의지하고 솟아올랐단 말인가? 둘레를 찬찬히 살펴보니 바랭이 잎줄기 사이에서 수없이 많은 상사화 여린 꽃대가 꼿꼿하게 솟아오르고 있었다. 같은 땅속에 뿌리를 내린 채 바랭이는 바랭이대로 왕성한 성장력을 발휘하여 부지런하게 지표地表로 잎줄기를 뻗고, 상사화는 상사화대로 여린 꽃대를 지상으로 치솟아 오를 뿐이었다. 그들은 서로서로 몸을 의지하고 있을 뿐 뿌리를 내린 자리 소리하여 다투지 않았다. 자칫 바람이라도 불어올라치면 바랭이 질긴 잎줄기는 여린 상상화 꽃대에 어깨를 내어주고, 상사화는 연한 꽃대로 바람결에 흔들리는 바랭이 잎줄기와 한 몸이 되어주었다. 공존共存 공생共生의 모습을 보여주었다.

　비록 잡초라 여기는 바랭이를 날카로운 호미날로 송두리째 뿌리를 뽑아내고는 있었지만 상사화와 바랭이의 공존共存 공생共生의 모습은 결코 모르는 체만 할 수 없었다. 우거진 잡초를 뽑아냄으로 점점 넓어지는 상사화밭의 넓이에 반비례하여 점점 사라져버리는 바랭이의 군락群落. 그럼에도 불구하고 한 인간의 힘에 의하여 바랭이는 잡초라는 이름으로 여지없이 뽑혀져버리고, 상사화는 야생화라는 이름으로 여리고 연약한 꽃대를 드러내놓은 채 두 손을 모아 기도하는 모습으로 꽃송이를 내밀고 있었다.

(2018.09.16. 일)

결국 모자帽子를 쓰기로 했다

모자帽子를 쓰기로 했다. 그러나 모자를 쓰는 일이 새로운 일은 분명 아니었다. 이미 산애재蒜艾齋의 잡초와 싸울 때에도 모자를 썼으며, 한 여름의 땡볕을 막아내는 방패로서의 모자는 평소에도 써 왔다. 그러나 이번에 모자를 쓰기로 한 것은 그런 류類의 구실로 모자를 쓰고자 하는 것이 아니었다. 새로운 일도 아니었다. 그냥 쓰고 싶어 써야겠다는 것이고, 이제는 나이도 종심從心에 들어섰으니 모자를 쓰는 것을 내 삶의 일부로 삼는 것도 나쁘지는 아니할 것이다 싶기도 하였다. 그러던 차 아내와 함께 들린 아울렛에서 진열대 위에 놓인 모자가 눈에 띄는 순간 절로 손이 먼저 가게 되었다. 모자를 집어 머리위에 얹혀 놓고 거울 앞에 서 보았다. 그러고 보니 나의 얼굴과 잘 아울리는 듯했다. 기분이 좋았다. 어느 모자를 써보아도 결코 어울린다는 소리를 단 한 마디도 들려주지 않던 아내까지도 좋다고 말해주었다.

결국 모자를 쓰기로 했다. 다른 사람들의 머리만을 많이 보아온 단골집 이발소 이발사의 말에 의하면 종심에 들어선 내 또래에 비하여 그다지 머리숱이 적은 편이 아니라서 굳이 모자를 쓸 필요는 없을 것이라지만 모자를 쓰기로 했다.

일찍부터 모자를 쓴 일이란 일종의 의장衣裝의 하나였다. 모자를 쓴 사람의 위엄과 고귀성을 상징하곤 하였다. 권위주의의 상징이기도 하였다. 모자의 일종인 갓이나 관冠 또한 그러하며, 이를 지켜나가는데 우리 조상들은 목숨처럼 아끼기도 하였다. 우리 조상들의 모자에 대한 생각은 권위를 뛰어넘어 자존과 명예로 여겨왔다. 소위 괴관파동壞冠波動이 그것을 말해준다.

1896년 9월 11일, 당시 예수교 학교에 다니던 배동현과 정 모某가 학교 앞에서 문방구점을 하고 있던 청국인淸國人인 신 모某와 언쟁을 했다. 언쟁은 폭력으로, 그리고 드디어 청국인은 이 학생들이 쓴 갓을 벗겨 짓밟아버렸다. 때마침 지나가던 미국인이 그 청국인을 잡아 청국 순검에 넘겼다. 당시 외국인은 자국 경찰이 다스리게 되어 있었으며, 다른 외국인끼리의 다툼이면 제3국이 재판하게 되어 있었다. 그래서 이 재판을 맡은 영국 영사관이 청국인은 한국학생들에게 3원을 배상하도록 하였다. 그런데 이 학생들은 싸움에 관한 재판이나 판결은 영국이 할 수 있지만 관모冠帽에 관한 모욕은 조선의 재판을 받아야 힌다고 우겼다. 맞아서 죽는 것은 개인에 국한되는 문제이겠지만 갓에 대한 모욕은 우리 가문과 국가에 미치는 명예 문제라면서 청국인을 내놓으라고 대들었다.

우리나라 사람들은 우리가 가진 어떠한 보배로운 물건보다도 유독 모자에 대하여 지극한 정성을 다하였으며, 모자를 가장 소중히 여기기 때문에 항상 모자를 두는 데에도 상석의 가장 높은 곳에 매어두곤 하였다. 그러므로 옛날 어느 집안의 방안에 들어갔을 때 어느 곳이 상석上席인가를 알려면 제일 먼저 관모冠帽를 넣어둔 통이 어디에 놓여 있는가를 먼저 확인하면 되었다. 그만큼 모자는 우리나라 사람들에게 절대적인 권위를 상징하는 것이었다.

그러나 모자는 꼭 권위를 상징하는 것만이 아니다. 용도에 따라 얼마든지 바꿔질 수 있다. 철모나 작업모가 그 대표적이며, 방광모防光帽, 방서모防暑帽, 방한모防寒帽, 방애모防埃帽 등 여러 가지 범주에 속하는 모자들을 생각할 수 있다. 해방 이후 민주주의의 물결을 타고 우리나라에 상륙한 베레모는 현재 공수단 용사들의 군모로 되어 있는데, 어찌된 일인지 예술가, 문화인들의 상징이 되어 그들이 애용하고 있기도 하다.

'임종건林宗巾'이라는 모자가 있다. 후한의 곽태郭泰는 아무리 조정이 불러도 벼슬을 마다한 사람인데 그가 하루는 두건을 쓰고 길을 가다가 비를 만나, 두건을 비스듬히 쓰고는 빗물이 저절로 흘러 떨어지도록 해서 태연히 길을 갔다. 사람들이 이 모자를 통하여 곽태에 대한 존경을 나타낸 것은 물론이다. 곽태의 호가 바로 임종이었기 때문이다.

모자는 평범한 사람이 머리에 쓰고 다닌다면 그저 모자라 할 수 있지만, 거지들이 쓰고 다닌다면 동냥을 위해 쓰는 것이요, 예술가가 쓰고 있다면 그들이 예술가임을 나타내는 것이어니, 모자를 쓰고 다니면서 국민이 준 고귀한 권위를 허풍으로 치부해버린 정치가는 함부로 모자마저 쓸 일이 아니다. 모자를 쓰고 다닌다면 그 모자에 대한 최소한의 권위에 어긋나는 일이 있어서는 안 되며, 머리에 쓰고 다니는 최대한의 예를 갖추어야 할 일이다. 그러므로 '개 대가리에 관'을 쓰는 일이 되어서는 안 될 것이다. 또한 '사주에 없는 관을 쓰면 이마가 벗겨진다'고 하였으니 제 분수에 넘치는 일을 억지로 이루어 놓으면 도리어 해가 된다는 우리의 속담 속에서 가장 바람직한 '모자'를 찾아야 할 일을 '결국 모자를 쓰기로 했다'는 다짐으로 삼으면 어떨까 생각해본다.

문득 월남 이상재 선생의 일화逸話가 떠오른다. 월남 이상재 선생은 언제나 풍뎅이 위에 중산모를 쓰고 긴 지팡이를 들고 다녔다. 어느 날 청년회관에서 한 청년이 그의 몸차림을 보고 하도

우스워서, "선생님, 중산모 밑에는 풍뎅이를 쓰는 법인가요?"하고 물었다. 그러자 선생은 "이놈아, 그럼, 중산모 위에 풍뎅이를 쓰랴?"하여 웃음을 터뜨리게 했다고 한다. 남의 모자 씀에 함부로 말할 일 또한 아니다.

아무튼 결국 모자를 쓰기로 하였으니, 이제는 언제 어디서건 모자부터 잘 챙겨야 했다. 산애재의 잡풀과의 싸움에서나 아침 산책을 나서거나 작은 산에 오르기라도 한다면 머리위에 얹혀진 모자에 알맞게, 아니 종심에 든 나이에 걸맞게 모자를 지켜가면서 살아가야 하겠다.

(2011. 01. 02. 일)

호락호락할 일은 아니다

　계절이 바뀔 때마다 세상은 나의 시선에 따라 움직이고 있음을 문득 깨닫는다. 세상은 마치 거울과도 같다는 생각이다. 나의 표정에 따라 계절이 바뀌곤 하는 것을 곧잘 보여주고 있다고 느낄 수 있기 때문이다.

　그러나 다시 생각해보면 나의 시선에 따라 바뀌는 것은 계절만이 아니다. 일상사 모든 것이 다 그러하다. 계절은 계절로서 바뀜의 폭이 깊고 넓을 뿐이지 일상사와 매한가지다. 나의 시선에 따라 세상은 분명히 바뀐다. 내가 웃으면 세상이 웃고, 내가 찡그리면 세상도 나를 따라 절로 찡그린다. 세상의 웃고 찡그림이 그대로 나의 시선에 따라 좌우되고 있음을 보여준다. 지극히 당연하고 당연한 일이라서 이런 말은 이미 진부해져버렸는지도 모른다.

그러나 나의 웃고 찡그림에 계절만은 그리 호락호락하지는 아니하다. 계절은 결코 나의 시선에 따라 좌우되지 않는다. 아니 좌우되고 있는 듯하다가도 거울 속의 계절은 결정적인 순간에 급변하고 만다. 내가 웃는다 하더라도 거울 속의 계절은 늘상 웃기만 하는 것이 아니요, 내가 찡그린다고 하여 거울 속의 계절이 찡그리고 있는 것만이 아니다. 한 계절이 다른 한 계절로 넘어가는 데에서는 내가 바라보는 내 거울 속의 나와는 전혀 다르다. 봄을 맞는 요즈음의 내 거울 속에는 호락호락하지 않은, '꽃샘추위'가 머물러 있기 때문이다.

'꽃샘추위'란 이른 봄, 꽃이 필 무렵의 추위를 말한다. 이른 봄철의 날씨가 꽃이 피는 것을 시샘하듯 일시적으로 갑자기 추워지는 기상 현상이다. '특이일特異日'이라고도 하여, 우리나라의 봄철에만 나타나는 현상이란다. 내 마음대로 내 앞에 거울을 놓고는 웃고 찡그리던 모습을 꽃샘추위는 완연히 다르게 나타낸다. 봄이 왔다고 들뜨는 가슴을 드러내면서 멀리 보고, 혹은 가까이 보는 가운데 신이 나고 기쁘고 즐거운 거울 속의 나를 일순간에 휙, 바꾸어 놓는다.

이러한 꽃샘추위는 오래 지속되지 않는다 하더라도, 따뜻해진 날씨 중에 불현듯 닥쳐오기 때문에 생활에 각종 피해를 입히는 경우가 많다. 추위에 대한 준비가 거의 다 풀어졌을 때, 그저 봄을 맞았다는 즐거움과 기쁨에 정신 상태나 태도 따위가 느슨해졌을 때 찾아오기 때문에 꽃샘추위에 따른 각종 동파凍破의 피해로 말미암아 거울 속의 나는 여지없이 무너져 내린다. 한두 번이 아니요, 내 거울 속에서조차 어쩔 수 없이 해마다 되풀이되는 일이다. 봄을 맞기 위한 시련을 꽃샘추위가 내려주는 셈이다.

꽃샘추위는 해마다 겨울에서 봄으로 가는 길목에서 되풀이하여 내려주는 시련 끝에 비로소 봄을 열게 해준다. 꽃샘추위는 그만큼 모양이 쉽게 변하거나 멈추지 않을 만큼 단단하고 튼튼하다. 굳고 확실하여 전혀 흔들림이나 변화가 없다. 동요되지 않을 만큼 매우 확고할 뿐만 아니라 시간과 장소에 따라 나름의 규칙에서 벗어나는 일도 없다. 해마다 겨울에서 봄으로 가는 길목에서 쉽사리 겨울을 물러서게 하는 법이 없다. 겨울 편에 서되 겨울에게 겨울로서의 아쉬움을 남게 하지 않으며, 봄을 기꺼이 맞게 해주되 봄을 맞는 마음가짐을 올바르게 하도록 깨달음을 준다.

그래서일까? J. W. 괴테는 〈자연은 견고하다. 그 보조步調는 정확하고 예외는 극히 드물고 법칙은 불멸이다. ─ 자연은 무엇인가 잘못되었다고 사과하는 일이 절대로 없다. 자연 자신은 결과로서 모든 일에 있어서 괴오가 없다. 영원히 바르게 행동하는 이외에는 행할 바를 모르는 것이다. 자연은 사방 어느 쪽을 바라보아도 ─ 무한無限이 계속될 뿐이다.〉라고 말한다. 이러한 의미에서는 꽃샘추위는 사람에게 참으로 사근사근하고 부드러운 안내자임에 틀림없다. 매우 모질고 거칠고 겪어 내기 힘든 어려움을 주고 있는 게 아니다. 오히려 지혜롭고 사리에 밝을 뿐만 아니라 어느 한쪽에 치우침이 없이 올바르고 게다가 상냥하기까지 하다. 그야말로 꽃샘추위는 매우 뛰어나고 훌륭한 힘으로 세상을 널리 바로 바라볼 수 있도록 깨달음을 주는 안내자로서의 거울이 되어준다..

올해도 산애재蒜艾齋에는 어김없이 올해의 꽃샘추위가 밀어닥친다. 드디어 봄이 찾아왔고 가뜩이나 들뜬 거울 속의 나에게 하늘을 놀라게 하고 땅을 흔들어댈 만한 경고警告가 내려진 셈이다. 아침을 맞자마자 급히 내 거울 속에서 빠져나와 밖으로 나가볼 수밖에 없다. 식전 어스름의 매서운 기운이 온몸을 사리게 하고 옷깃을 여미게 한다. 조심스럽게 현관문을 열고 밖으로 나가본다. 밤새도록 눈이라도 쌓인 양 온 세상이 무서리로 하얗게 덮여있다. 털신을 끌어 신고 잔디밭에 내딛자마자 서릿발 부서져 내리는 소리가 발밑에서 사납게 들린다.

어제까지만 하더라도 추위에 당당하게 맞서 자신만만하게 피어나던 복수초의 노란 꽃잎이 갑자기 보이지 않는다. 둘레를 덮고 있었던 가랑잎 위에 층층으로 쌓인 무서리만이 두텁게 보인다. 아, 복수초는 꽃잎을 꼬옥 다물고 있다. 좀처럼 잎을 열지 못할 듯하다. 꽃등에 하얗게 쌓인 무서리가 복수초를 짓누르고 있다. 그러나 복수초는 걱정이 없다. 봄을 맞는 스스로의 지혜로

제 몸의 열기를 뿜어 무서리를 녹일 것이다. 이른 봄의 밝은 햇살이 온누리 가득하면 절로 샛노란 꽃잎을 열어가는 지혜를 가지고 있다. 밤새 옹크렸던 꽃봉오리를 활짝 열고 노란 빛으로 밝고 맑은 봄 속에 깊이 들곤 한다.

문득 엊저녁 꽃샘추위의 어둠 속에서 벙글기 시작하였던 목련의 모습이 궁금하다. 해마다 꽃샘추위의 피해가 가장 심하게 나타났던 백목련과 황목련, 이 꽃들에게는 봄맞이가 그리 호락호락할 일은 아니다. 지난봄에도 백목련은 눈부시게 하얀 꽃잎으로 성급하게 봄을 맞았다가 자칫 무서리에 그만 꽁꽁 얼어버려 아침햇살에 누렇게 변해버리지 않았던가. 또 어느 해인가는 환하게 피어나기를 그렇게도 기다리고 기다렸던 황목련꽃을 한꺼번에 포기할 수밖에 없었지 아니한가.

급히 발걸음하여 백목련 곁으로 다가선다. 샅샅이 살펴본다. 한 송이 한 송이 조심조심 주의하여 잘 살펴본다. 몇 송이가 누렇게 얼어있을 뿐 거의 대부분은 포근한 솜이불을 덮어쓴 듯 두터운 꽃받침 속에 푸욱 안겨 있다. 천만다행이다. 이 정도면 무사하다. 가장 아름다운 봄맞이를 위하여 지난해의 혹독한 꽃샘추위로부터 얻은 지혜로움 때문이리라. 황목련은 하나같이 모든 꽃송이 송이마다에 솜이불을 덮어쓰고 있다. 꽃샘추위를 그대로 맞아들이며 자신의 몸을 소중히 할 줄 아는 슬기로운 다스림 탓이다. 해마다 꽃샘추위의 피해가 가장 심하게 나타났던 백목련과 황목련의 봄맞이가 그리 호락호락할 일은 아니라는 걸 넉넉히 보여준 셈이다. 그걸 바라보면서 흐뭇해진 웃음을 지을 수밖에 없다. 추운 꽃샘추위의 오늘 아침 거울 속의 내 모습은 평온해질 것임이 확실해진다.

(2019. 03. 25. 월)

산애재蒜艾齋의 감나무

　문득 산애재의 감나무에 감꽃이 피어 있는 걸 본다. 그리고 고개를 숙여 감나무 밑에 수없이 많은 꽃이 떨어져 있는 것을 본다. 그 청초하고 노오라니 해맑은 감꽃이 푸르디 푸른 꽃받침을 거느리고 여기저기 떨어져 있는 모습을 바라본다. 왠지 너무 아쉬운 생각이 든다. 해마다 가을이면 그 아삭아삭 씹히는 느낌과 달달한 식감의 단감을 풀어주지 아니하였던가. 아쉽게도 감나무는 꽃송이 만큼 피어난 대로 감을 매달아놓지 않는다. '감나무는 제 스스로 길을 닦아가며 산단다. 꽃이 너무 많이 피어나면 스스로 꽃을 통째로 떨어뜨려 많은 감이 열리는 피해로부터 자신을 보호한단다' – 그 말이 정말인지는 몰라도 참 오래오래 되풀이로 들어온 기억이 새롭다.

감나무 밑에는 너무 많은 감꽃이 떨어져 있다. 푸르디 푸른 어린 감 하나씩을 앙 문 채로 통째로 흩어져 있다. 그렇게 제 꽃을 감당해 낼 수 없을 정도로 감나무는 허약해져 있다는 말인가? 그러고 보니 아, 산애재의 감나무는 이미 고희가 넘어 있다. 나와 함께 같은 하늘을 이고, 같은 땅을 딛고, 같은 울안에서 함께 자라온 감나무는 나와 함께 비슷한 또래로 살아왔던 것이다.

내 어릴 적, 그러니까 초등학교에 들어가기도 전의 일이다. 아버지가 어디에서 구하여 오셨는지 단감나무 접수 두 개를 구해 오셨다. 그리고 뜨락에서 절로 싹 터 자라난 고욤나무를 잘라 그 위에 두 개를 접붙이셨다. 한 뿌리에 두 개의 감나무가 잘 자라고 있었는데, 어느 날 한 줄기는 뿌리까지 2등분하여 옆집에 재금내 주셨다. 그리고 남은 하나는 나와 함께 열심히 자라났다. 나와 비슷한 키로부터 점점 위로 솟아오르면서 마침내 내 키를 넘어섰다. 그리고 고개를 뒤로 젖히며 우듬지를 우러르는 동안 그 아삭하고 맛있는 단감을 부지런히 매달아주면서 어느덧 나와 함께 고희를 넘겨버렸다.

그런데, 그 감나무는 요즈음 몇 년 사이 조금씩 이상 증세를 보였다. 그 동안 달디 단 단감을 끊임없이 제공하여 주느라 기력을 너무 소진해버린 탓인지 이제는 조금씩 피곤해지고 지쳐 있는 모습을 보이곤 했다. 고희에 이르는 동안 난 이따금 아내로부터 각종 엑기스를 잘 받아 마시며, 제철의 보양 음식도 여러 차례 먹어왔지만 감나무야 어찌 그러한 적 있었던가. 고작해야 감나무 그늘에 앉아 이웃을 불러 주고받은 막걸리 찌꺼기를, 그것도 넉넉하지도 않게스리 항상 모자라게 받아마셨을 뿐이다. 그러하니 감나무의 허약해짐은 겉으로 나타날 수밖에 없다.

산애재의 감나무는 확실히 묵직해진 세월의 무게를 견디고 있다. 그럼에도 불구하고 해마다 여름이 가까와서야 가지 끝에 어린 싹을 내밀고는 윤기 절절 흐르는 푸른 잎 사이로 열심히 꽃송이 매달기에 열중하고 있다. 그것을 보면 어쩐지 이젠, 막심을 쓰는 것만 같아 안쓰러워지기도 한다. 그러나 다른 한편으로는 그 모습이 여간 기특한 게 아니다.

몇 해 전부터 감나무의 어깨죽지로부터 삭아버린 가지를 내던지기 시작하더니 이제는 아예 밑동의 껍질 일부까지 벗어 내던져버린다. 껍질 속의 알몸뚱이가 검은 색으로 점점 짙게 변해가고 있다. 조금씩 썩어가고 있음이 분명하다. 지금까지 보약 한 첩 먹어보지 못하였으니 감나무가 허약해지는 것은 어쩌면 당연한 일인지도 모른다. 그런데 그걸 보고 난 속으로 박장을 해댔다. 먹감나무가 되고 있음이 아니겠는가. 이제부터 감나무가 할 일은 먹감나무가 되는 일만 남았다. 회심의 미소가 절로 입가에 맴돌았다. 먹감나무란 오래된 감나무의 심재心材를 말한다. 이 먹감나무는 빛이 검고 단단하며 결이 고와 고급 세공물細工物을 만드는 데 쓰이는데 일품이다.

한때 우리나라의 오래된 감나무는 골프채의 머리를 만드느라 거의 잘려 나갔다. 지금이야 티타늄이나 메탈이지만 30여 년 전의 골프채는 감나무 머리를 최고품으로 쳤다. 그래서일까, 주변의 보통 감나무는 100년을 넘어 살아남기가 어려웠다. 비록 경남 의령 백곡리에는 천연기념물 492호로 지정된 400년 된 감나무가 살아있다 하고, 또 접붙이기를 한 것으로 밝혀졌다 하지만 어쨌든 상주시 외남면 소은리의 보호수 감나무는 540년이나 되었다 한다. 이제 곧 산애재의 감나무가 1세기 넘게 살아남을 수 있지 않을까 마음해 보는데, 뜻밖에 먹감나무가 되고 있다. 반갑기만 했다.

감나무는 손바닥만 한 커다란 잎을 갖고 있고, 나뭇가지는 질긴 성질이 좀 모자라 잘 부러지곤 한다. 그래서 감을 따기 위해 함부로 감나무 위로 올라가는 일은 절대 금물이다. 오래된 줄기 껍질은 흑갈색으로 잘게 그물처럼 갈라진다. 감꽃은 늦봄에 노랗게 핀다. 봄에 꽃은 큰 잎에 묻혀 있고, 꽃잎은 말려 있어서 잘 보이지 않는다. 늦봄에 피는 감꽃이 땅에 떨어지면 어려웠던 시절 아이들의 간식거리가 된다. 땅에 떨어진 감꽃을 주워 모아 약간 시들었을 때 먹으면 달콤한 맛을 더한다. 이어서 감이 열리면 익을 때를 기다리지 못하고 초복을 넘기자마자 낙과하는 푸른 감을 주워 뜨물에 담가 떫은 맛을 지우고 먹곤 한다. 그것을 우려먹는다고 한다. 이런 감나무가, 산애재의 감나무가 나와 함께 지금 마주하고 있다.

　동고동락同苦同樂, 산애재의 감나무는 나와 함께 삶을 누려온 셈이다. 이제 고희에 들어 심약해지고 있는 그 감나무를 바라보며 나는 먹감나무를 꿈꾸기에 이르렀다. 그렇지만 그것은 분명한 나의 노욕老慾이 된다. 그런 감나무로부터 무엇인가를 받아내면 받아낼수록 양양거리며 욕심을 낸다는 것은 있을 수 없는 일이다. 먹감나무를 기대하는 마음을 버려야겠다. 해마다 반짝거리는 햇살을 가득 품은 채로 바람과 함께 시간의 흐름을 즐기고 있는 산애재의 감나무, 그 너른 잎을 그늘로 삼아 남아있는 내 생의 시간들을 기루어가면서 살아가는 노욕이나 즐겨야겠다.

(2019. 06. 12. 수)

COVID-19와 문화

세상은 COVID-19 때문에 야단이다. 전 세계가 떠들썩하게 갖가지 일이 벌어지고 있고, 매우 부산하게 법석거리면서도 맥없이 곤드라지고 있다. 도대체 'COVID-19'가 무엇이길래 갑자기 나타나 전 세계 사람들이 시달리고 지쳐 진저리가 날 정도로 지루함과 싫증에 기운을 잃고 있는 것인가. 이제는 정말 답답하다 못해 따분하여 싫증이 난 상태에 빠져 있다. 숫제 정신적으로나 육체적으로도 무기력해버린 상황에 이르러 있다.

2019년 12월 중국 우한시에서 발생한 바이러스성 호흡기 질환이 전 세계로 기하급수적으로 엄습하게 되면서부터 우리의 생활은 엄청 맥없이 짓밟혀버리고 말았다. 그러면서 '우한 폐렴' '신종코로나바이러스감염증' '코로나19', 그리고 '코로바이러스감염증-19', 즉 'COVID-19'라는 공식명칭으로 엄습해왔다. 전 세계 모든 사람들의 일상생활로부터 감정이나 감각 따위는 말할 것도 없고 갑작스럽게 들이닥치거나 덮쳐버리고는 의욕과 활력을 앗아가버렸다.

'COVID-19'는 유행성 질환으로 호흡기를 통해 감염되며, 증상이 거의 없는 감염 초기에 전염성이 강한 특징을 보인다. 감염 후에는 인후통, 고열, 기침, 호흡곤란 등의 증상을 거쳐 폐렴으로 발전한다. 'COVID-19'는 2020년 3월 세계보건기구로 하여금 팬데믹(Pandemic)을 선언하도록 하고야 말았다. '팬데믹(Pandemic)'이란 세계보건기구(WHO)가 전염병의 위험도에 따라 전염병 경보 등급을 1-6등급으로 나누는데, 이 가운데 최고 경보 단계인 6등급을 의미하는 말이다. 즉 대량 살상 전염병이 생겨날 때 이를 '팬데믹'이라고 표현한다. 우리말로 하자면 '대창궐'이라 할 수 있을까.

중세 유럽을 휩쓸었던 흑사병이나 20세기 초 수백만 명의 생명을 앗아간 홍콩 독감이 팬데믹의 대표적 사례다. 고대 그리스 아테네의 역사가이며, 기원전 5세기경 아테네와 스파르타가 기원전 411년까지 싸운 전쟁 『펠로폰네소스 전쟁사』를 저술하였던 투키디데스(Thucydides, 기원전 465년경 기원전 400년경)는 이 책에서 기원전 430년경에 아테네에 발생한 역병으로 인구의 4분의 1이 숨졌다고 기록했는데, 이는 팬데믹을 기록한 최초의 기록물로 추정된다.

전쟁의 승패를 가르고, 유럽에서 옮겨온 전염병으로 적지 않은 아메리카 원주민들이 사망하는 등 팬데믹은 인류 역사에 큰 영향을 미쳤다. WHO는 21세기를 '전염병의 시대'라 규정했다. 21세기 들어 신종플루와 에볼라 바이러스가 WHO가 분류한 전염병 5단계인 에피데믹(Epidemic) 등급까지 가는 등 인류를 위협하는 전염병이 자주 창궐한 데 따른 것이다.

2015년 5월 한국에서 발생한 메르스로 인해 3차 감염자까지 등장하면서 메르스가 팬데믹으로 발전하는 것 아니냐는 우려가 나오기도 했다. COVID-19는 결국 2020년 도쿄 올림픽이 연기되는 등 많은 국제 행사가 취소되거나 연기되었다. 올 8월 10일 전 세계 누적 확진자가 2,000만 명을 넘어섰으며, 누적 사망자는 73만3천 명을 기록했다. 또한 설상가상으로 8월 11일 러시아에서 개발한 백신을 공식 승인했다고 발표했으나, 임상시험 단계의 누락으로 부작용 발생의 우려가 제기되기도 하였다. 그야말로 인류역사상 가장 큰 재앙이라 아니할 수 없다.

이제 팬데믹은 국제 정치, 국제 안보에서도 주목받는 개념으로 인식되어지고 있다. 지금까지 다른 나라의 침략이나 위협으로부터 국가의 주권과 국민의 안전을 지키는 안보라는 개념은 새로운 의미를 가지게 되었으니, 그것은 바로 팬데믹이 '비전통 안보 위협(Non - Traditional Security Threat)'이기 때문이다. 비전통 안보 위협이란 군사적으로 국가 안보에 위협을 가하는 전통 안보 위협이 아닌 불법 이민, 사이버 위협, 마약 거래, 초국경 인신매매, 불법 소형무기 거래, 해적, 테러리즘 등을 일컫는 말이다. 이러한 위협은 나라마다 가지고 있는, 이른바 각 나라의 과거로부터 이어 내려오는 바람직한 사상이나 관습, 행동 따위가 계통을 이루어 현재까지 다른 나라에 전파되어가고 있는 문화적 위협(?)과는 전혀 다른 결과를 낳기 때문이다. 즉 세계적 규모에서 작동하는 시장경제를 교란하거나 세계 시장경제를 연결하는 연결망의 핵심 링크(link)나 노드(node: 데이터 통신망에서, 데이터를 전송하는 통로에 접속되는 하나 이상의 기능 단위)를 마비시키는 위협이 되고 있는 것처럼 COVID-19는 국제질서 그 자체를 갉아 먹고, 혼란을 가져오고, 교란시키는 형태의 위협으로 비전통 안보 위협으로 자리매김하고 있지 않은가 싶다.

이러한 일상생활이 계속되는 가운데 우리의 삶의 문화는 어찌되고 있는가. 모든 생의 의지에 대한 자기분열에 얽매어 몇 가지 중 하나를 선택해야 하는 상황에서 판단을 내리지 못한채로 딜레마(dilemma)에 빠져버리기도 하였다. 그러나 문화의 생명은 그러한 딜레마에 대하여 작용하는 행동을 통하여 자기를 갱신更新해 나가는 과정을 거쳐 새로운 문화를 창출해내는 것이 아니겠는가. 독일출신으로 미국으로 망명한 에리히 프롬(Erich Fromm, 1900-1980)은 그의 저서 『자유로부터의 도피』에서 인간성 해방을 위한 문화 혁신 운동인 르네상스(Renaissance)를 가리켜 '르네상스는 부유하고 세력이 강한 상층 계급의 문화였으며, 새로운 경제력의 폭풍우에 의해 세차게 몰리는 파도 위의 문화였다'면서 '부富도 지배적집단의 힘도 가지지 못했던 대중은 그들의 종전 지위의 안전을 상실하고 아첨으로도 되고 위협으로도 되는 – 그러나 항상 권력 있는 자들에 의해 조종되고 이용되는 하나의 무조직無組織 – 대중으로 되고 말았다'고 덧붙여 말했다.

그러나 르네상스가 문자 그대로는 '재생'을 의미하고 있거니와 무엇보다 오랫동안의 문화적 쇠퇴와 정체의 시기가 끝나고 지금까지 접해보지 못하였던 새로운 문화적 형태로 부활되는 시기로 여겨지면서 그 가치에 대한 관심의 확대가 고조될 것이려니와 COVID-19로 인한 문화적 침체와 더불어 그 침체 속에서 새로운 문화적 '재생'은 이루어질 것이라 확신된다. 어떠한 문화적 공백은 점점 넓어지면 넓어질수록 새로운 문화가 창출되어 그 자리를 채워질 수 있기 때문이다.

독일의 극작가·시인·소설가이며 1912년 노벨 문학상을 수상한 게르하르트 하우프트만(Gerhart-Johann Robert-Hauptmann, 1862-1946)의 '패전敗戰은 문화를 융성하게 한다'는 말과 더불어 생각할 수 있게 한다. 또한 독일 태생의 실존철학의 선구자이며, '신은 죽었다'고 외친 프리드리히 빌헬름 니체(Friedrich Wilhelm Nietzsche, 1844-1900)는 '문화의 위대한 시기는 도덕적으로 말하면, 항상 부패의 시대이며, …… 인간을 닥치는 대로 가축처럼 순화馴化하는 시기는, 가장 정신적이고 가장 대담한 본성을 갖는 자에게는 참을 수 없는 시대이다'라고 『권력에의 의지』에서 밝혔다. COVID-19가 우리의 삶터를 파괴하는 아픔과 괴로움을 주고, 우리의 삶을 정신적·경제적·육체적인 파괴를 일삼아도 우리의 문화는 건재할 것이며, 오히려 새로운 문화를 창출해낼 수 있지 않을까, 아니 우리의 삶의 문화를 더욱 융성하게 불러일으킬 수 있는 '재생'의 계기를 마련해주지 않을까.

세 차례에 걸쳐 밀어닥친 태풍으로 하여 으름넝쿨의 넝쿨 하나하나 들썩이면서 전지가위로 잘래내는 마음은 아팠다. 그러하거니와 삶의 터전인 집까지 고스란히 잃어버린 날벼락을 맞은 수많은 이재민들의 가슴은 얼마나 쓰라리고, 아프고 저려오고 있을까.

우리의 일상에서 만나는 모든 고통은 밖으로부터 들어온다. 그러나 그 고통을 받을 때나 고통을 느낄 때에 비로소 고통이 '내가 아닌 남'으로부터 비롯되고 있음을 깨닫고 나면 새로운 활력을 만날 수 있다. 그러므로 고통을 고통으로 받아들이지 않고, 고통을 고통으로 느끼지도 않으면 고통은 고통이 되지 아니한다. 고통은 반드시 고통으로 느끼는 자에게만 고통으로 존재한다.

이러한 고통의 시대에 있어서 우리의 삶과 직결되는 문화의 양상은 어떻게 나타날까? 자연의 상태에서 벗어나 우리의 삶을 풍요롭고 편리하고 아름답게 만들어 가고자 습득하고 공유하며 선날되는 행동 양식으로서의 문화는 어떻게 나타날까? 태풍은 일단 지나가고 나면 먼 걸음으로 사라져 버렸지만, COVID-19는 우리의 삶에 존재하는 엄연한 고통으로 존재하고 있다. 고통이 존재하는 곳에서 새로운 문화는 창출될 수 있는 것이 아닐까?

(2020. 09. 29. 화)

매일 매일 새해맞이

해마다 새해에 이르면 전국의 해맞이 명소는 각지에서 몰려든 사람들로 발 디딜 틈도 없었다는데 올해는 그렇지 않았다고 한다. 오히려 한산하기만 하였단다. 2019년 12월 중국 우한시에서 발생한 바이러스성 호흡기 질환. 즉, '우한 폐렴', '신종코로나바이러스감염증', '코로나19'라고도 불리는 그 악성 질환 때문이다. '코로나바이러스감염증-19(COVID-19)'란 공식명칭을 가진 이 유행성 질환은 결국 2020년 3월 세계보건기구로 하여금 팬데믹(Pandemic)을 선언하도록 하고야 말았다. 우리말로 하자면 '대창궐'이라 할 수 있을까. '팬데믹(Pandemic)'이란 세계보건기구(WHO)가 전염병의 위험도에 따라 전염병 경보 등급을 1-6등급으로 나누는데, 이 가운데 최고 경보 단계인 6등급을 의미하는 말이다. 즉 대량 살상 전염병이 생겨날 때 이를 '팬데믹'이라고 표현한다. 이 상태에서 떠오르는 태양빛을 온몸에 휘감은 채로 새해를 맞는 감동과 소망의 외침이란 상상할 수조차 없었다.

그러나 태양은 어느 나라에서라도 아침을 몰고 온다. 짐짓 어제와 다르고 오늘이 다른 것처럼 보이고 있으나 실은 변하지 않고 아침에 떠오른다. 20세기 프랑스 문학의 가장 위대한 신비주의자들 중 한 분인 프랑스의 소설가·극작가·수필가이며,《싸움을 넘어서(Au-dessus de la melee)》란 소책자로 1915년 노벨 문학상을 수상한 R. 롤랑(Romain Rolland, 1866, 01, 29, – 1944, 12, 30)은 '태양은 도덕적이거나 부도덕하지 않다. 그는 있는 그대로이다. 그는 암흑을 정복한다.'고 말한다. 태양은 어제의 빛이었고, 오늘의 빛이며, 내일의 찬란한 빛이 분명하다. 세상이 암흑에 젖어 앞으로 나아갈 길을 전혀 밝힐 수 없는 지경에 이르렀을 때, 태양은 암흑을 밀고 나와 그 빛으로만 우리의 길을 열어준다.

태양을 아는 사람이라면, 아니 태양빛을 바로 알고 있는 사람이라면 주어진 삶의 길이 무엇인가를 바로 살피면서 앞으로 나아가는 사람이다. 아무리 어둡고 추운 날이라 하더라도 변함없이, 활활 타오르듯, 지글지글 끓어오르듯, 열정을 다하여 붉은 기운을 띄우면서 산등성이를 타고 올라와서는 태양은 가장 높은 곳에서 가장 낮은 곳 구석구석에 이르기까지 찬란한 빛을 뿌려준다. 어둠이 머문 곳을 속속들이 찾아 따뜻한 빛을 뿌려준다.

그리하여 마침내 지상의 어느 곳에서든지 어둠이나 추위가 존재할 수 없게 한다.

태양은 그 빛으로 어둠을 밝혀주며, 그 따뜻함으로 생명과 소망을 안겨준다. 세상에서 가장 아름다운 모습으로 아침마다 솟아올라 하루 종일 제 몸의 빛으로 지상의 모든 생명체들에게 활기를 불어넣는다. 그리고 다시 저물녘에 이르면 아침의 아름다운 모습으로 오늘 하루의 만족을 안겨준다. 태양 앞에서는 어제도 내일도 없고, 다만 오늘의 오늘로서 건장히 존재할 뿐이다. 그래서 오늘의 해맞이는 새해 첫날 아침만으로가 아니라 매일매일의 아침으로 시작된다.

유행성 질환인 COVID-19가 생물과 무생물의 특성을 모두 가진 채 전염성이 무척 강하다고 한다. 그러나 오늘의 태양을 매일매일의 오늘로 맞이한다면, 오늘의 태양은 우리의 소망과 함께 찬란해질 것임이 분명하다. COVID-19가 아무리 창궐한다 하더라도 오늘의 해맞이가 매일매일 이어지고 있다. 그러므로 어둠을 물리친 태양빛으로 오늘 하루하루의 건강과 소망을 더욱 찬란하게 해야 할 일이다.

(2021. 01. 15. 금)

부끄럽지 않은 나무

- 시집『겨울나무, 시다』(2022. 시와에세이)를 펴내고

산애재蒜艾齋의 오늘은 오늘의 아침으로 새롭게 열린다. 그럼에도 불구하고 하늘은 좀처럼 찌푸린 얼굴을 펼 줄 모른다. 아니한겨울의 추위가 남아 있는 하늘에는 여전히 옹크리고 찌든 얼굴을 보일 뿐이다. 그래서인지 뜨락을 거니는 몸에도 옹크림이 가득하다. 아무래도 오늘은 밝고 맑은 하늘을 바라보기에는 그른 듯하다. 간밤의 추위로 서릿발이 돋아 있는지 잔디 위를 걷는 발자국 소리가 바스락거리기를 멈추지 않는다. 소리 없이 밟히던 잔디밭이 추위에 낮은 비명이라도 질러대야 제 직성이 풀리는 모양이다. 다행스럽게 손등을 스쳐 지나는 바람에는 추위의 칼날이 날카롭지 않다. 그나마 무척이나 다행스러운 일이다.

천천히 걸음을 옮기며 사위를 바라본다. 사시사철 잎이 푸른

나무가 이파리 사이로 지나는 매운바람에 흔들리고 있는 걸 본다. 그러나 하늘 가운데로 향하여 부지런한 자람을 멈추지 않았던 나무는 온몸의 이파리란 이파리를 모두 내던진 채 벗은 몸으로 서 있다. 좀처럼 흔들림을 보이지 않는다. 매운바람의 매몰찬 기운에도 자못 당당하기만 하다. 완전한 부동不動의 자세이다. 온몸을 감추어온 겉치레를 다 벗어버리고서도 전혀 부끄럽지 않은 저 겨울나무! 알몸으로도 고개를 숙이거나 움직이지 않고 견조堅調하게 버티어 서 있다. 매운바람이 칼날을 제멋대로 마음껏 휘둘러대도 오히려 천연한 모습으로 하늘 한 자락 밑을 교교皎皎하게 받들고 있다.

겨울나무를 바라보는 순간이면 곧잘 "시란 무엇인가?"라는 생각에 머물게 되곤 한다. 겨울나무는 애당초 빈 몸으로 서 있지 아니한다. 봄을 맞아 가지가지마다에 겨울눈을 틔우면서 한 여름에 잎을 키운다. 스스로의 몸으로 그 여름의 무게를 감당한다. 그 감당하는 무게를 열매로 응어리지우다가 마침내 가을이면 하나 둘씩 떨어뜨려 버리기 시작한다. 그리고 겨울에 이르고 나서야 비로소 빈 몸이 되는 겨울나무 – 이는 가진 것 모두 아낌없이 버리고, 그 버리기를 되풀이 하여 최후에 남아 있는 언어의 정수精髓만으로 이루어놓은 한편의 시가 아니겠는가.

쓸모없는 / 구절들만 모아 / 그 구절들로만 이루어진 / 백 편
천 편의 시보다 / 한 그루의 나무가 곧 시다 // 꼭 쓸모만큼 / 잎
돋우고 / 꽃 피우고 / 열매 맺고 / 가진 거 다 버리고는 // 깊은
동안거에 들어간 / 겨울나무가 곧 한 편의 시다.

– 졸시 「시」 전문

시는 어떠한 대상으로부터 그 대상이 가지는 극적인 포인트를
발견하여 이끌어내면서 전경화前景化함으로써 생산되도록 해야
한다. 즉 시는 언어라는 매개체를 비일상적으로 사용하여 두드
러져 보이게 하는 작업의 결과물이어야 한다. 가장 보편적이고
일상적으로 마주치는 사물의 모습 그대로 보이는 것이 아니다.
아직까지 그 누구에게도 드러내지 않은 전혀 생소한 것으로, 그
사물 자체로만이 지닌 어떤 새롭고도 문제적인 모습을 그려 언
어로 옮겨 놓아야 한다.

두 눈을/ 뜨고 보이는 것은/ 반드시 사라진다 // 결코/ 두려
워할 일이 아니다/ 다만 믿음이 보이지 않는/ 두려움뿐이다//
두 눈에 / 보이는 것은 모두/ 내 소유만의 것이 아닌 것/ 돌아서
다가도/ 뒤돌아볼 일이 아니다// 그치지 않는/ 삶의 연습으로
만/ 미리보지 못하는 반복이/ 어찌 완성이겠는가// 두 눈을/ 감
고 나서도/ 보이는 것은 있다

– 졸시 「눈」 전문

발걸음을 옮겨 갈 때마다 세상은 변한다. 변하고 있을 뿐만 아니라 보이는 것이 거듭으로 새롭다. 방금 만나 마주한 것들은 소리 소문도 없이 뒤로 물러나고, 앞으로 보이는 것들만이 새로움으로 나타난다. 그러나 어찌 그러하기만 하랴. 앞으로 나아가다가 문득 뒤를 돌아보면 방금 마주하였던 것들도 때로는 새로움으로 나타난다. 반가움으로 보인다. 바라보는 눈이 보이는 것들을 모조리 소유하였다가 놓아버리고, 놓아버렸다가 언제 보았던가를 미처 떠오르기 전에 다시 선뜻 다가선다. 그때마다 바라보이는 것들의 모습 그대로만이 아니라 새로운 문제를 지니고 있음을 알 수가 있다. 단순히 바라보는 문제에 그치지 아니하고, 바라보는 눈의 문제 속에 깃든 뜻까지도 포괄하고 있음을 알아야만 한다. 그것에 바로 시는 시로서 존재한다. "그치지 않는/ 삶의 연습으로만/ 미리보지 못하는 반복이/ 어찌 완성이겠는가// 두 눈을/ 감고 나서도/ 보이는 것"으로부터 삶의 조화로움을 수없이 발견하다 보면 미처 보지 못했던 사물이나 알려지지 않은 사실은 절로 나타난다. 이때 시는 서로 엇물린 상호 유기적 관계를 이루어야한다. 만일에 한 시작품에서 한 사물이 외연적인 모습이 바뀌게 된다면 새로운 의미 또한 바뀌게 되어 상호 유기적으로 밀접한 관계를 유지해야 할 것이다.

발걸음을 옮긴다/ 하늘엔 오직 하나의 별/ 나의 별에는 둘이 없다/ 바람이 있어/ 구름으로 흐려질 수 있더라도/ 나의 별은 반싹, 어둠을 밝힌다/ 어느 길을 가야할지/ 늘 망설임이 없다/ 가파른 선택의 기로에서도/ 결코 아파할 줄 모른다/ 괴로워할 줄도 모른다/ 길이 갈라지는 지점에서/ 나의 별은 더욱 빛난다/ 이리 갈까, 저리 갈까/ 바람 앞에서/ 잠시 흔들리다가도/주저 할 줄 모르는 나는/ 나의 별과 함께/ 진정한 동행이 된다/ 함께 하는 별이 있다는 것은/ 또 하나의 벅찬 발걸음이 된다// 나는 지금/나의 별과 함께/새로운 길을 만들어가고 있다

– 졸시 『눈별과 함께』 전문

시를 생각할 때 나름대로의 주장에 고집하기라도 하면 자칫 시적인 의미라든가 그 감흥, 혹은 감성적 매료에 스스로 빠져버리고 수가 있다. 소위 조화를 가지는 시다운 시, 효과적인 시를 기대하기 위해서 멈추지 않는 빛을 가진 별을 가슴에 품고 있어야 한다. 어두운 하늘에서 어둠을 밝히고 있는 '나의 별과 함께/ 진정한 동행이 된다/ 함께 하는 별이 있다는 것은/ 또 하나의 벅찬 발걸음이 된다// 나는 지금/ 나의 별과 함께/ 새로운 길을 만들어가고 있다' 그것은 나의 시에의 길이요, 또한 나의 24번째의 시집 『겨울나무, 서다』의 나무, 가지고 있는 모든 걸 아낌없이 다 버리고 알몸으로 버티고 서 있어도 결코 부끄럽지 않은 겨울나무로 당당히 서 있는 시의 나무가 되는 이유이기도 하다.

(2022. 04. 13. 수)

제2부

봄맞이 두 꽃

봄맞이 두 꽃

바야흐로 이제 봄인 듯하다. 대동강 물도 풀린다는 우수 경칩의 절기이거니와 하늘을 우러러도 땅을 굽어보아도 완연한 봄 내음이 가득하다. 그 못된 미세먼지나 황사가 나타나지 않는다면 그야말로 첨화添花가 될 터인데 봄을 맞는 마음이 안타까울 뿐이다.

봄이 오면 우선 손길이 바빠지고, 여인의 발걸음이 가벼워지고, 뭇짐승들의 울부짖음 또한 강해지기 마련이다. 초목인들 예외가 아니라서 하루가 다르게 자신의 몸을 꾸미기에 부지런한 모습을 보여준다. 이러한 봄, 우리 속담에 '봄떡은 들어앉은 샌님도 먹는다'고 한다. 봄에는 누구나 군것질이 반갑다 함이니 봄은 메마른 대지에, 인간에, 초목에게 생명력을 춤추게 한다는 것을 일컬음이 아니겠는가? 그러나 주의할 일이다. 넘치는 생명력에 봄볕에 현혹된다면 따사로운 봄볕에 자기 자신도 모르는 사이에 까맣게 그을리게 되니 특히 봄여인이 가장 먼저 피부관리에 마음 두어야 할 일이다. 그러하거니와 '봄볕에 그을면 보던 님도 몰라본다'고 말하지 않는가?

봄을 맞으면 무엇보다도 산천 속 초목의 변화가 마음을 움직인다. 그런데 이 봄을 가장 먼저 일려주는 봄꽃이 눈에 보인다. 이름까지도 봄을 닮아 굳이 말하지 않아도 봄에 꽃피는 초목이라는 걸 쉽게 알려준다. 물론 그 보다도 먼저 눈 속에서 피어나는 복수초가 있으나 그 이름으로써 봄이라는 걸 알려주지는 않는다. 자신의 이름으로써 봄을 알려주는 꽃, 그것은 바로 '영춘화迎春化'와 '봄맞이'이다.

먼저 '봄맞이'는 그저 바라만 보아도 귀엽고 깜찍하고 앙증스러워 차마 발걸음을 돌리게 하지 않는다. 앵초과에 속하는 이 꽃은 키가 불과 10cm 정도 되는 아주 작은 식물이다. 그 작은 몸에서 잎이 뿌리에서만 동그랗게 로제트(rosette. 장미꽃 모양의 다이아몬드)을 이루며 나오고, 그 길이와 너비가 고작 5~15mm 정도이다. 4~5월에 흰 꽃이 뿌리에서 나온 꽃줄기 끝에 산형꽃차례를 이루는데, 꽃대 끝에서 다시 부챗살 모양으로 갈라져 피는 무더기의 꽃무리가 그렇게 아름다울 수 없다. 어느 누구라도 이 봄맞이의 꽃무리를 바라보면서 새 봄을 맞는 마음 깊이 기쁘고 즐거움을 가득 심어놓게 될 것이다.

봄 동산 어디에서나 흔히 볼 수 있으면서도 자세히 살펴보지 않으면 결코 쉽게 보이지 않을 정도로 너무나도 작은 꽃. 그 작은 것으로부터 봄을 맞는 즐거움을 느낄 수 있다면 세상을 바라보는 눈부터 달라질 것임에 틀림없다. 모든 사람들에게 봄맞이의 기쁨을 맛보게 하려는 듯 봄맞이는 어느 곳이라도 마다하지 않고 잘 자라난다. 잔디밭이거나 소나무 밑이거나를 가리지 않는다. 아마도 '봄맞이'는 봄을 맞는 그 아름다움을 그대로 전하고 싶은 것일 게다. 꽃말이 '봄맞이' 또는 '희망'이라는 사실만으로도 충분하다.

또 하나 봄을 맞는 즐거움을 주는 꽃은 이름에서조차 봄을 환영하고 있는 '영춘화迎春化'이다. '영춘迎春'이라 함은 봄을 맞음이니 이 또한 '봄맞이꽃'이다. 이것은 풀이 아니라 나무이다. 물푸레나뭇과에 속하는 낙엽 관목이다. 원래 중국 원산이나 우리나라에는 중부 이남에서 관상용으로 즐겨 심는다. 가지가 많이 갈라져서 옆으로 퍼짐은 물론 겨울에 이르러서까지 녹색을 띠고 있어 바라보는 사람에게 청초함을 느끼게 해준다. 옆으로 잘 뻗어나가는 가지 곳곳 마디에서 끊임없이 뿌리가 돋아나 그 왕성함을 자랑한다. 진달래나 개나리보다도 먼저 이른 봄에 잎보다 노란 꽃을 먼저 벌려놓아 봄볕을 한결 맑게 해준다. '당신은 나의 것, 사랑의 기쁨'이 그가 가지는 꽃말이니 봄에 피는 꽃으로서 최선의 기쁨을 선사해주고 있는 셈이다. 덩굴손이 없어도 기는 가지로 언덕에 오르기도 하고, 바위틈 사이로 끼어들어 둔탁하고 육중한 바위를 부드럽게 감싸준다. 번식력이 강하여 어느 곳에 심어 놓아도 해마다 오는 봄을 가장 먼저 알려주는 귀중한 꽃이다.

봄맞이꽃은 이렇게 오는 봄을 기쁨이게, 즐거움이게, 희망과 소망을 보이게 해줌으로써 사람으로 하여금 생의 활력을 느끼게 해준다. 전에도 그러하였고 앞으로도 그 변함없는 봄맞이의 전령사傳令使으로서의 구실에 충실해줄 것이다. 그것이 바로 꽃으로서 봄을 맞는 마음의 자세가 아닐까? 낡은 말뚝도 봄이 돌아오면 푸른빛이 되기를 바란다. 밤과 낮으로 익어가는 봄이라서 천금의 값이 있을 만큼 매우 아름답게 변한다. 그 아름다움 때문에 봄은 우리로 하여금 사랑으로 가게 하는 것임에 틀림없다.

봄은 우리로 하여금 새롭게 솟아나게 한다. 따라서 봄은 고명한 현자賢者보다도 더 많은 것을 깨닫게 해주면서 우리를 부른다. 그러나 봄이 부른다고 해서 그 부름에 함부로 부응하여 망상妄想을 꿈꾸어서는 아니 된다. 봄은 잔설殘雪을 녹이고 다가온 강인함과 끈기와 넘치는 활력을 보여준다. 두 '봄맞이꽃'이 피어나는 모습을 다시 한 번 진정한 의미의 봄맞이로 환영해야 할 것이다.

(2014. 02. 26. 수)

꽃사랑의 품에 빠지다

흔히 봄을 떠올리면 그저 꽃을 연상하게 한다. '백훼함영百卉 슴英'이란 말이 떠오른다. 많은 꽃이 곱게 피어남을 일컫는 말이 다. 봄으로 가는 길이 열리고 나면 그저 전후좌우를 살펴보아도 꽃천지다. 꽃은 말이 없는 침묵으로 아름다움을 안겨주고 있으 니 꽃을 바라보면 절로 마음이 아름다워지는 듯하다. 그래서인 지 꽃을 바라보는 마음으로는 잠시의 행복이 젖어들게 된다.

행복에는 여러 가지 형태가 있다. 돈 있는 것도 행복의 하나 요, 지위 있고 명예 있는 것도 행복의 하나임에 틀림없다. 그러 나 그 중에도 번다한 일이 없고 사고 없이 평온하게 지내며 얻은 부귀와 명예라면 이것은 정원에 심은 꽃과 같다고 『채근담菜根 譚』은 말하고 있거니와 꽃이 가지는 아름다움은 번다한 일이 없고 사고 없이 평온하게 지내는 가운데 얻은 최상의 행복이라는 것이다.

가만히 꽃을 바라보고 있노라면 꽃만큼 많은 이야기를 전해주는 것은 없다. 물론 꽃의 언어는 침묵이다. 다만 아름다움 그 자체로만 이야기할 뿐이다. 꽃은 결코 아름다움을 스스로 갖추고 있으면서도 그것을 자랑으로 삼지 않는 데에서 더욱 심오한 아름다움을 지니게 된다. 아름다움에 스스로 으스대거나 찾아가서 보아준다고 하더라도 어떠한 오만을 보이지 않는다. 다만 불어오는 바람에 몸을 흔들며, 바라보는 사람들에게 무언의 미소를 보인다. 그저 묵묵히 제 삶의 길을 걸어가고 있으면서 가장 빛나는 아름다움을 보여주고 있는 것이다.

꽃은 또한 꽃을 바라보는 사람으로 하여금 아름다움을 가지도록 해준다. 꽃은 그 아름다움과 침묵의 언어로 순결(개나리)과 고귀함(군자란)과 순수한 사랑(난초)과 고요(옥잠화)와 명예(능소화)와 영원한 사랑(담쟁이넝쿨), 정열(모과나무), 부귀(모란), 은혜와 존경(목련) 등등의 깊은 의미를 일깨워준다. 어찌 꽃이 주는 내면적 아름다움이 이뿐일 수 있으랴만 꽃으로부터 얻는 사색의 자세와 위안과 희망은 꽃과 더불어 살아가는 사람들의 마음에 등불을 켜준다.

꽃은 뭐니뭐니해도 사랑의 표상이다. 나이와 신분의 차이를 넘어선 사랑의 표현으로 최상이다. 신라의 향가 중에 「헌화가獻

花歌」가 바로 그것을 잘 말해준다. 그러니까 신라 성덕왕 때의 일이다. 순정공이 강릉(지금 명주) 태수로 가는 도중 바닷가에서 점심을 먹고 있었다. 그 옆에 병풍 같은 바위벽이 있어 바다에 맞닿았는데 높이가 천 길이나 되었고, 그 위에는 철쭉꽃이 한창 피어 있었다. 공의 부인 수로가 그것을 보고 옆 사람들에게 "저 꽃을 꺾어다 바칠 자 그 누구뇨?"하니 모시는 사람들이 모두 "사람이 발붙일 곳이 못 됩니다."하고 사양하였다. 그 곁에 늙은 노인이 암소를 끌고 지나다가 부인의 말을 듣고 꽃을 꺾어 노래를 지어 바쳤다는 것이다. 나이를 생각하지 않고 절세의 미인에 대한 흠모의 마음을 꽃을 꺾어 바치면서 사랑의 노래(「헌화가獻花歌」)를 부른 것이다. 그러나 노인은 그저 노래로만 마음을 펴놓았을 뿐 말없이 사라지고 만다. 지순지고至純至高한 사랑의 정신을 노래로 전해주었을 뿐이다.

2007년 12월 7일 충청남도 태안군 앞바다에서 홍콩 선적의 유조선 〈허베이 스피리트Hebei Spiri〉와 삼성물산 소속의 〈삼성 1호〉가 충돌하면서 유조선 탱크에 있던 총 12,547킬로리터의 원유가 태안 해역으로 유출된 사고로 태안에 검은 재앙이 불어 닥쳤다. 그리고 100만 여 명의 자원봉사자의 힘으로 기적을 이루면서 절망의 늪을 벗어나기 시작하였다. 이제는 그 자리에 꽃이 피어 향기와 아름다움으로 채우고 있다. 「안면도국제꽃박람회」가 바로 그것이다. 2009년 4월 24일 화려하게 개막하여 5월 20

일까지 1억 송이의 꽃들이 마음껏 침묵의 언어를 속삭이게 된다. 환상적인 안면도 꽃지해수욕장과 더불어 조화를 이루는 그 아름다움 속에서 번다한 일을 뒤로하고 가족과 함께 꽃사랑의 품속에 깊이 빠져볼 일이다.

(2009. 04. 27. 월)

패랭이꽃을 심으며

시골집을 고치고 난 뒤 언덕에 석축石築을 하였다. 집 뒤의 언덕에는 보기 좋게 큰 돌을 차곡차곡 쌓기도 하였다. 그러나 아무리 촘촘히 쌓았다 하더라도 돌 틈에는 크고 작은 틈이 생겼다. 비가 오고 난 뒤 살펴보면 어김없이 돌 틈으로 흙더미가 스며들어 볼품 있기를 바라던 석축이 오히려 두 눈에 거슬렸다. 볼품이 없어진 것이다. 그래, 생각다 못하여 사이사이에 야생화를 심기로 하였다.

그 뒤로부터 길을 오고 갈 때 나에게는 산기슭을 살펴보는 작은 버릇이 하나 생겼다. 뿐만 아니라 야생화에 관한 서적을 주문하여 눈으로 보고 읽기를 거듭하게 되어버렸다. 그러는 동안 전에는 그저 예사롭게 바라보던 이름 모를 들꽃이나 산꽃에게 지나치리만치 정이 가는 것을 느꼈다. 눈이 가면 마음이 일어서고, 마음이 일어서면 정을 나눌 수 있게 되는구나.

어느 날 토요일 오후 산기슭을 타고 달리다가 눈부시게 아름다운 꽃을 보았다. 차에서 급히 내려 살펴보니 전에 많이도 보아왔던 패랭이꽃이었다. 시골에서 태어나 시골에서 살면서 산야에서 얼마나 많이 보아왔던가? 그러나 그날처럼 패랭이꽃을 아름답게 본 적은 단 한 번도 없었다. 너무나 아름다움에 취하여 난 그만 단 한 가닥의 잔뿌리 하나 다칠세라 주위에 주위를 거듭하며 패랭이꽃을 정성스럽게 캤다. 그리고 집에 들어와 열 손가락에 담뿍 흙을 묻혀 돌 사이에 심어 놓았다. 영원히 뿌리를 내려 아름다움을 마음껏 뿜어 올려다오! 간절한 마음속의 기도가 내 온몸을 울리며 퍼지더니 푸른 하늘 속으로 사라졌다. 곧 야생화 도록을 펼쳐 패랭이꽃을 살펴보았다.

석죽과(石竹科 Caryophyllaceae)에 속하는 다년생초, 패랭이꽃(Dianthus sinensis). 키는 30cm 정도 자라며, 뿌리에서 여러 개의 줄기가 한꺼번에 나온다. 마주나는 긴 선형의 잎은 끝과 밑이 뾰족하며 잎자루는 없고 가장자리는 밋밋하다. 꽃은 6~8월경 가지 끝에 1송이씩 연한 붉은색으로 핀다. 꽃잎과 꽃받침잎은 모두 5장이고, 꽃잎 아래쪽에는 짙은 색의 물결무늬가 있다. 수술은 10개, 암술대는 2개이며, 열매는 삭과蒴果로 가을에 익는다. 7~8월에

꽃과 열매가 붙은 줄기와 잎을 캐서 그늘에 말린 것을 구맥瞿
麥이라 하여 한방에서 치습제·사습제·소염제·이뇨제 및 임질
의 치료에 쓰지만 임산부의 경우 유산의 위험이 있으므로 사용
에 주의해야 한다.

얼마나 유용한 아름다움인가? 꽃이 가지는 것은 아름다움
뿐만 아니라 온몸을 다하여 우리 인간들에게 이로움을 주고
있다는 걸 다시 한 번 느꼈다. 그러나 무엇보다도 더욱 나의 마
음을 끄는 것은 '석죽꽃'이라고도 부르는 패랭이꽃에 얽힌 전
설이었다.

옛날 어느 고개 넘어 가는 길 가운데에 이상한 큰 돌 하나가
있었다. 이 돌에 누가 가까이 가기만 하면 죽거나, 반드시 좋지
못한 일이 일어나곤 하였다. 그래 마을 사람들은 고개를 넘나들
기까지 겁을 집어먹고는 일부러 멀리 돌아다니는 어려움을 감
수해야 했다.

그러던 어느 날 이런 시골에서는 보기 드문, 글귀를 잘 하고
활 잘 쏘는 [석죽]이라고 하는, 용맹하기가 사자와 같은 사람이
있었다. 사람들은 석장사라고 불렀다. 석장사는 돌에 대한 이야
기를 듣고는 활과 살을 빼어 들고 곧 그 돌이 있는 곳으로 달려
갔다. 마을 사람들이 말렸으나, 석장사는 두려워 외치는 사람들

의 말에는 들은 체도 하지 않고, "이름이 장사이거니와 어찌 마을 사람들의 걱정거리를 보고 그냥 지나칠 수 있으리오! 내가 사람들의 걱정거리를 없애 버릴 것이다."고, 큰 소리를 내어 돌을 꾸짖으면서 활을 번개같이 쏘았다. 화살은 어김없이 돌 한가운데를 맞았고, 그 자리에서는 아름다운 꽃 한 송이가 피어났다. 그 후 사람들은 용감한 석장사가 쏜 화살로부터 핀 꽃이라 하여 '석죽꽃'이라 부르게 되었다.

작은 꽃 한 송이가 가지는 이름 위에 이토록 위대한 봉공奉公의 정신이 숨어 있을 줄이야! 자신의 몸을 돌보지 않고 많은 사람들을 위하여 살다간 숱한 이 땅의 이름 모를 사람들을 생각하면서 난 다시 밖으로 뛰어나가 패랭이꽃을 찬찬히 들여다보기 시작하였다. 아무리 작은 꽃이라 하더라도 제 이름값으로 살아가노라면 반드시 패랭이꽃과 같은 아름다움과 함께 그 아름다운 이름까지도 후세에 전하게 된다는 것을 다시 한 번 생각해 보았다.

(2007. 11. 20. 화)

봄을 기다리는 가슴

칼바람 사이를 지나다가 언덕빼기 묵정밭에서 삭아져버린 배추포기를 바라보노라면 쓰린 가슴을 지워낼 수가 없다. 풍요의 늦가을 어느 날에도 수확되어지지 못하고 헐값에 목놓아버린 배추포기. 가뜩이나 움츠리게 하는 매서운 겨울날을 혹독하게 몰아붙인다. 그러나 검붉은 겨울 흙에 온몸의 진기를 다 소모해버린 채 조금씩 주저앉아 내리다가 마침내 납작하니 썩어 문드러지고 있는 배추포기에 미처 녹다 만 잔설으로라도 덮어주고 있는 것을 보면 하늘도 결코 무심하지만은 않은가 보다. 이 가슴 아픈 겨울을 보내기에는 아직도 오지 않는 봄이 간절하기만 하다.

창밖으로 심어놓은 감나무 가지 끝에 붉은 홍시 하나 까치밥으로 남아있다 하였는데, 그것마저 어느 사이 잦은 칼바람에 사라져 버리더니 이제는 덜렁 까치집만이 동그마니 남아 있다. 텅 빈 뜨락 한 귀퉁이에 화단을 덮어주고 남은 짚토매 몇 쌓아두었더니 늦가을에서 겨울을 지나는 동안 어느 사이 밑에서부터 썩어버려 폭싹 주저 앉아버린다. 그러면서도 그 짚토매 위에 식을 대로 식어버린 햇살이 작은 몸부림을 하는 걸 보면, 겨울은 그다지 녹록지 않은 채로 끈질기고도 질긴가 보다.

이러한 겨울임에도 복수초가 얼어붙은 흙을 뚫고 나왔다는 한 시인의 전화 목소리가 들려온다. 이보다 더 반가운 목소리가 또 있으랴! 내 얼어붙은 겨울의 가슴에도 알게 모르게 꾸준히 봄을 기다려 오지 않았던가. 그 목소리가 성에 낀 창을 넘어 먼 산으로 달려가 앙상한 우듬지 끝의 망울진 겨울눈을 보듬고 있는 듯하다. 이제 곧 봄이 오려는가 보다. 문득 정도전鄭道傳의 『삼봉집三峰集』 한 구절이 떠오른다.

봄이란 봄의 탄생이며, 여름이란 봄의 성장이며, 가을이란 봄의 성숙이며, 겨울이란 봄의 수장收藏이다.

그러하거니와 비록 묵정밭의 배추가 삭아내린다 하더라도, 감나무의 까치집에 칼바람이 지난다 하더라도, 짚뭇이 썩어 문드러진다고 하더라도 봄은 언제나 우리의 가슴에 각각의 다른 모습으로 살아있음에 틀림없다.

봄을 기다리는 가슴은 무엇보다도 봄이 가지는 생명에 있다. 생명은 주어진 환경에서 자기 자신을 발견하는 끊임없는 과정을 통하여 새로운 행동을 추구함으로써 무한하게 자기 자신을 경신해 나가는 과정을 보여준다. 생명은 현재로부터 한 발 앞으로 내딛게 하며, 멈추어진 발걸음을 다시 시작하게 하는 힘을 가진다. 그러므로 생명은 결코 뒤로 물러나지 않는다. 현재에서 어제로 향하지 아니하고, 현재에서 내일로 향한다. 내일을 꿈꾸는 사람에게는 강한 생명을 가지고 있는 것이며, 봄을 기다리고 있음을 보여준다. 이는 곧 봄을 기다리는 가슴은 생명을 가진다는 말이다.

봄은 하루가 다르게 변한다. 강한 생명이 변화를 보여주기 때문이다. 생명은 끝없는 변화를 추구한다. 수명은 한계를 가지고 있지만 생명에는 한계가 없기 때문이다. 끊임없이 자라나기를 요구한다. 어제보다도 오늘로, 오늘보다는 내일로 자라나기 위하여 자기 변화를 계속하는 것이 봄이요 생명이다. 물질적으로 어제대로 살아가는 것은 봄도 생명도 아닐 뿐만 아니라, 진정한 의미의 생명이나 봄도 아니다. 새로 태어나는 생명에 대한 감사와 축복을 무한으로 보내는 것도 힘차게 울음 우는 탄성의 힘을 가진 까닭이요, 봄을 맞아 옹크렸던 가슴을 두드리면서 무한으로 펼쳐진 푸르름에 불끈 치솟는 포효를 내지르고 싶은 까닭도 바로 이러한 힘 때문이다. 생명이나 봄은 죽음을 두려워하지 않

는다. 죽음을 눈앞에 두고서도 웃음을 터뜨릴 수 있고 춤을 출 수
도 있는 것이며, 이미 죽음이 된 가파른 언덕도 밟고 넘어 앞으
로 나아갈 수 있게 한다.

　이제 봄을 기다리는 가슴은 입춘을 넘기고 우수를 지나 경칩
을 눈앞에 두고 있다. 봄에는 더욱 넘치는 힘을 가지게 된다. 현
재의 가치를 초월하여 새로운 가치를 추구해 나갈 것이다. 총선
과 대선이 있는 올 한해는 분명한 봄만으로 확실한 변화를 추구
해 나갈 것이다. 지금 살아가고 있는 이 대지에서는 봄을 기다리
는 모든 가슴들이 정도전의 '봄의 봄을, 여름의 봄을, 가을의 봄
을, 겨울의 봄'을 가장 끈질기고 분명한 생명력으로 이제까지 보
지 못하였던 강력한 힘을 모으고 있기 때문이다. 살려고 하고 자
신의 존재를 보여주려는 것이 생명이요 봄이다. 봄을 기다리는
가슴들은 어떠한 채찍을 두려워하지 않으므로 가슴에 가슴을 맞
대며 숨을 모으고, 그 동안 태어나지 않은 영혼까지 불러일으키
면서 끊임없는 혁신을 도모할 것임에 틀림없다. 봄을 기다리는
가슴들은 아직 남아있는 겨울 앞에서 총선과 대선을 확실하고
비장하게 기다리고 있다.

(2012. 02. 19. 일)

봄날의 생각 하나

그리스의 우화작가 이솝(Aesop)의 우화를 읽고 있노라면 절로 웃음이 나온다. 그러나 그 웃음 뒤에는 자못 한 대 얻어맞은 기분으로 자신을 돌아보게 된다. 그의 우화 속에서는 무엇인가 사람의 길을 제시하여 준다. 그는 우화에서 뿐만이 아니라 실제생활 속에서도 그러하였다. 이솝이 아주 어렸을 때의 이야기 하나를 들어 보기로 한다.

훌륭한 학자이기도 한 주인이 어느 날 이솝을 불러 말했다. "목욕탕에 가서 사람이 많은지 어떤지 살펴보고 오너라!" 이솝은 곧장 목욕탕으로 달려갔다. 그런데 목욕탕 문 앞에 뾰족한 큰 돌이 하나 박혀 있었다. 그래서 목욕을 하려고 안으로 들어가는 사람에게나 목욕을 마치고 밖으로 나오는 사람에게나 그 돌은 걸림돌이 되었다. 어떤 사람은 그 돌에 걸려 넘어질 뻔하기도 하였다. 심지어 어떤 사람은 그 돌에 걸려 넘어져 다치기까지도 하였다. "에잇, 빌어먹을!" 사람들은 그 돌을 향하여 욕을 퍼부었다. 그럼에도 불구하고 그 누구하나 그 돌을 치우는 사람은 없었다. '참 한심한 노릇이군! 누가 저 돌을 치우는지 지켜봐야지!' 이솝은 아무 말 없이 목욕탕 앞에 서서 그 돌과 지나는 사람들을 바라보고 있었다. 그러자 얼마 후 한 사람이 목욕탕 앞으로 다가왔다. 그 사람도 돌에 걸려 넘어질 뻔하였다. '왜 여기에 돌이 박혀 있지?' 그는 곧 그 큰 돌을 들어 치웠다. 그리고는 손을 툭툭 털며 목욕탕 안으로 들어갔다. 그제서야 이솝은 자리를 움직였다. 목욕탕 안의 사람 수를 헤아리지도 아니하고 주인에게 달려갔다. "주인님! 목욕탕 안에는 사람이라고는 단 한 사람뿐이었습니다" 이솝의 말을 들은 주인은 이솝과 더불어 목욕탕 안으로 들어갔다. 그러나 이게 무슨 일인가? 목욕탕 안에는 사람들이 가득하지 않은가? 주인은 자못 화가 나서 이솝을 꾸짖었다. "네, 이놈! 목욕탕 안에는 한 사람 뿐이 없다더니, 왜 그리 거짓말을 하였느냐?" 그러자 이솝은 자초지종을 말하면서, "제 눈에는 사람다운 사람으로는 오직 그 한 사람 뿐이었습니다"라고 말했다. 그 말을 들은 주인은 이솝의 마음을 알아차리고는 그저 "오 그랬었구나! 허허허!" 하고 웃고 말았다.

바야흐로 봄기운이 넘쳐흐른다. 지난겨울의 맹추위를 가마득하게 잊어버린 양 온 둘레는 오직 봄이다. 진달래 개나리는 물론이요, 낡은 울타리 너머로 보이는 살구꽃 복숭아꽃도 한창이다. 오가는 사람들의 눈빛이나 목소리에도 생기가 넘쳐흐른다. 그야말로 봄은 생기가 철철 넘치게 하는 신비로운 계절이다. 뿌리가 그 무서운 호랑이 발을 닮았다 하여 이름 붙여진 호장근虎杖根도 그 붉고 예쁜 새싹을 부끄러운 듯 살짝 흙 사이를 비집고 내밀어 그 아름다움에 자못 취하게 만들어준다. 마른 땅에서 푸르름을 선보이더니 어느 사이 가장 먼저 봄을 알려주는 복수초의 노란 꽃송이를 바라보고 있노라면 생명체의 생기감을 넘어 신비롭기까지 하여 자못 경이감에 사로잡히게 한다. 눈이 쌓이고 얼어붙어버린 산녘의 발고랑에서 언뜻언뜻 푸른빛을 엿보이고 있더니, 어느 사이 온통 강한 푸르름으로 뒤덮고 있는 보리밭이 겨우내 얼어붙어버린 마음의 문을 활짝 열어젖히면서 탄성을 자아내게 한다. 그러다 보니 봄은 사람들로 하여금 이곳저곳 경이의 눈초리를 돌리게 하고 탄성을 자아나게 해준다. 봄은 온통 무엇인가를 생각하게 하기에 한발자국 앞서 그저 자신도 모르게 가슴을 부풀리어 감성으로 휩싸이게 한다.

봄은 확실히 이성의 계절이라기보다는 감성의 계절이다. 무릇 사람을 이끌어나가는 것이 감성이라면, 이성은 사람을 사람답게 만들어주는 것이라고 한다. 감성은 사람의 마음을 들뜨게 하여 굽은 길도 펼쳐보이게 하면서 사람을 배반하도록 하지만, 이성은 사람으로부터 결코 등 돌리게 하지 않는다. 이성은 사람의 눈을 돌리게 하지만 감성은 제멋대로 사람의 눈을 현혹하여 자칫 과오를 범하게 만든다. 따라서 사람의 참모습은 이솝의 일화에서 엿볼 수 있듯이 걸거침이 되는 돌에 대하여 욕설을 퍼붓는 감성으로서만이 아니라, 그 돌을 치우는 이성으로서 감성과의 적절한 조화로움에서 모색되어야 할 것이다. 사람의 고매한 생각은 심정心情에서 태어나고, 위대한 감성은 이성으로부터 우러난다는 말을 새삼 가슴 깊이 새기고 싶어지는 계절이 바로 요즈음의 봄날이다.

(2013. 04. 08. 월)

수선水仙를 심으며

수선을 심으면서 성급하게도 먼저 무리지어 피어난 수선의 꽃무리부터 떠올린다. 만발한 하얀 수선화 꽃이 봄바람에 출렁일 때면 하늘의 흰 구름무리가 지상에 내려와 출렁이는 듯하고, 환하게 웃음을 머금은 얼굴로 서로가 서로의 볼을 맞부비고 있는 모습을 보고 있노라면 노란 옷을 입고 푸른 초원으로 봄나들이를 하러 나온 유치원 어린 아이들이 마음껏 뛰어놀고 있는 천진한 모습이 밀려오기도 한다. 과연 금잔옥대金盞玉臺요 빙심분색氷心粉色이라 칭할 만하다.

그러나 이뿐만이 아니다. W.셰익스피어는 "제비도 날아오기 전에 피어 삼월의/ 미풍을 황홀하게 하는 수선화"라고 노래하였고, 중국의 화가이며 서예가인 황정견黃庭堅은 "아리따이 걸어가는 선녀의 발 맵시/ 물결 위에 아른아른 달빛을 밟네(凌波仙子 生塵襪 波上盈盈步微月)"라 읊었다. 또한 수선을 일명 〈능파선凌波 仙〉이라고도 부른다. 중국 삼국시대 위나라 조식曹植이 아릿다운 견甄씨를 사랑하였으나 그의 형인 문제文帝가 그 미인을 궁궐로 불러들여 취한 후 견씨가 병들어 죽었다. 문제가 조식에게 견의 베개를 주어 그것을 베고 잠들자 꿈속에서 견씨의 영혼을 만났다. 그리고 그 만남을 「낙신부洛神賦」라는 시로 읊었다. 그 시속에서 수선을 '능파선자凌波仙子'라 불렀고, 그 후부터 수선을 그리 불리우게 되었다고 한다. 이런 것으로 보면 동서양을 막론하고 수선을 그냥 예사로운 꽃이 아닌, 선녀[仙]와 버금할 정도로 아름답고도 귀한 꽃으로 여기지 않았나 싶다.

지금이니까 어디서나 곧잘 볼 수 있지만 옛날에는 수선이 그리 흔히 볼 수 있는 꽃이 아니었던 모양이다. "우리 동국東國 옛날은 수선이 없더니 요새 비로소 북경에서 사 가져온 이가 있어 유한인遊閑人이 흔히 꽃분에 옮겨 놓고 몹시 애상愛賞한다"(『김와경독기金華耕讀記』)는 기록이나, 추사가 제주도에서 보낸 편지를 통하여 "수선화는 정말 천하의 구경거리이다. 중국의 강남은 어떠한지 몰라도 여기는 방방곡곡이 손바닥 한 땅이라도 이 수선화가 없는 곳이 없다"고 말하였던 것으로 보아 수선화는 제주도에서나 볼 수 있는 귀한 꽃이었던가 보다.

그런데 왜 수선화를 심으면서 문득 수선화의 꽃말을 떠올리는 것일까? 수선화의 꽃말은 '자기 자랑'이요, '오만'이다.

　미소년 나르키소스(Narcissus)가 우물물을 마시던 중 물속에 비친 자신의 모습에 반하여 끝내 우물에 빠져 죽음으로써 '죽음' 또는 '죽어야 하는 자'의 운명을 상징하는 꽃으로, 혹은 자기 용모나 재능을 과대하게 평가하고 찬미하는 병적인 자아도취증自我陶醉症을 말하게 되고 있지만 아무래도 수선과 전혀 어울리지 않다는 생각이 먼저 든다. "꽃의 술잔을 눈물로 채운다"(밀턴의 「리시다스」에서)고 말할 정도로 너무 수줍어서 연민의 정까지 느끼게 할 정도로 아름다울 뿐만 아니라, 다소곳이 고개를 숙이는 수줍은 미인을 송두리째 닮은 수선으로서는 그 꽃말과 나르키소스의 이야기가 여간 억울한 게 아니다.

　'함수초含羞草'라는 꽃에는 미의 여신 비너스의 '미모사'라는 예쁜 공주의 이야기가 전해져 온다.

　공주는 무척 거만했다. 하루는 공주가 정원을 거니는데 어디서인가 라라를 타며 노래를 부르는 소리가 들렸다. 노래에도 자신 있는 공주가 그 노래의 주인공을 찾고 보니 뜻밖에 누추한 양치기 소녀와 소년이 노래자랑을 하고 있지 아니한가. 처음에는 샘이 났던 공주는 그들의 누추함에 비해 노래를 기가 막히게 잘하는 걸 듣고는, 너무 화려하기만 한 자기가 점점 부끄러워졌다. 그래서 급히 그 자리를 피하려 하는데, 노래를 하던 양치기 소년이 공주를 가리키면서, "저 얼굴로 이 세상에서 가장 예쁘다고 뽐내는 저 공주를 보라!"고 놀렸다. 공주는 그 소리를 듣고는 너무 부끄러워 그 자리에서 그만 한 포기의 풀로 변하고 말았다.

그래서인지 함수초의 꽃말은 '부끄러움'이다. 그러나 이러한 부끄러움을 가질 줄 모르는 수많은 사람들 때문에 수선처럼 청초하고 아름답게 살아가는 많은 사람들이 억울하게 당한 누명 아래 얼마나 서럽고 가슴 깊은 상처를 안은 채 살아가고 있는가. 새삼 자신의 참다운 부끄러움을 알고, 목숨마저 초개처럼 버릴 줄 아는, 함수초 한 그루 볼 수 없는 이 세상의 어두운 그늘 밑에 자신의 아름다움에 비하여 너무나 억울하게 비하된 수선 한 알 한 알을 정성스럽고 소중하게 땅에 묻는다.

(2011. 10. 22. 토)

5월을 맞으며

오월은 해가 길어 더디 간다고 하여 '깐깐 오월'이니 '모둔 오월'이니 하지만 아무래도 오월만큼 싱그러운 달도 없는 것 같다. 그래서인지 많은 문인들이 오월을 희망차게 노래하여 왔다. 먼저 김말봉金末峰의 「화려한 지옥地獄」을 보면 오월이 곧 가슴 속으로 힘차게 밀려오는 듯하다.

"산과 들은 차츰 그 호사스런 꽃의 장막을 거두고 신선한 녹음을 펼치는 오월이 왔다. 감정에서 의지로, 낭만에서 실제로, 그리고 환영에서 뚜렷한 정체를 응시해도 좋은 오월이 왔다. 달콤한 꽃의 향기에 취하여 있기에는 녹음의 도전이 너무나 생생하다. 오월의 광명 아래 나래를 펼친 크고 작은 가지들의 행복은 확실히 그 싱싱하고 미더운 녹색에 있다. 들과 산이 푸른 빛 깔 속에 담뿍 젖을 무렵이면 언제나 사람들도 생명과 소망으로 그 혈관 속에 맥박은 힘차게 돌아간다.”

위 글을 보아서도 알 수 있듯이 오월이 돌아오면 온 누리는 온 통 녹색 하나로 물들면서 사람의 몸을 근질리어 가만히 앉아 있 지 못하게 하는 열정을 안겨준다. 푸르름 때문이다. 푸르름은 사 람의 마음을 활기차게 움직이도록 하는가 하면 동시에 차분히 가라앉게 하기도 한다. 삶이 고달플 때나 울적할 때 창밖으로 넓 게 펼쳐진 초록을 묵묵히 바라보고 있으면 저절로 마음이 녹아 내리면서 밝아지게 되고, 고달픔이나 울적함도 사라진다고 한 다. 그래서일까? 정비석鄭飛錫은 「청춘산맥靑春山脈」이라는 글 에서 다음과 같이 오월을 노래한다.

5월! 오월은 푸른 하늘만 우러러보아도 가슴이 울렁거리는 희망의 계절이다. 오월은 피어나는 장미꽃만 바라보아도 이성 이 왈칵 그리워지는 사랑의 계절이기도 하다. 바다같이 넓고 푸 른 하늘을 가만히 바라보고 있으면 어디선가 구성진 흥어리타 령이 들려올 것만 같고 신록으로 성장한 대지에도 고요히 귀를 기울이고 있으면 아득한 숲속에서 아름다운 희망의 노래가 들 려올 듯도 싶다. 하늘에 환희가 넘치고 땅에는 푸른 정기가 새로운 오월! 오월에 부르는 노래는 그것이 아무리 슬픈 노래라도 사랑의 노래와 희망의 노래가 아니어서는 안 될 것이다. 오월에 꾸는 꿈은 그것이 아무리 고달픈 꿈이라도 사랑의 꿈이 아니어서는 안 될 것이다.

오월이 되면 사람들은 금방이라도 선 자리에서 뛰어 오를 듯한 느낌을 받곤 한다. 제멋대로 내달리고 싶고, 제멋대로 외치고 싶고, 제멋대로 노래를 부르다가 서 있는 그 자리를 박차고 보다 더 높고 넓고 크고 깊은 곳을 향하여 마음껏 가슴을 펼쳐내고 싶다. 온 누리가 하루가 다르게 푸르러지다가 초록을 향하여 아침 저녁으로 달려 오르니 사람의 마음인들 어찌 제 자리에만 머물 수만 있다는 말인가? 이어령李御寧은 「차[茶] 한 잔의 사상思想」에서 다음과 같이 오월을 말한다.

5월은 잎의 달이다. 따라서 태양의 달이다. 5월을 사랑하는 사람은 생명도 사랑한다. 절망하거나 체념하지 않는다. 권태로운 사랑 속에서도, 가난하고 담담한 살림 속에서도 우유와 같은 맑은 5월의 공기를 호흡하는 사람들은 건강한 희열을 맛본다.

확실히 '오월은 계절의 여왕'(노천명의 「푸른 오월」)이요, 일본의 시인 기타무라 다로(北村太郎, 1922-1992)의 「1952년의 이미지」에서처럼 '오월은 잘 닦여진 녹색의 귀걸이'와 같으며, 피천득의 「오월」에서처럼 '오월은 금방 찬물로 세수를 한 스물 한 살 청신한 얼굴'이기도 하고, '오월은 원색의 웃음이 푸른 풀밭에 쉬는 달'(정연희의 「그대 강가에 나의 등불을」)이기도 하다. 그러나 뭐니뭐니 해도 이러한 오월은 '청소년의 달'이요, '어버이의 날'이 있는 달이요, '스승의 날'이 있는 달이며, '가정의 달'이기도 하다. 그러하거니와 오월을 맞아 먼저 사랑과 감사로 모두의 가슴부터 푸르게 할 일이다.

(2011. 05. 05. 목)

다시 5월을 맞으며

5월을 이르러 '계절의 여왕'이라지만 뭐니뭐니해도 '어린이날' 과 '어버이의 날'을 떠올리지 않을 수 없다. 그 중에서도 5월의 신록과 함께 '날아라, 새들아 푸른 하늘을~ '로 시작되는 노래와 더불어 해맑은 어린이의 모습이 먼저 떠오르게 되어 '어버이날' 이 자칫 가려진 듯한 느낌이 들곤 한다. 5월에 들어와도 이제는 '어머니날'은 없다. 다만 그 자리를 어머니와 아버지가 함께하는 '어버이날'로 제정되어 있다. 이른바 어버이의 은혜뿐만이 아니라 어른과 노인에 대한 존경을 되새기자는 뜻으로 제정된 기념일이다. 매년 5월 8일이다. 기념일이지만 공휴일은 물론 아니다. 하지만 지난날의 '어머니의 날'을 생각하지 않을 수 없다.

1913년 미국웨스트버지니아주의 웹스터라는 곳에 신앙심이 두터운 안나 자비스라는 여인이 어머니와 단 둘이 살고 있었다. 그 어머니가 세상을 떠나 혼자가 되어버리자, 그녀는 어머니가 살아계실 때에 좀 더 효성을 다하지 못한 것을 후회하였다. 어느날 그녀가 친구들의 티 파티에 초대되었을 때 흰 카네이션을 가슴에 달고 참가하였다. 그리고 그녀는 이 세상 사람이 일 년에 하루만이라도 좋으니 어머니를 기억하였으면 좋겠다는 심정으로 약 10만 달러의 어머니 유산을 기금으로 하여 〈어머니날〉 제정을 국내외에 탄원하였다. 그리고 그로부터 7년이 지나 윌슨 대통령 취임 당시 미국 의회에서 1914년 5월 둘째 일요일을 첫 '어머니날'로 정했다.

이에 따라 우리나라에서는 1956년 5월 8일을 '어머니 날'로 지정하여 기념해왔다. 그러다가 1973년 3월 30일 대통령령으로 '각종 기념일 등에 관한 규정'이 제정·공포되고 난 다음, 1974년부터 '어버이날'로 변경되었다. 이날 각 가정에서는 자녀들이 부모님에 대한 감사의 표시로 선물을 하거나 카네이션을 달아드리곤 한다. 또한 정부에서는 정부주관 기념일로 어른들을 위한 각종 기념행사를 벌이며, 효자·효부들을 표창하여 어버이의 은혜에 감사하며, 어른과 노인에 대한 존경을 되새기곤 한다.

그러나 아무리 어버이의 날이 제정되어 정부주관의 행사가 계속되어지더라도 오늘날의 어버이들은 날로 외로워져가고 있다. 핵가족이 어버이를 가정에서 멀어지게 하고 있다. 산업화의 영향으로 시골집은 한 채 한 채 비워져가고, 추스르지 못한 지붕 아래에 남은 어버이만이 구부러진 허리를 곧추세우며 시골집을 지키고 있는 실정이다. 옛날처럼 자식들의 돌봄으로 생활을 즐기던 일은 아예 꿈에서조차 누리기 어렵게 되었다. 그래도 어린이들은 성장하여 가면서 '어린이날'을 맞아 즐기고 있지만, 어버이는 '어버이날'을 맞아도 쓸쓸한 하루하루를 맞고 있다. 어버이날이라 하더라도 자식들의 전화 한 통이나 받는 것으로 만족해야 한다. 이보다 조금 나으면 자식들로부터 배달되는 작은 선물을 앞에 놓고, 단란하게 살았던 시절의 자식들 얼굴을 떠올리며 눈물을 지어야 한다. 자식이 어린이였던 시절, 괴롭거나 아플 때 어버이들은 유일한 피난소가 되어 왔으며, 즐겁고 기쁠 때에는 그것을 같이 누리는 동감자同感者가 되었었는데도 말이다.

어버이들에게도 일상생활에서 즐거움과 기쁨을 누릴 수 있는 지난날은 있었다. 그러나 그것은 오직 자식 키우는 일에 국한되어 있었다. 어떠한 교훈이나 이론으로써가 아니라, 어버이의 살과 피, 몸과 뼈와 영혼으로 이루어진 사랑, 그것만으로 자식을 키워왔다. 그런 가운데 아버지는 엄한 할아버지 밑에서 복종만을 일삼아 왔으며, 어머니는 시어머니의 눈치를 살피느라 때때로 자식 사랑에도 뼈아픔을 견뎌내야만 했다. 여기에 남편의 횡포가 있었다면 어머니의 삶은 얼마나 고통스러웠을 것인가.

5월을 맞아 한 번쯤은 고향집을 그려보기로 하자. 어버이를 통하여 고향 산천을 그려보자. 그 속에서는 신시대인 어린이들의 복잡미묘하고 변화무쌍한 기질에 접목시키고도 남을만한 지혜로움이 분명하게 발견될 것이다.

(2013. 04. 25. 목)

할미꽃과 가족

옛날 어느 산골마을에서 한 할머니가 두 손녀를 키우고 있었다. 큰 손녀는 얼굴이 무척이나 예뻤지만 마음씨가 좋지 않았고, 둘째손녀는 얼굴은 예쁘지 않지만 마음씨는 무척 고왔다. 둘은 자라서 큰 손녀는 가까운 이웃 마을의 부잣집으로 시집을 가게 되었고, 둘째 손녀는 산 너머 아주 먼 마을의 가난한 집으로 시집을 가게 되었다. 둘째 손녀는 시집을 가면서도 돌보아줄 사람이 없는 할머니를 꼭 모시고 가겠다고 하였다. 그러자 큰 손녀는 자기의 체면도 있고 하니 자기가 할머니를 모신다고 굳게 다짐하는 것이었다.

그러나 이러한 굳은 다짐에도 불구하고 큰 손녀는 할머니를 모시지 않았다. 할머니는 둘째 손녀가 시집을 가고 나서는 끼니조차

잇기 어려운 형편에 이르렀다. 그럼에도 불구하고 큰 손녀는 할머니를 돌보지 않았다. 할머니는 굶주리고 또 굶주린 끝에 도저히 살아갈 수 없어 작은 손녀를 찾아 산 너머 먼 마을로 향하였다.

할머니는 산 고개를 오르면서 지친 몸을 잠시 내려놓고 잔디밭에 앉아 숨을 돌리고 있었다. 그러나 이미 기진맥진한 할머니는 앉은 자리에서 다시 일어나지 못했다. 멀리 둘째 손녀가 살고 있는 곳을 바라보며 거친 숨을 몰아쉬다가 그만 그 자리에 쓰러지고 말았다.

이 사실을 뒤늦게 알고 난 둘째 손녀는 허겁지겁 할머니 곁으로 달려왔다. 그러나 이미 싸늘해버린 할머니는 아무 말도 없었다. 할머니를 끌어안고 아무리 울어보아도 할머니는 감은 눈을 다시 뜨지 못했다.

둘째 손녀는 할머니를 자기 시집의 뒷동산 양지 바른 곳에 고이 모시었다. 그런데 이게 무슨 일인가? 이듬해 햇볕 따뜻한 어느 봄날 할머니 무덤가에서 전에 보지 못한 꽃이 피어나 있는 것을 보았다. 꽃은 허리를 구부린 채로 몸을 굽히고 있는 할머니의 모습 그대로였다. 둘째 손녀는 부드러운 할미꽃 꽃송이를 어루만지면서 할머니를 모신 듯 정성껏 돌보아주었다.

따뜻한 봄날을 맞으니 먼저 떠오르는 꽃은 할미꽃이었다. 이 이야기는 바로 할미꽃에 얽힌 옛이야기였다. 그러나 옛이야기로 치부하기에는 오늘날의 우리 사회에서도 있을 수 있는 일이라는 생각에 그만 씁쓸해 하지 않을 수 없다. 바로 존속살인사건이 차마 바로 보지도 못하고 TV화면에서 고개를 돌리며 귀를 막게 하였기 때문이다.

우리나라의 존속 살인사건은 최근 5년 사이에 2배나 증가하였다고 한다. 이는 미국이나 영국에 비하여 무려 2배나 된다고 하니 존속살인사건이야말로 무서운 사회 현상이 그대로 반영된 것이나 아닌지 염려된다. 가족 개인의 문제가 아니라 사회문제로 대두되고 있기 때문이다. 이에 대하여 어느 변호사는 근대적인 상속제도는 자식에게 부모의 재산을 모두 물려준다는 것에 있다. 이를 당연하다고 생각할지 모르겠지만 이러한 상속제도 때문에 자식들은 부모의 재산을 부모님이 돌아가시지 않았는데 자신의 것으로 보게 된다. '저게 다 내 재산인데'라는 생각을 가지고 부모님의 생존여부를 떠나 자신의 재산으로 간주한다. 연로하신 아버지를 치매로 몰아 요양병원에 입원시키는 일도 종종 생긴다. 자식들은 오히려 부모의 재산에 대하여 부모가 자신들을 위하여 대리로 보존하고 있다는 생각을 한다. 또한 부모가 많은 유산을 주더라도 감사하게 생각하지 않고 당연하게 생각한다. "얼마나 잘못된 생각인가"라고 말하고 있다. 또 그는 존속 살인을 경제적 문제로만 본다면 극빈층이라든지 빈곤층에서 더 많이 일어나야 되는데 오히려 중상, 중하 정도에서 많이 일어나고 있다. 이것은 빈곤문제를 가장한 가족문제일 가능성, 이 두 가지가 겹칠 가능성이 높다는 것이다. 한국가정에는 너무나 많은 스트레스가 쌓여있다. 애정이 없는데도 모여서 살고 있고, 캥거루가족이라는 사람도 있고, 그 스트레스가 결국은 개개인의 가족구성으로 향하게 되면서 재산의 문제로 변질되는 것이다. 존속살인의 또 다른 원인은 우리나라의 전근대적인 상속제도 때문이다"라고 덧붙인다

　오늘날과 같은 삭막한 세상에 가족이라는 말처럼 정다운 것은 없다. 잘못이 있어도 서운한 일이 있어도 어두운 밤이 지나면 아침햇살처럼 정다워지고 따뜻해지는 것이 가족이다. 한 울타리 안에서 한 핏줄을 나눈 가족끼리는 그저 모든 것이 '사랑'이라는 말 앞에 용서가 된다. 즐거운 일이 있으면 '너'와 '나'가 아닌 온 가족의 품안에서 기쁨을 함께 할 수 있어서 더욱 큰 기쁨을 누릴 수 있으며, 슬픈 일이 있으면 이 또한 함께 나누어 슬픔을 최소한 작게 할 수 있다. 이것이야말로 가족이기 때문에 가능하고, 가족이기 때문에 더욱 이루어낼 수 있는 행복이다. 가족은 분명 이 세상의 가장 가까운 집단이다. 그러나 자칫 갈등이 생기면 가까운 만큼 더 무섭게 무너질 수도 있다. 봄햇살 아래 다소곳이 피어난 할미꽃을 바라보면서 먼 옛날의 전설과 함께 오늘날의 사회문제로 떠오르고 있는 우리 사회의 '가족', 그 '가정'을 생각해본다.

(2014. 03. 25. 화)

여름산에 들며

여름산의 입구에 다다르면 그저 조금은 싸늘한 기운의 힘을 입어 크고 작고, 높고 낮고, 넓고 좁고, 멀고 가깝고, 현명하고 우매한 세상사의 궂은일들이 한꺼번에 달아나는 느낌 속에 빠져들게 한다. 그러나 어디 그뿐이랴! 인간 세상에 살아가면서 오랜 동안 굳어져버린 모든 관습적인 일까지도 한꺼번에 산산이 흩어져 버리는 착각 속에 들게 한다. 그 동안 세상사 살아가면서 얼마나 몸과 마음으로 가득한 등짐을 견디며 살아왔던가?

모든 스트레스가 한꺼번에 몰려와서 온몸으로 견딜 수 없도록 가뜩이나 피로함에 휩싸여 마음이 복잡하고 답답할 때에는, 창 너머로 보이는 먼 곳의 짙푸른 숲을 가진 산을 묵묵히 바라보고 있으라 한다. 그러면 서서히 온몸의 피로가 풀리고, 스트레스도 어느 사이 해소된다고 한다. 푸른 산은 우리로 하여금 몸과 마음의 모든 스트레스를 이겨 내는 힘을 부여해주기 때문이다. 그래서 숲은 언제나 신神의 첫 성당聖堂이라고 하였는지도 모른다.

산은 언제나 바쁘게 하루하루를 잰걸음으로 가는 우리들에게 살아가는 길을 제시해준다. 봄이면 작고 부드러운 연두빛 손길이 서서히 일어나기 시작하고, 여름이면 일어서는 짙푸른 녹색이었다가, 가을이면 온갖 가지가지 색깔들로 덮히면서, 겨울이면 둘레의 모든 것들을 과감히 벗어던지고 홀로 바람을 맞고 있는 산! 봄여름가을겨울을 지나가면서 연두빛 갓난아기의 빛깔로부터 모든 빛깔을 버리기까지 산은 자신이 거느린 작은 나무 가지 하나 함부로 하지 않으면서도 이러한 갖가지 변화를 두려워하지 않는다. 아니 이러한 변화를 끊임없이 추구하면서 산은 덕德과 인仁을 모두 소유하여 계절에 따라 적재적소하게 베풀며 살아간다. 그러하거니와 어찌 산에 들어 살아감의 변화를 두려워하겠는가?

인간이 인간으로서 갖춘 것이 인격人格이라면 산이 산으로서 격을 갖춘 것은 산격山格이라고 할 수 있다. 산이 산으로서의 산격을 갖춘 것은 곧 끝없이 너른 자신의 온몸에 둥지를 틀고 수없이 많은 나무에 뿌리를 내리게 하면서도, 제멋대로의 변화를 추구하는 나무들의 살아감을 모두 포용해주는 인과 덕을 가지고 있기 때문이다. 산이 당당한 풍채風采와 산격山格과 조화調和를 허락하면서 모든 나무들의 변화를 허락하였듯이 인간이 살아갈 수만 있다면 모든 인간들도 가장 조화롭고 알맞은 인격을 갖출 수 있으리라!

그러나 인간은 산만큼 높고 산만큼 넓으며 산만큼 높아지면 골 깊어가는 자신의 둘레조차 살피면서 살아가지 못한다. 그것이 인간이 인간이지 못한 인격을 가지지 못하는 데에 있다. 인간이 산이 되지 못하는 까닭은 바로 산이면서도 산인 줄 모르고, 산이면서도 산처럼 자신의 몸과 마음을 베풀지 못하면서 깊은 골짜기로 자신이 무너져 내린다는 것을 의식하지 못하는 어리석음 때문이다.

F. W. 니체는 『짜라투스트라는 이렇게 말했다』에서 "인간에게 비친 원숭이는 무엇인가? 그것은 하나의 웃음거리, 고통으로 가득 찬 하나의 치욕이다. 초인에게 비친 인간이란 바로 그런 것이다. 하나의 웃음거리, 고통으로 가득 찬 하나의 치욕이 아닐 수 없다"고 말한다.

무더위와 잦은 비와 열기 먹음은 한여름의 복중服中에서 산에 비친 인간들의 모습은 어떠할까?! 수없이 많은 나무들처럼 푸르름으로 장식하면서 무럭무럭 제 몸을 키워 인간들에게 푸르름을 나누어 주는 나무의 슬기와, 그런 나무들이 잘 자라나도록 끊임없는 변화를 인과 덕으로 이끌어주는 여름산의 원대한 지도자로서의 산격山格이 꿈꾸어지는 요즈음이다. 모름지기 정치를 한다

고 하는 자들은 산만이 가질 수 있는 산격같은 인격을 가질 일이
요, 그러한 산격 속에서 변화를 올바르게 추구하는 나무와 같은
국민들이 스스로 올바른 목격木格을 가지게 할 수 있게 해주어야
한다. 그러나 아무리 깊이 생각을 몰아보아도 먼 여름산에는 푸
르른 나무들만 가득할 뿐 어제보다도 더 깊은 어둠이 먹구름처
럼 연속으로 몰려오는 듯한 느낌에 빠져들게 한다.

(2008. 07. 20. 월)

요즈음, 너무 덥다, 더워!

　요즈음 너무나 덥다. 사람은 체온이 36.5도를 유지하는 정온 동물(?)이기 때문에, 땀을 배출하고 배출된 땀이 증발하며 체온을 빼앗아가는 방법으로 체온을 유지한다. 그런데 공기 중에 수증기가 많으면 증발현상이 잘 일어나지 않기 때문에 체온 조절의 어려움으로 인하여 덥게 느껴진다. 짜증이 늘어나고, 밤에는 잠도 잘 이룰 수가 없다. 이러한 밤이 곧 열대야요, 이래서 생기는 것이 바로 수면부족현상이다. 하루 이틀이 아니고 며칠째 더위가 우리 삶을 엄습하고 있으니, 짜증이 늘어날 수밖에 없다. 무서운 더위다. 숨이 헉헉 차오른다.

　요즈음에는 곳곳에 따라 내려진 것이 폭염주의보이다. 최고기온 33℃ 이상이고, 일최고 열지수가 32℃ 이상인 상태가 2일

이상 지속될 것으로 예상될 때 내려진다. 여기에 한술 더 떠서 6~9월에 일 최고기온 35℃ 이상이고, 일최고 열지수가 41℃ 이상인 상태가 2일 이상 지속될 것으로 예상될 때 폭염경보가 내려진단다. 여기에서 열지수(Heat Index)는 날씨에 따른 인간의 열적 스트레스를 기온과 습도의 함수로 표현한 식이요, 일최고열지수란 일중 열지수의 가장 높은 값을 의미한다. 폭염주의보니 폭염경보니, 도대체 언제부터 이런 상태의 날씨로부터 고통을 받아왔던가?

열대야가 과거보다 자주 발생한다면 이유는 지구가 따뜻해지는 온난화현상 때문이라고 한다. 지구 온난화란 온실 효과(green house effect)를 말한다. 이러한 온실 효과는 자연적 요인으로 태양활동의 변화, 지축 변화, 지구 공전 궤도 변화가 있는 지구 궤도 요인과 화산 분출 요인(화산 분화는 어떤 성분의 가스와 먼지를, 얼마나 많은 양을, 얼마나 높이 분출시켰는가 하는 등의 요소에 따라 기후 변화에 영향을 미침)이 있고 해수의 순환의 변화가 기후 변화를 가져온다는 설명도 있다.

그러나 인위적인 요인이 있다. 온실기체의 증가에 따른 수증기로 전체 대기 온실효과의 약 60~70%에 달한다. 그 다음엔 이산화탄소와 오존을 꼽을 수 있는데, 이산화탄소가 기여하는 온실효과 정도는 전체 대기의 약 25%에 불과하다. 그런데 이산화탄소가 수증기보다 중요한 지구 온난화의 요인으로 주목받는 이유는, 수증기는 자연적으로 대기 중에 풍부하게 존재해 대기 중 함유량이 크게 변하지 않는 반면, 이산화탄소는 인위적인 영향으로 인해 대기 중 함유량이 최근 급격하게 증가하고 있기 때문이다.

이런 온실 기체들을 방출하는 것은 거의 인간들이다. 인간이 사용하는 자동차, 스프레이, 냉장고 등은 온난화의 주범인 이산화탄소, 프레온 가스 등을 방출한다. 즉 지구온난화 문제는 산업혁명이후 성장, 발전을 이루어 온 공업화, 경제개발과 밀접한 관계를 갖고 있다. 산업화에 따라 대기오염물질의 방출량이 증가하여 지속적으로 기온이 상승하는 것이다. 뿐만 아니라 열대 우림의 파괴, 가축 분뇨 등에 의한 이산화탄소, 메탄 등의 기체를 과다하게 방출하여 지구 기온의 상승 원인이 된다.

지구 온난화가 계속된다면 이상기후로 인한 엘리뇨 현상으로 수자원이 고갈되고 환경변화에 따르는 식물 고사가 우려되며, 또한 홍수, 아열대성 질병발생 등 대재앙을 몰고 온다. 북극이나 남극의 빙하가 녹아내려 육지를 잠식하고 급기야는 해면보다 낮은 육지는 바다 속으로 잠겨 버리고 만다. 지구 온난화는 온난화 자체 문제도 있지만 2차적으로 광합성 피해를 크게 증가시켜 식물을 고사시키고 사람이나 동물 또한 희생을 감수해야 하는 엄청난 재해를 가져오기도 한다. 이와 같은 결과로 끝내는 육지가 사막화되어 모든 생물이 살 수 없게 된다.

이와 같은 지구 온난화를 막기 위해서는 먼저 이산화탄소, 메탄, 프레온 가스 등의 억제 및 규제함은 물론 새로운 대체 에너지, 즉 태양에너지, 풍력 에너지, 수력 에너지 등 석탄과 석유를 사용하지 않는 무공해 대체 에너지 자원 개발에 힘써야 하고, 삼림 면적 지역을 확대하는 데 힘을 기울여야 한다. 그러나 무엇보다도 개인적인 노력이 중요하다. 덥다 덥다하면서 짜증만 부리지 말고 가정에서 가까운 거리는 자동차 대신 걸어다니거나 쓰레기 적게 버리는 것들도 바로 지구의 온난화 예방이라는 것을 알아야 할 것이다.

(2009. 08. 17. 월)

시기猜忌하는 마음

　우리의 속담에 '가을에 밭에 가면 가난한 친정에 가는 것보다 낫다'라는 말이 있다. 가을밭에는 먹을 것이 많다 하여 이르는 말이다. 그만큼 가을은 우리에게 풍요를 안겨준다. 산과 들을 바라보면 그저 온갖 곡식과 과일이 익어가고 있으니 바라만 보아도 절로 입이 벌어지는 가을이다. 어디 그뿐인가? 형형색색으로 물들어가는 단풍에 휩싸이면 저절로 탄성을 자아내게 한다. 단풍의 아름다움이 절정에 달하면 마음까지도 달아올라 한껏 부풀어 오른다. 가을 물은 맑고 또한 깨끗하여 이 같은 풍요로움과 아름다움의 분위기를 한층 높여준다.

　그런데 어느 날 갑자기 내리는 비를 맞게 되면 하루아침에 아름답던 가을은 낙엽이 되어 떨어져 버리고, 곡식을 거두어 드린 들녘은 그만 텅 비어버린 채 누워 있어 우리에게 허무함과 적막감을 안겨준다. 겨울이 한껏 가을을 밀어내는 심술을 부렸기 때문이다. 이러한 겨울 앞에 서면 꼭 가을에 심술을 부리는 것은 물론이요, 가을에 대하여 겨울이 시기猜忌하는 것만 같아 계절에도 사람이 지니는 시기하는 마음을 가지고 있나 싶어 쓸쓸하기도 하다.

사실 시기하는 마음은 사람이 늘 가지고 있는 마음의 하나이기도 하다. 어느 사람도 자신과 같은 수준의 사람이 앞을 달리는 걸 좋아하지 않는다고 한다. 또한 사람이란 남이 겪고 있는 불행이나 괴로움에 대하여 적지 않은 기쁨을 느낀다고도 한다. 이러한 것은 모두 다 사람이 지닌 시기하는 마음에서 비롯된다.

그리스의 유명한 철학자 탈레스는 돈이 무척 많은 부호였다. 그의 어떤 친구가 이러한 탈레스를 만나 그의 부호를 시기하는 마음으로 힐난했다. "철학자라는 학자답지 않게 어찌 그리 돈을 탐하는가?" 그러자 그는 이렇게 응수를 했다. "응, 자네는 자기가 하지 못할 일이면 무엇이든 다른 사람도 하지 못하게 하는 고약한 버릇이 있네그려. 그것이 바로 시기하는 마음이 아니겠는가?" 그러자 탈레스의 친구는 입을 다물고 말았다.

시기심은 상대보다 무엇인가 부족한 것이 있다는 것을 스스로 나타내주는 마음이다. 그러기 때문에 시기하는 마음을 고치기 위해서는 무엇인가 부족한 것을 끊임없이 채워주는 노력을 계속하지 않으면 안 된다. 무엇인가 부족한 것을 꾸준히 채워 넣는 노력을 기울이는 가운데에는 저절로 시기심이 없어질 뿐만 아니라 자기 자신의 성취감을 느낄 수 있어 마침내 자신의 행복을 누릴수 있게 되기 때문이다. 따라서 시기심을 어떻게 극복하느냐에 따라 자신의 행복을 구가할 수 있느냐, 불행의 구렁텅이로 빠져들 수 있느냐를 결정해준다. 분명한 것은 남이 누리고 있는 행복을 시기하는 마음은 자신의 마음을 삐뚤어지게 함으로써 스스로도 아픔이 된다는 사실이다. 겨울을 재촉하는 비가 내리고 나니 둘레는 온통 겨울의 심술스런 찬 기운에 휩싸인다. 가을에 대한 겨울의 시기가 극에 달하여 사람으로 하여금 몸과 마음을 한꺼번에 옹크리게 함은 물론 산천의 아름다운 풍광까지도 송두리째 앗아가고 만다. 그래서 사람들은 때때로 우울함에 젖어들기도 하고, 한편으로는 고독감에 사로잡히게도 된다. 이것은 가을이 너무 지나치게 화려하고 풍요롭기 때문에 겪어야 하는 당연한 아픔인지도 모른다. 그래서일까? 그 화려하고 풍요로움을 잃어버린 허탈감에 사로잡힐 때 겨울은 차가운 밤바람 소리까지 몰고 와서 제 갈 길을 더욱 재촉한다. 시기하는 마음은 결국 이토록 무거운 적막까지 가져다준다.

그러나 아무리 겨울이라 하더라도 결국 물러날 때가 있다. 겨울이 가을을 시기하는 마음으로 길을 재촉한다 하더라도 그 길은 결국 봄으로 가는 시간을 단축시켜주는 길일뿐이다. 겨울 뒤에 머지않아 봄이 오면 또다시 가을단풍을 예고하는 푸른 잎이 돋아날 것이며, 옹크리던 우리의 몸과 마음을 한층 북돋워 줄 것이다. 그러므로 차가운 겨울을 맞는 우리의 마음은 그 시기하는 것이 아니라 한 발자국 건너뛰어 봄을 맞는 자세로 다스려야 할 것이다. 행복은 '너'와 '나'라는 각각의 차갑게 시기하는 마음에서가 아니라 '나'와 '우리'라는 부드럽고 따뜻함을 북돋워주는 마음에서부터 시작되기 때문이다.

(2010. 11. 08. 월)

가을맞이 유감有感

    '갈바람에 곡식이 혀를 깨물고 자란다' 함은 가을이 오려고 서풍이 불기 시작하면 모든 곡식들은 놀랄 만큼 빨리 자라서 익어간다는 뜻이거니와, 가을이 깊을 대로 깊어진 요즈음의 하루는 정말 익어가는 곡식들의 모양새가 너무나도 빨리 변해버린다. 그러나 변해버리는 것이 어디 곡식 뿐이겠는가. 지나가는 자동차가 일으키는 바람결에 마냥 하늘거리던 코스모스 꽃송이들이 어느덧 그 자리에 검은 씨앗을 매달기 시작하였으며, 산기슭에서 하늘로 치솟듯 자라온 상수리나무 밑에서는 상수리 몇 개가 제멋대로 앙징스럽게 뒹굴고 있는 모습으로 바쁜 몸놀림을 엿보인다. 가을 하늘이 높고 말이 살찐다는 '천고마비天高馬肥'라던가 등불과 친하듯 가을밤에 늦도록까지 책을 읽는다는 '등화가친燈

火可親'이라는 말이 오히려 사치스러운 한가로움처럼 들리는 것도 결실의 바쁨 때문이 아닌가 한다. 가을의 맑고 아름다운 경치에 취하기 전에 둘레의 온갖 것들이 빨리도 변해버리고 있음에 마음의 눈을 돌려야 할까 보다.

그러나 이러한 바쁜 틈에 내리는 비는 모든 이들의 마음을 우울하게 하고 있다. 어느 해보다도 긴긴 한 여름. 전에는 보지도 듣지도 못한 게릴라성 폭우의 습격으로 마음을 바짝 졸이게 하더니, 이것은 또 무슨 날벼락같은 것들인가, 아무런 쓸데가 없는 가을비가 태풍과 함께 한창 열매를 재촉하는 들녘을 마구 짓밟아 쓰러뜨리는가 하면, 그것도 부족하여 그 위에 비를 뿌리고서 이제는 안타까운 눈물들을 가슴 속 깊이에까지 흘러내리게 한다. 지금까지 흘린 눈물 또한 넉넉하기는 마찬가지인데, 더더욱 무엇이 부족하고 무엇을 바라고 있기 때문일까, 하늘 가득한 구름 사이로 스스름 비치는 가을 햇볕이 오히려 두렵기만 하다. 옛부터 농사에 큰 어려움이 뒤따르면 나라님이 하늘을 향하여 '모든 것이 다 내 탓이어니, 나를 벌하여 주십소서!'하고 눈물을 쏟아 하늘을 우러러 빌어 왔는데, 지금의 하늘도 그것을 기다리기라도 하는 것인지, 하늘은 마냥 가을의 높고 푸르름을 잃어가고 있다.

높고 푸르름을 잃어가고 있는 것은 하늘빛만이 아니다. IMF가 크게 떠오르면서 자꾸만 세상은 가장 기본적인 것에서 멀어져가고 있다. 너와 내가 분명히 존재하고, 너와 내가 분명히 사는 이 세상에 오직 '나'만이 살아가고 있는 것이다. 'ㅏ'만이 살아가고 있는 것만이 아니라, '나'만으로 살아가고자 너와 내가 하루하루의 시간을 더욱 빠르게 재촉하고 있으니, 도달해야 할 곳이 어디인가조차 끝내 보이지를 않는다. 나아갈 곳이 보이지 않는 재촉의 하루가 다시 시작되고 또 사라지기 시작하면, 새로움에서 만나는 기쁨이 아니라 어느 사이 또다른 염려가 되어 다가오고 있는 것이다.

　무릇 가을을 일컬어 슬프다고 한다. 고독하다고들 한다. 또한 조락凋落의 계절이라 한다. 모두가 슬픔을 말하고 있는 것이다. 그러나 어디 슬픔만이 있는 것이 가을일까? 산과 들에는 어느덧 푸르름을 앗아간 붉음과 노랑이 준비되어 보는 눈을 즐겁게 하기 시작하고, 호박잎의 넝쿨손이 끝을 옹크리기 시작하면서 새로운 씨알을 마련하고 있으니, 점점 가까이에 다가오고 있는 풀벌레의 울림에도 두 귀를 모아야 하는 마음을 넉넉히 준비해야 할까 보다. 그리고 그러한 준비는 '갈바람에 곡식이 혀를 깨물고 자란다' 함에서 모두의 깨달음을 모아야 할 것이다. 적어도 이 마음 속 깊이의 눈물 같은 가을비 앞에서 납작 엎드린 모두의 곡식을 어서 빨리 거두는 극복의 슬기로움으로, 진정한 의미의 가을을 맞이하고 있음을 보여야 한다. 슬픔을 결코 슬픔으로만 다스릴 수 없기 때문이다.

물론 지금의 가을 하늘은 온통 구름 투성이다. 전에 보지 못한 하늘이 연속된다. 그러나 이 가을의 구름이 곡식처럼 빠른 성장을 거듭하여 기쁨으로 자라나기를 간절히 기도할 수밖에 없는 마음을 모으는 데에 게을러서는 아니될 것이다. 가을에 밭에 가면 가난한 친정에 가는 것보다 낫다고 외칠 수 있는 힘이 필요한 요즈음이다.

(1998. 10. 19. 월)

가을날 하루 한 순간

가을이 왔다. 긴 바람 굵은 비를 제키고 드디어 가을이 왔다. 가을날이 왔다. 예사로 온 가을이 아니라 굵은 비·바람을 이기고 온 가을이라 더 반갑기 그지없다. 이제 사람들은 수확의 기쁨을 누려야 한다. 수확의 기쁨을 누리는 데에야 어디 손익을 생각할 겨를이 있을 수 있으랴! 다만 한 걸음 뒤로 물러나 수확의 결과를 놓고 생각할 때에 손익을 따질 뿐이어니, 수확이란 처음부터 그냥 기쁨이기만 하면 된다. 아니 그냥 기쁨일 수밖에 없다. 노력의 결과로 얻어지는 수확이란 이렇게 그냥 즐겁고 기쁜 것이다.

이 수확의 기쁜 계절에 이르면 결혼으로써 가정을 이루는 인륜지대사人倫之大事가 무엇보다도 우선한다. 선남선녀善男善女가

완전한 사랑으로 새로운 가정을 탄생하기에 여념이 없기 때문이다. 그러고 보면 자연의 대 법칙 아래 푸나무는 푸나무대로 꽃을 이루어 열매를 맺기에 가을을 꾸미고, 인간은 인간대로 사랑이라는 이름으로 한 열매를 장식하기에 촌음의 여유도 없다. 이른바 결혼의 계절인 것이다.

그래서일까? 혼사에 있어서 그 지켜보는 눈을 가진 자들도 바쁘게 움직인다. 주례의 발걸음이 빨라지고, 축하의 발걸음이 잦아진다는 것이다. 봄과 가을날이면 언제나 그렇듯이, 봄이면 씨앗 뿌리는 아름다운 계절의 멋을 한껏 발휘하는 시절이거니와 사랑의 꽃을 피우는 것이요, 가을날이면 만과萬果의 결실과 함께 사랑이 맺어지는 계절이기도 하다. 그런 의미에서 이 두 계절을 위하여 아름다운 가정을 이루는 첫 출발점에서 어떠한 삶을 추구할 것인가를 생각해보아야 할 것이 아닌가?

그런 의미에서 무엇보다도 사람으로서의 사람다움을 강조하지 않을 수 없다. 사람으로 태어나 사람으로 살아가기 위해서는 무엇보다도 이 사회와 국가가 규정한 법과 사람으로서 마땅히 지녀야할 윤리 도덕을 지녀야 한다는 것을 바로 알아야 할 것이다. 오늘에 이르도록 낮밤을 온갖 걱정으로 보내신 부모님을 최우선으로 생각하는 사람, 몸과 마음을 살찌게 한 모든 이웃들의 맑고 고운 눈빛을 생각할 줄 아는 사람으로서 이 세상을 살아가는 사랑의 꽃으로 피어나는 삶의 자세가 이루어진다면 사람으로서 살아가는 가장 참다운 길을 가는 것이요 홀로 살아가는 것이 아니라 더불어 살아가는 사람으로서의 삶이 되는 것이 아닐까?

그리고 사람으로서 풀과 나무의 마음으로 살아가면 어떨까. 이 세상을 살아가는 길 위에는 언제나 따뜻한 햇살과 함께 비와 휘날리는 바람과 눈도 있다. 이런 양면의 길을 헤치며 바르게 걸어가야 한다. 그러기 위해서는 이런 길에서 꿋꿋하게 자신의 자리를 지키는 의지와 지혜가 필요하다. 그 지혜는 풀과 나무가 제 자신이 자리한 자리를 옮기지 않는다는 데에서 찾아볼 수 있다. 풀과 나무는 기름진 땅을 만나면 소유한 만큼 넉넉히 잎을 피워 가능한 모든 능력과 타고난 힘으로 최선의 삶을 누리고자 하고, 척박한 땅 위에서는 자신의 뿌리를 멀리 뻗어 자신을 가꾼다. 자신의 상황에 대하여 결코 반심叛心을 품지 않고, 주어지면 주어진 대로 그 자리를 묵묵히 지키면서 스스로 살아가야 할 지혜를 모은다. 자신이 어디에서 무엇을 해야 할 것인가를 가장 현명하게 헤아릴 줄 아는 지혜를 풀과 나무로부터 배워나가야 한다는 것이다. 이것이 바로 내일을 살아가는 슬기로운 모습이 될 것이다.

한 사람이 살아가다가 마침내 두 사람의 삶으로 바뀌어 가는 데에서는 한 부부로서 연인으로 살아간다면 가장 아름다운 가정을 이루게 될 것이다. 앞으로 보이지 않는 미래를 향하여 살아감에 현실적으로는 일심동체의 부부로 살아가면서 정신적으로는 언제나 연인으로서 살아간다는 것은 너와 내가 각각이 아니라 각각의 홀로에서 동반자로서 힘을 모아 모든 희로애락의 길을 함께 나누어 갖는 것을 의미한다. 그 길 위에서 연인으로 살아가는 것은 곧 이미 준 사랑을 생각하는 것이 아니라 아직도 주지 못한 사랑만을 생각해 내어 쉬지 않고 매일매일 주라는 의미이다. 사랑으로 이루어지지 않는 것은 이 세상에 없다. 따라서 이적지 주지 못한 사랑을 매일매일 새롭게 주면서 살아가는 것이야말로 가장 아름다운 삶으로 가는 첩경이 될 것이다.

사람으로 가는 길에 가장 풍요로운 이 가을날의 하루 한 순간. 가정으로의 첫 출발을 이루는 선남선녀善男善女들에게 붉은 사랑의 단풍잎을 띄워 보내는 것도 이 계절답게 하는 것이라는 생각이 문득 들어 이렇게 몇 자 적어본다.

(2005. 09. 28. 수)

가을 단풍

가을이다. 가벼운 옷자락을 타고 밀려오는 싸늘한 기운이 그리 반갑다. 여느 해보다도 무덥던 여름도 무사히 넘기고 맞는 가을이라서인지 더더욱 반갑다. 이제 곧 보이는 산자락마다 울긋불긋 물드는 단풍을 바라보면서 가을의 풍요를 맛보게 되리라! 문득 「오매 단풍 들것네」란 김영랑의 시 한 편이 떠오른다.

오매! 단풍 들것네 / 장광에 골 붉은 감잎 날라와 / 누이는 놀란 듯이 치어다 보며 / 오매 단풍 들것네. // 추석이 내일모레 기둘리니 / 바람이 자지어서 걱정이다 /누이의 마음아 나를 보아라 / 오매 단풍 들것네.

가을이라면 먼저 떠오르는 것이 단풍이다. 한여름의 짙은 초록이 점점 높고 푸르러 가는 하늘 밑에서 조금조금씩 물들어가다가 불타오르듯 화려함을 안고 있는 가을산을 바라보노라면 그저 몸과 마음이 한꺼번에 하늘 높이 치솟아 오르는 황홀경에 빠지게 한다. 기후의 변함에 따라 잎 색깔이 초록색에서 붉은색이나 갈색 또는 노란색으로 바뀌는 현상으로 그토록 아름다움을 자랑해 놓고 있으니 자연의 오묘함에 다시 한 번 경탄하지 않을 수 없다.

　사실 단풍은 가을철 잎이 떨어지기 전에 초록색 엽록소가 파괴되어 엽록소에 의해 가려져 있던 색소들이 나타나거나, 잎이 시들면서 잎 속에 있던 물질들이 그때까지 잎 속에 없던 색소로 바뀌기 때문에 일어난다.

　그러나 단풍은 아무데서나 볼 수 있는 것이 아니다. 가을철 낮과 밤의 온도차가 심한 곳에서 볼 수 있는 단풍은 남반구에서는 남아메리카 남부의 일부지역에서만, 북반구에서는 동아시아, 유럽 남서부 및 북아메리카 동북부지방에서 나타난다. 우리나라의 단풍은 아름답기로 전 세계에 알려져 있는데, 전라북도 내장산과 강원도 설악산이 특히 유명하다니 이를 가까이에 놓아두고 완상할 수 있는 우리로서는 지극히 행복한 일이다.

　날씨가 가을로 접어들면서 기온이 갑자기 떨어지는 해에 물드는 단풍은 별로 아름답지 않지만, 가을 문턱에 들어서면서 기온이 천천히 내려가는 해에는 매우 아름다운 단풍을 볼 수 있다. 갑자기 추워지면 단풍이 들기도 전에 낙엽이 되어 떨어져 버리기 때문이다.

보통 하루 평균기온이 15℃(최저기온 7℃)일 때부터 나타나는 이 단풍이 우리나라에서는 설악산·오대산에서 시작해서 하루에 약 25㎞씩 남쪽으로 내려오고, 산에서는 약 40m씩 산 아래쪽으로 내려온다고 한다. 설악산과 오대산의 높은 지대에서 9월 하순부터 단풍이 들기 시작해 10월 상순에는 치악산과 소백산, 10월 중순에는 중부의 속리산·월악산·계룡산·주왕산과 남부의 지리산 높은 곳, 10월 하순에는 중부의 북한산과 남부의 내장산, 가야산, 지리산의 낮은 곳, 11월 상순에는 남해안 지방의 두륜산과 한라산까지 단풍이 들게 되며, 내륙지방은 바닷가에 가까운 지방보다 10일 정도 빨리 물이 든다고 하는데, 단풍이 들기 시작한 뒤 약 보름이 지나면 절정에 이른다 한다.

단풍의 색은 크게 붉은색과 노란색, 또는 갈색 등 3가지로 나눌 수 있다. 그렇지만 잎이 붉게 물드는 것만을 특별히 단풍이라 하기도 하면서도 잎 색깔이 변하면 통상 모두 단풍이라 부르기도 한다.

이제 가을에 들었으니 단풍의 아름다움을 맛보며 〈따뜻한 영광이 자욱이 깔린 마루 끝에 앉아서 앞집 담 너머로 처억 늘어진 빠알간 단풍을 바라보는 동안은 자신 유유관조悠悠觀照의 멋이 무던하대서 나도 모르게 살아 있다는 것의 맛이 야곰야곰 피어 올라 실상은 가렵지도 아무렇지도 않은 사타구니 근방을 긁죽긁 죽 긁어보는 것이다〉는 이원수의 글을 되새겨 보니, 가을 단풍 완상의 맛이 한결 북돋아 오른다. 어려운 경제 여건 속에서 하루 하루를 살아가는 모든 사람들에게 이 가을의 단풍이 잠시나마 마음의 위로가 되어주기를 기대해 본다.

(2008. 10. 13. 월)

천고마비天高馬肥, 등화가친燈火可親

　연일 최고의 기록을 갱신하면서 치솟아 오르던 무더운 여름도 이제는 꼬리를 감추기 시작한다. 요즈음 아침저녁으로 맞는 서늘한 기운 속에 바로 서 보면 언제 그리 더위에 몸부림하였던가 싶기도 하다. 가을을 맞는 즐거움을 불볕더위가 느끼게 해줌이 틀림없다. 더위가 강하고 강한 여름을 지나올수록 가을맞이는 더욱 더 서늘한 기쁨을 누리게 됨으로써 시작된다. 그 지긋지긋한 더위가 어찌 가을 앞에서 당당할 수 있으랴!

　그러나 가을은 그렇게 즐겁고 기쁜 일만이 아니다. 가을의 서늘함 속에 숨어 있는 가을의 이중성 때문이다. 즉 가을은 오곡백과의 풍요를 가져와 몸과 마음이 깨끗해지면서 고요로움을 펼치어 놓아 마음의 수확을 푸지게 하면서도, 다른 한편으로서는 시들어가는 풀밭이며 가을나무의 조락凋落으로부터 느껴지게 하는 서글픔까지 몰고 와서 가을의 정취에 양극兩極의 모습을 보이곤 한다. 그러하거니와 가을맞이는 어느 하나에 치우친다면 지나친 정열에 휩싸여 자칫 감정적으로 받아들이게 되는 결과를 낳지 않을까 두렵다.

그러나 누가 뭐라고 해도 가을맞이는 모두의 가슴을 살찌우게 한다. 그래서일까? 가을을 상징하는 말로 천고마비天高馬肥란 말과 등화가친燈火可親이 동시에 떠오른다.

옛날 중국인들이 흉노족이라고 부르는, 말을 타고 전쟁하는 것이 주된 재주인 터키계의 기마 민족이 있었다. 무적을 자랑하는 중국의 진시왕이 만리장성을 쌓은 것도 주로 흉노의 침략을 막기 위한 것이었다 하니 흉노족의 무용武勇이 어떠하였는가를 짐작하게 한다. 북쪽의 너르고 넓은 광야에서 새싹으로 자라나는 봄풀과 여름의 풀을 배불리 먹은 말이 가을에는 살이 쪄서 타고 다니며 달릴수록 길이 잘 들어 힘이 절로 생겨나게 된다는 것이다. 본디 뜻은 이렇게 흉노가 쳐들어올 것을 걱정하는 말이었으나 지금은 식욕의 가을을 맞아 하늘이 높고 식성이 좋아서 살이 찐다는 데에 쓰여진다. 이 '천고마비'란 말을 들으면 절로 온몸에 힘이 솟고 건강함을 절로 느끼게 되는 것도 바로 그러한 까닭이리라.

'등화가친燈火可親'이란 말은 '등불을 가까이할 만하다'는 뜻으로, 서늘한 가을밤은 등불을 가까이 하여 글 읽기에 좋음을 이르는 말이다. 당唐나라의 대문호이자 사상가, 정치가인 한유韓愈가 자기 아들 독서권장을 위해 썼다는 시 「부독서성남符讀書城南」에 나온다.

時秋積雨霽(시추적우제) : 때는 바야흐로 가을, 장마도 걷히고
新凉入郊墟(신량입교허) : 마을과 들판에 서늘한 바람이 일기 시작하고
燈火稍可親(등화초가친) : 이제 등불을 가까이 할 수 있으니
簡編可舒卷(간편가서권) : 책을 펴보는 것도 가히 좋지 않겠느냐?

이렇게 흔히 상징적으로 가을을 표현하는 말을 살펴본다면 뭐니뭐니해도 가장 조화를 이루는 것으로서는 천고마비보다는 등화가친이 더 좋을 듯하다. 아무래도 말이 살이 찌면 말로서의 구실을 다하기에 어려워지는 것이 아닐까?

가을이 주는 이중성으로 인하여 어디론가 훌쩍 떠나고픈 마음 설레는 주말에 멀리 눈 돌리는 일에 열중할 일이 아니다. 이러한 마음의 일탈을 도모하는 것보다는 천고마비라는 건강한 몸으로 등화가친에 매진하여 마음까지도 살찌우는 계절로 가을맞이의 준비에 박차를 가하는 일이라면 어떨까?

전한前漢 때에 재상으로서 일인지하만인지상一人之下萬人之上의 영화를 누린 광형匡衡은 학문을 좋아해서 틈만 있으면 책을

읽었다. 말할 수 없는 가난으로 하여 매일매일 품팔이하여 살림도 하고, 책도 사서 읽었다. 그러나 낮에는 품팔이를 하여야 했으므로 도저히 책을 읽을 수 없어 밤에만 책을 읽었다. 그렇지만 어려운 살림에 등불을 켤 기름이 없었다. 생각 끝에 이웃집 벽에 구멍을 뚫고는 그 조그마한 구멍으로 새어 들어오는 불빛에 따라 책장을 넘기며 책을 읽었다는 것이다. 그래서 생긴 말이 '착벽인광鑿壁引光'이란다.

군이 오프라 윈프리의 독서 일화나 독서광인 빌게이츠와 안철수 등 많은 사람이 독서로 성공의 길을 개척하였다는 사실을 말하지 않더라도, 성공한 사람의 원동력 중 일부는 그들 각자의 독서력에 있다는 것을 가슴에 새기면서 천고마비의 건강으로 등화가친을 몸소 실천하는 가을맞이가 되기를 빌어본다.

(2009. 09. 17. 목)

가을 속에 서서

그토록 무거웠던 폭염이 내리 쌓이던 자리에도, 폭풍우가 세 차례나 매섭게 휩쓸고 지나간 자리에도 어느덧 시간의 흐름을 타고 가을이 왔다. 아니 가을이 깊어질 대로 깊어졌다. 아침저녁으로 짐짓 추위를 느끼게 하는 이 가을 앞에서는 지난여름의 폭염도 매서운 폭풍우도 잊혀지게 할 듯 매일매일 맑고 밝은 햇살이 가득하다.

뭍에서는 과일나무의 과일들을 마구 흔들어 출하를 앞둔 과일들을 우박같이 떨어뜨리면서 조심조심 피어나는 벼이삭을 순식간에 붉은 황톳물로 짓눌러버리고, 바다에서는 한 입에 집어삼킬 듯 뭍으로 내달리던 포세이돈이 제멋대로 할퀴었음에도 불구하고 바로 그 자리에서 가을 하늘은 마냥 높고 푸르기만 하다. 가을 하늘만 바라보면 언제 폭염이 쏟아져 내렸고, 언제 폭풍우가 지나갔는지조차 자칫 잊어버리게 한다. 확실히 가을은 지루하게 긴 여름 속에서 여름을 이겨나가게 하는 내일의 참모습이다.

가을은 힘겹고 어려웠던 지난날들을 잊게 한다. 가을판에서는 대부인 마님도 나막신짝 들고 나선다고 할 만큼 바쁘기만 하다. 가을마당에 빗자루 몽당이 들고 춤을 추워도 농사 밑은 어둑하다고 하지 않는가. 이는 곧 추수를 하여 갚을 것 줄 것 다 주고 갚아도 남은 것이 있다는 말이다. 그만큼 가을은 우리에게 풍요를 안겨준다. 무릇 풍요로울 때에는 기쁨을 누리는 것이 자기 자신인지 아닌지 확실한 구분을 지우기가 어렵게 된다. 그러나 많아서 넘치면 혹이 생긴다고 하지 않던가? 풍요로움 속에서는 반드시 풍요로움을 올바르게 바라볼 줄 아는 지혜로움이 필요하다. '격양가擊壤歌'란 무엇인가? 바로 그 풍요로움 속에서 풍요로움을 바로 바라보게 한 노래가 아닌가? 요순堯舜이라면 중국에서는 늘 말하고 있는 성천자聖天者를 가리킨다. '격양가擊壤歌'란 곧 요제堯帝에 관한 이야기이다.

매일매일 태평스러움으로 지내던 어느 날 요제는 문득 정말로 세상이 잘 다스려지고 있는가를 두 눈으로 직접 확인하고 싶었다. 태평스럽다는 데에 의문을 가진 것이다. 그래서 요제는 미복微服으로 갈아입고 직접 거리에 나왔다. 백성들이 살아가는 모습을 보지 않고서는 자신의 의문에 대한 확신을 가질 수 없었기 때문이다. 요제는 곧 여염집의 살아가는 모습을 살피기 시작했다. 어느 네거리에서 아이들 한 무리가 요의 덕을 찬양하는 노래를 부르고 있었다. 그러나 요제는 그것으로 자신의 의문을 풀어주지는 못했다. 어느덧 요제의 발걸음은 거리의 변두리에까지 이르렀다. 바로 그때였다. 백발이 성성한 늙은 농부가 격양(擊壤 : 나무로 만든 괭이, 서로 부딪쳐서 승부를 겨루는 놀이의 하나)에 골몰해 있지 아니한가? 그 놀이에 몰두하면서 늙은 농부는 배를 두드리며 아주 기분 좋게 노래를 부르고 있었다. "해가 뜨면 일을 하고/ 해가 지면 쉰다/ 우물을 파서 마시고/ 밭을 일구어 먹는다/ 황제의 힘, 내게 무엇이라는 것이랴!" 그 노랫소리를 듣자 요제는 비로소 기쁨의 미소를 지었다. 모든 의문이 풀린 것이다. 농부들이 아무런 불안함이나 어려움이 없이 배를 두드리며 격양에 흥이 겨우니 이보다 더 태평스러움이 어디에 있겠는가. 그 늙은 농부로부터 요제는, 정치 따위에는 관심이 없을 뿐만 아니라 그러한 것으로부터는 완전히 벗어나 버린 모습을 보았다. 이야말로 바로 정치가 잘 되어 나가고 있다는 증거가 아니겠는가 하고 요제는 참으로 흐뭇해했다.

가을은 우리에게 풍요를 안겨주면서 자칫 격양가만을 부르게 한다. 더더욱 가을에 이르면 풍요뿐만이 아니라 풍요를 부풀려 더욱 풍요롭게 부채질하는 각종 축제가 이어진다. 축제는 글자 그대로 '축하의 제전'이다. 우리 삶에 대한 최고의 순간을 성대한 즐거움으로 누리게 하는 자리이다. 이러한 풍요와 축제로서 맞는 가을에 앞서 우리는 몸과 마음을 바싹 졸이게 하였던 지난여름의 폭염과 태풍을 잊어서는 결코 아니 된다. 아니 폭염과 태풍이 지나간 자리에 무엇이 남아있고 무엇이 싹트려 하고 있는가를 정확히 헤아리는 지혜를 모아야 한다.

가을이 왔다가 가면 반드시 겨울이 오고, 겨울 뒤에 봄이 와서 씨를 뿌리고 나면 다시 폭염과 태풍의 여름이 온다는 사실이 분명함에도 가을 속에 들면 그 지루한 여름을 우리는 곧잘 잊어버리곤 한다. 폭염과 태풍이 휩쓸고 남긴 자리를 정확하게 바라보며 또 다시 소 잃고 외양간 고치는 격으로 두 손으로는 땅바닥을 두드리고, 두 다리는 동동 굴려서는 안 된다.

대부분 온갖 고난과 슬픔에 따른 어려움이 떠나고 난 곳에 이르고 생명을 유지하는 근본적인 문제를 제외하고 나면 우리는 그 동안의 고난과 슬픔을 곧잘 잊어버리곤 한다. 가을은 분명 생명을 유지하는 근본적인 문제를 제외하도록 하기 때문에 지난날들의 고난과 슬픔을 잊게 해준다. 이것이야말로 바로 가을의 풍요 속에서 누리고자 하는 무위유타無爲遊惰에서 비롯된 것임에 틀림없다. 가을 속에서는 풍요로움이 끝나는 바로 그 자리에 우리의 지혜로움을 기다리는 텅 빈 들녘이 펼쳐져 있음도 함께 바라볼 줄 알아야 한다.

(2012. 10. 22. 월)

낙엽으로 흐르는 시간에

　겨울을 재촉하는 비가 온누리를 적시노라면 길가의 가로수들은 하나, 둘씩 물든 잎을 떨어뜨린다. 작은 바람이라도 만나면 가로수들은 더욱 더 제 몸의 무게를 한꺼번에 우수수 털어놓는다. 가을을 지나 겨울로 가는 시간의 흐름은 이렇게 낙엽 지듯이 때로는 조금씩, 때로는 한꺼번에 우리의 가슴으로 몸으로 스친다. 그러면 어느 때는 시간의 느림으로 생활의 지루함을 느끼다가, 또 어느 때는 빠른 시간의 흐름에 인생무상을 느껴 쓸쓸해하기도 한다. 똑같은 시간의 흐름이라도 시간은 이렇게 시시각각 마음의 변화를 도모해준다. 무엇보다도 낙엽이 지는 가을에 이르면 더욱 그러하다. 인생은 지는 낙엽으로 흐르는 시간에 편승하고 있는 것이 아닐까? 문득 레미 드 구르몽(Remy de Gourmont

1858~1915, 프랑스 작가)의 「낙엽落葉」이라는 시작품이 떠오른다.

시몬, 나무 잎새 져버린 숲으로 가자/ 낙엽은 이끼와 돌과 오솔길을 덮고 있다// 시몬, 너는 좋으냐, 낙엽 밟는 소리가?// 낙엽 빛깔은 정답고 모양은 쓸쓸하다/ 낙엽은 버림을 받아 땅 위에 있다/ 시몬, 너는 좋으냐, 낙엽 밟는 소리가?// 해질 무렵 낙엽 모습은 쓸쓸하다/바람에 불릴 적마다 낙엽은 상냥스러이 외친다/ 시몬, 너는 좋으냐, 낙엽 밟는 소리가?// 밟으면 낙엽은 영혼처럼 운다/ 낙엽은 날개 소리와 여자의 옷자락 소리를 낸다/ 시몬, 너는 좋으냐, 낙엽 밟는 소리가?/ 가까이 오라, 우리도 언젠가는 낙엽이 되리니/ 가까이 오라, 밤이 오고 바람이 분다./ 시몬, 너는 좋으냐, 낙엽 밟는 소리가?

누구나 학창 시절에 한번쯤은 노란 은행잎이 한 잎 두 잎 떨어지는 모습을 보고, 또는 감나무의 마른 잎이 조금씩 떨어지면서 몇 안 되는 붉은 감이 하나 둘씩 알게 모르게 사라지다가 마침내 마지막 남은 것 하나가 하늘 가운데에 박혀 있는 것을 보고는 감상感傷에 젖어 온 거리를 한두 번쯤 헤매었던 기억을 떠올릴 수 있을 것이다. 홀로가 아닌 떼로 지어서, 넘쳐나고 활기차고 당당하던 푸른 숲의 나뭇잎들이 시간의 흐름 앞에 처참히 굴복하면서 떨어져 어쩌면 이리도 쉽사리 연민憐憫의 정을 일으키게 하는 것인가? 그러나 어느 한 순간 나뭇잎들을 바라보고 있노라면 낙엽이 낙엽만이 아니라 어쩌면 우리의 모습을 찬찬히 보듬어보게 하는 거울이 될지 모른다는 생각에 젖어들게 한다. 무릇 군자君子는 사람을 거울로 한다하지 않았던가? 그러나 자기가 자기만을 만날 수 있게 하는 홀로의 장소인 거울 앞에서 떨어지는 낙엽의 모습을 불러들여 자기의 얼굴과 더불어 살펴보고 있노라면, 분명 '영혼처럼' 울어대는 낙엽으로부터 자신의 모습을 발견할 수 있을 것이다.

거울은 언제나 맑고 깨끗하고 텅 비어 있어서 아무런 생각을 가지고 있지 않지만 온 누리의 모든 것을 사실 그대로 비춰주고 있다. 먼지 끼고 티끌이 묻어 거울의 맑음이 가려진다면 거울은 거울로써의 기능을 송두리째 잃고 마는 것이지만 아무리 때가 끼고 먼지를 품었다 하더라도 거울은 언제나 사실 그대로 세상을 비추어 준다. 거울은 먼지와 때에 잠시 가려졌을 뿐 그것을 벗기고 나면 다시 그 본래의 모습으로 돌아온다. 그러므로 거울 속에서 낙엽과 함께 자신을 바라보는 것은 시간의 흐름에서 만나는 인간으로서의 감상이라든가 연민의 정을 밝고 맑게 닦아내는 작업이라 할 수 있다. 그렇다! 거울 속에서 낙엽과 함께 자신의 모습을 바라보면 분명 '낙엽은 영혼처럼 운다', 아니 내 자신이 울고 있다. 그러나 이효석은 「낙엽을 태우면서」 말한다. '갈퀴를 들고는 어느 때까지든지 연기 속에 우뚝 서서 흩어지는 낙엽의 산더미를 바라보며 향기로운 냄새를 맡고 있노라면 별안간 맹렬한 생활의 의욕을 느끼게 된다'고.

'우리도 언젠가는 낙엽이 되리'라는 것은 누구나 다 알고 있는 사실이다. 분명한 이치요 엄연한 진리이며, 명백한 인간 종말의 모습이다. 그러나 이런 사실 앞에서 결코 낙엽 밟는 소리에만 젖어 들어서는 안 된다. 뻔한 결과 앞에서 굴복하는 자세를 가진다는 것은 인간으로서의 부끄러움이다. 결과는 언제나 지금이나 어제에 있지 아니하고 내일에 있다. 그러나 지나간 어제의 일에 매달려 한을 품는 것도 인간으로서 가질 성질의 것이 아니지만, 지금을 송두리째 잊어버린 채 내일만을 위하여 몸부림하는 것 또한 인간만이 가지는 욕심이라서 반드시 버려야할 일이다. 인간은 어제와 내일을 생각하면 헛된 욕심에 휩싸이게 되어 가장 소중하고 가장 최선을 다해야 할 지금의 시간을 그르치게 된다. 물론 어제와 내일의 시간에 지금의 시간을 견주면, 지금은 그저 순간에 불과하다. 가장 짧은 지금이 오늘이다. 그러나 오늘의 이 시간에 최선을 다하면 어제의 불행이 즐거움이 되고 내일의 기쁨이 된다. 그러하거니와 '시몬, 너는 좋으냐, 낙엽 밟는 소리가?'라는 질문에 전혀 대답할 필요가 없다. 떨어지는 낙엽을 거울 보듯이 하고, 오히려 그것을 거울로 삼아 낙엽 타는 '향기로운 냄새를 맡'으면서 '별안간 맹렬한 생활의 의욕을 느끼'면서 살아가야 할 것이다.

(2012. 11. 16. 금)

자랑의 가을

사람은 자랑스러움을 가지고 살아갈 수 없을 때라면 적어도 자랑스럽게 죽을 줄은 알아야 한다고 한다. 그러나 이러한 자랑은 놀랍게도 지나치게 되고 보면 사람으로서 지니지 않아야 될 수치스러움까지도 더하게 됨으로써 심할 경우에는 자기가 저지르지 않은 잘못까지라도 즐겨 늘어놓고 마는 경우가 있다. 자랑 끝에 불붙는다고, 무엇을 너무 자랑하면 그 끝에서는 반드시 무슨 말썽거리가 생기게 마련이다. 용대기를 내세우듯 사소한 재주라도 있으면 말끝마다 내세우고 자랑삼아서는 아니 될 일이다.

그러나 우리의 가을 하늘을 바라보면 무엇인가 자랑하고 싶어지는 마음을 억제할 수 가 없다. 가을 하늘처럼 높고 밝고 맑은 푸르름을 우러러 보고 있노라면 그저 무언가 자랑스럽기 이를 데 없다. 청명한 하늘이 그렇게 인간의 마음을 움직이게 하고 있는지도 모른다. 특히 올 여름에는 유난히 더위가 극성이어서, 그 무덥던 여름의 하루하루를 지내기가 짜증이 날대로 난 고생 끝에 맞는 가을이니만큼 스스로가 왠지 모르게 자랑스러운지도 모른다. 자랑은 어느 누구든지 고통과 기쁨의 원인을 만들어 주고 있지 아니한가. 이 경우 큰 기쁨의 자랑이 될 수 있는 근거가 된다.

가을은 분명 우리들에게 있어서 가장 자랑스럽게 해주는 계절이다. 가을 앞에서의 자랑은 자만이나 자부심, 또는 자신이나 교만이 뒤따르지 아니한다. 이러한 것들은 모두 가을 앞에서 최대의 적이 될 수밖에 없다.

청정한 값어치를 지닌 가을 앞에서의 자랑은 그저 자신뿐만 아니라 모든 사람들의 가슴을 밝게 씻어주고 닦아주는 데에서부터 비롯된다. 왠지 가슴이 부풀어 무엇인가를 큰 소리로 토로해 내지 않고는 못 배겨낼 자랑은 가을의 하늘뿐만이 아니라, 가을 숲에서, 혹은 가을의 들녘에서, 소발자국에 고인 물도 먹는다는 가을물의 맑음 속에서도 용솟음치는 가슴을 느끼게 한다. 이렇게 가을을 맞는 마음은 모두 자랑으로부터 시작된다.

그러나 가을을 맞는 자랑이 부엌에서 숟가락을 얻듯 대단찮은 일을 해놓고 성공이나 한 듯해서는 안 된다. 모름지기 자랑은 자랑할 만한 가치와 자랑할 만한 일을 이룩해놓은 뒤에야 이루어져야 한다. 무엇이 자랑이 될 수 있는가를 바로 깨달아야 한다. 어느 현부인의 자랑을 들어보기로 하자.

로마의 명사 티베리우스 크라크의 아내 코르네리아는 현부인賢婦人으로 이름이 나 있었다. 어느 날 명사의 부인들이 코르네리아집으로 모여들어 놀고 있을 때 자기들이 가진 보석을 내보이며 자랑을 하게 되었다. 그러나 코르네리아는 다른 부인들이 내놓는 보석을 바라만 보고 있었다. 그러자 여인들은 코르네리아에게 보석을 보여 달라고 청하였다. 처음에는 사양하던 코르네리아는 자꾸만 재촉을 하자 하는 수 없이 조용히 자리에서 일어나 옆방으로 들어갔다. 그리고는 두 아들의 손목을 잡고 나타났다. 그리고는 말했다. "이 두 아들이 나에게는 보석입니다!" 순간 다른 부인들은 할 말을 잃고 코르네리아의 두 아들만 바라보았다. 두 아들이 나중에 로마 공화정 시대의 호민관護民官이 된 바로 그 크라크스 형제인 것이다.

가을이 차고 이지적이어야 하는 것도 가을의 자랑함을 부풀게 하는 가슴에서 지녀야 할 덕목이 된다. 가을에는 분명 활화산 같은 정열이 은근히 숨겨져 있어 자칫하면 그 정열이 이지理智를 누르고 마침내 폭발하게 할 수 있기 때문이다. 따라서 가을의 자랑은 정열을 누르는 이지적인 자세에서 이루어져야 한다. 그래서일까, 가을의 자랑은 여름이 모두 타고 난 초토화된 자리에서 알게 모르게 나타날 때 가장 아름답다. 문득 맹사성의 「강호사시가江湖四時歌」 한 수가 떠오른다.

> 강호江湖에 가을이 드니 고기마다 살져 있다.
> 소정小艇에 그물 실어 흘리띄워 던져두고
> 이 몸의 소일消日하옴고 역군은亦君恩이셨다".

　지금 이 순간에서도 가을 하늘을 우러러 보라! 그 무덥던 여름 하늘이 어느 날부터인가 갑자기 밀리기 시작하더니 가을 하늘에서 푸른 물감을 풀어내놓고 있지 아니한가. 높고 푸르고 밝고 맑은 가을 하늘! 이 가을에 우리의 자랑은 모든 것을 훌훌 털어내듯 벗어버리고, 푸짐하게 차오르는 천지天地를 배경삼아 참으로 영롱한 청자빛의 얼굴과 얼굴을 마주 부비고, 우리의 영혼까지도 투명하게 함으로써 우리의 가을 하늘에 군은君恩이게 할 일이다.

(2012. 09. 04. 수)

겨울눈[冬芽]의 지혜

조상들이 나무를 인격화하여 부른 말에는 여러 가지가 있다. 나라의 인재人材나 재목材木이라는 말에서 바로 인격을 나타내는 말로 쓰이고 있음을 알 수 있으며, 집안의 기둥이나 대들보이니 하는 말에서와 같이 정신적지주로 비유되곤 하는 데에서도 엿볼 수 있다. 그러나 나무는 인격화에서만 그치지 않는다. 인간의 능력을 뛰어넘은 신격화에 이르기도 한다. 신화 속의 나무는 신성한 나무로서의 신수神樹, 생명의 나무, 세계의 축軸으로서의 나무, 죽음과 재생의 나무, 모성적 속성과 남성적 생산성을 함께 갖추고 있는 나무, 희생의 나무 역사와 전통을 상징하는 나무 등으로 나타난다. 이러한 나무에 대한 관념은 전 세계적으로 신화와 민담民譚 속에서 수없이 발견된다.

우리나라에서는 하느님의 아들 환웅桓雄이 아버지 환인桓因의 도움으로 이 세상에 내려올 때에 태백산 꼭대기의 신단수神檀樹에서 내려옴으로써 나무는 신성한 나무가 되었다. 마을의 수호신으로서 마을굿이 행해지는 곳에도 '당산堂山'이라는 산과 더불어 반드시 당산나무가 있고, 그 아래 제단이 꾸며진다. 또한 나무는 민간 신앙에서 두려움의 대상이 됨으로써 나무를 함부로 베면 병을 일으킨다는 믿음이 지금까지도 뿌리박혀 있다. 그리고 나무의 신성함과 풍요와 생산 능력에 대하여 민담이나 전설을 통하여 많이 전해지고 있으며, 병을 물리치고 귀신을 쫓아내는 벽사진경辟邪進慶의 나무, 나무즙을 마시면 오래 살고 병이 없어진다는 나무 등의 이야기가 들려오고 있으니 나무만큼 정신적 지주역할을 하고 있는 것이 또 있을까?

나무는 또한 중앙아시아 샤머니즘에서 볼 수 있는 것과 같이 재생능력과 천계天界와의 관계를 나타내는 믿음으로 결국에는 수장樹葬 풍습을 가져오게 하였다. 그러나 이 수장 풍습은 아무나 수장의 대상이 되는 것이 아니었다. 미처 돌을 넘기지 못한 1세 미만의 영아, 즉 이 세상에 태어나 어떠한 죄도 치르지 않은 채 순수한 상태로 있던 갓난아기들이 갑작스럽게 세상을 떠나게 되면 소금물로 그 몸을 깨끗이 씻은 다음 나무 상자 안에 넣은 뒤 산이나 숲 속의 큰나무 위에 걸쳐놓는 방식으로 치루어졌다 하니, 이것을 보면 자연의 영원한 품에 안긴다는 것이 얼마나 성스

러운 것인가를 알 수 있으며, 나무가 얼마나 신령스럽게 여겨져
왔는가를 짐작하게 한다.

고전문학에서의 나무는 물과 더불어 나타난다. 바로 「용비어
천가龍飛御天歌」에서 그것을 볼 수 있다. "뿌리 깊은 나무는 바람
에 아니 움직일새, 꽃 좋고 열매 많나니, / 샘이 깊은 물은 가뭄
에 아니 그칠새, 내에 이르러 바다에 가나니"가 바로 그렇다. 나
무에는 열매가 많으니 모든 백성들이 자자손손 무궁한 번영을
축원하고 있음이며, 샘물이 내가 되어 바다로 가니 이는 작은 것
이 점점 커간다는 의미로, 이는 나라가 더욱 부강하기를 기원하
는 뜻이기도 하다.

그러나 이뿐만이 아니다. 나무는 깨달음을 주기도 한다. 석가
모니가 깨달음을 성취한 장소도 바로 나무 아래였다. 인도 가야
산에서 나는 피팔라 나무를 신성한 나무로 간주하고 이를 깨달
음의 나무라는 뜻에서 '보리수(Bodhi-druma)'라고 부르고 있다.
원효는 사리수娑羅樹 아래에서 태어난 것도, 그리고 그 아래 절
을 지은 것도 바로 이러한 생명의 나무, 지혜의 나무라는 상징
적 의미를 저버릴 수 없다. 장자莊子는 쓸모없는 나무였기 때문
에 오래 살아남아서 거대한 신목神木이 된 유래를 말한다. 또 쓸
모없다고 큰 나무를 멸시한 혜자惠子를 나무라며 무위자연無爲
自然의 유유자적함을 말한 이야기는 너무도 유명하다.

이제 겨울로 가는 시각에 이르렀다. 봄에서부터 자라 한여름

에 그리도 무성한 나뭇잎들이 잠시나마 단풍으로 아름다움을 마음껏 뽐내면서 침묵의 겨울 속으로 향하고 있다. 앙상하게 허공을 헤집는 나무를 바라보고 있으면 어느덧 한해가 기울어간다는 허탈감과 함께 차가운 바람소리가 몰려오는 겨울은 그저 우울하고 고독하기만 하다. 그러나 자세히 나무를 바라보면 결코 그렇지 않다. 겨울나무의 지혜는 바로 겨울눈[冬芽]으로 고스란히 간직하고 있기 때문이다. 나무의 겨울눈은 움츠러듦이 아니라 치솟아 오름을 위한 단단한 각오요, 내일을 향한 굳은 의지의 표상이다. 그런 의미에서 나무가 가지는 겨울눈의 지혜는 미래지향적이다.

요즈음 정치판을 돌아보면 숫제 얼음판으로 나라 전체를 꽁꽁 얼어붙게 하고 있다는 느낌이 든다. 전혀 미래가 보이지 않는다. 겨울이 오기 전에 미리미리 자포자기自暴自棄로 겨울 속에 뛰어든 완전한 겨울의 모습 그대로이다. 국민들은 아무리 추운 겨울이 와도 언제나 겨울눈을 준비하고 있으면서 미래를 맞고자 하는데, 국민이 뽑아준 그 '대표'라는 정치인에게는 겨울눈의 지혜가 전혀 보이지 않는 모양이다. 참으로 한심한 노릇이다. 북극의 얼음판은 지구를 지키기 위해 꽁꽁 얼어붙고자 하는데 인간은 지구온난화에 훈풍의 부채질을 하고 있고, 정작 필요한 훈풍의 부채질이 필요한 정치판에는 한겨울로 움직일 줄 모른다. '그 놈이 그 놈'이라는 정치판에는 참으로 진정한 의미의 겨울눈이 없는 것인가? 어느 곳에서도 겨울눈의 지혜는 보이지도, 보일 것 같지도 않다. 정치는 반드시 겨울의 빈 나무를 바라볼 줄 알아야 하며, 나무의 겨울눈이 가지는 지혜를 바로 깨달아야 하는 데도 말이다.

(2011. 11. 19. 토)

제3부

자생목自生木 엄나무

붉은 뜰보리수 열매의 추억

　내가 태어나고 자란 집을 리모델링하고 '산애재蒜艾齋'란 당
호堂號를 붙여 부른 다음, 2007년부터 텃밭에 야생화와 나무
몇 그루를 심고 가꾸며 살아온 지도 벌써 몇 해 흘러가고 말았다.
그러다 보니 이제는 제법 야생화도 철에 따라 피고, 정원수도 자
라나 조금은 볼거리를 완상할 기회도 얻어졌다. 야생화와 나무
라고 해야 어릴 적부터 흔히 주위에서 보아온 것들을 구해와 심
어놓은 것에 불과하지만, 그래서인지 나에게는 그만큼 더 소중
하기만 하였다. 그 꽃과 나무 사이에 내가 시를 써오면서 마음에
모셔왔던 26분의 선배 시인들 친필親筆 시비詩碑도 세워 놓았
다. 그런대로 괜찮게 어울린다 싶기도 하였다. 물론 전문적인 정
원사가 꾸며놓은 정원에 비하면 어쩌면 보잘 것 없는 화단에 불

과할 것이다. 그러나 이제는 또한 국당菊堂 조성주趙盛周의 글씨로 '시비원 산애재詩碑園 蒜艾齋'라는 현판석懸板石까지 세워놓고 보니 내 나름대로는 괜찮다 싶기도 하였다.

아무튼 이제 산애재에서는 철에 따라 꽃과 나무가 꽃을 피워주고, 열매를 맺어주곤 하였다. 올해에도 어김없이 봄이 찾아와 꽃이 피기 시작하였다. 4월에 깊이 들자 뜰보리수의 흰 꽃송이들도 떼 지어 피어났다. 그리고 소리 없이 떨어진 흰 꽃송이들의 자리에 작고 푸른 열매들이 무더기로 앙증맞게 맺혔다. 6월에 들자 뜰보리수 열매가 차츰 붉어지는가 싶더니 어느덧 노을빛보다 붉은 열매들이 꽃송이보다 더 화려하게 매달렸다. 그 작은 열매들이 얼마나 많이 매달렸는지 가지가 척 늘어진 채로 겨우겨우 몸을 지탱하고 있었다. 하는 수 없이 받침목을 세워주고 일으켜 주었더니 다행스럽게 가지가 부러지는 아픈 일은 없었다.

어떻게나 많은 뜰보리수 열매가 매달렸는지 4월에 흰꽃으로 매달렸을 때보다 붉은 열매가 훨씬 더 화려하고 보기에도 무척이나 좋았다. 지나가는 사람들이 "어마나, 마치 꽃이 핀 것 같네!"하며 찬탄하는 소리가 어깨 너머로 들려올 때마다 뿌듯하게 뜰보리수를 바라보곤 하였다. 그러나 차츰 날이 지나감에 따라 열매가 붉어질 대로 붉어지면서 하나 둘 떨어지곤 하였다. 아깝다는 생각이 들었다. 지금까지 아름다운 붉은 꽃으로만 바라보았지 단 한 개의 뜰보리수 열매를 따서 맛볼 생각을 전혀 못하고 있었던 것이다.

문득 어린 시절이 떠올랐다. 어린 시절에는 뜰보리수가 구로 동네 텃밭의 울타리를 하고 있었다. 그 뜰보리수 밑으로는 개 한 마리 겨우 빠져 나갈 구멍이 뚫려 있었다. 그 구멍은 동네 개뿐만 아니라 이리저리 남의 텃밭을 휘젓고 다니는 닭들의 통로이기도 하였지만, 어린 시절 동네 꼬마들이 뜰보리수 열매를 따먹는 동안에 저절로 만들어진 것이기도 하였다. 한 둥치에서 새 순이 수없이 돋아나는 뜰보리수에는 쉽게 부러지는 삭정이 몇 개가 있어 작은 구멍 하나 만드는 것쯤은 대단한 일이 아니었다. 그렇게 만들어 놓은 구멍 속에 쭈그려 앉아 조금은 올려다보며 가지 사이로 보이는 붉은 뜰보리수를 따먹곤 하였다. 이미 다른 동네 꼬마녀석들이 선수를 쳐서 아무리 따먹어도 겨우 서너너덧 개만을 따먹을 수 있었지만, 그것을 입안에 넣는 순간 입 안 가득 번져 오르는 단맛이야말로 꿀맛에 버금가고도 남았다. 텃밭 주인의 울타리를 부순다는 불호령을 두려움으로 안은 채 하나 둘 다급하게 맛본 그 붉은 뜰보리수 열매의 맛은 영원히 잊지 못할 추억 속의 별미別味였다.

그런 뜰보리수 열매가 산애재에서는 미처 어린 손끝에 닿기도 전에 하나 둘 익을 대로 익어 떨어지기 시작하였다. 아내가 기침이나 천식에 좋다고 하여 어린 손자손녀들에게 먹인다며 뜰보리수 열매 엑기스를 만든다고 몇 바가지 따 내렸지만, 뜰보리수 가지에 매달린 때 아닌 붉은 꽃송이들은 여전하였다. 남의 텃밭 뜰보리수 울타리 사이를 뚫고 하나 둘 보리수 열매를 따먹던 어린 시절에 헤아릴 수 없을 만큼 매달린 이 붉은 뜰보리수 열매를 만났다면 얼마나 기뻤을까? 그 시절을 생각하여 몇 개를 따서 입안에 넣어보았다. 익을 대로 익은 뜰보리수 열매의 맛은 긴 세월이 흘러 어릴 적 바로 그 잃어버린 맛과 비교할 수 없었다. 그러나 분명한 것은 그런대로 그 달콤함은 유혹적이었다.

　마을 아이들을 떠올렸다. 그러나 지금 마을에는 아이들 하나 없다. 뜰보리수 열매를 따먹어줄 아이들이 없다. 지나가는 아이들조차도 보이지 않는다. 아니 지나는 아이들이 있어 그 맛난 추억의 뜰보리수 열매를 따먹으라고 불러들여도 단 한 알을 따먹을 아이들은 없다. 다만 마을에는 옛 추억을 떠올리면서 붉은 꽃송이처럼 매달린 뜰보리수 열매가 '참 예쁘다!'고 찬탄하는 어르신들만 살고 있을 뿐이다. 앞 뒤 옆집이 비워져 있는 마을이 산애재의 뜰보리수 열매가 붉게 익어가기가 무섭게 아이들이 몰려오는 그런 옛날의 마을이 되었으면 참 좋겠다는 소망의 마음으로 익을 대로 익어간 뜰보리수 열매를 몇 알을 따서 입안에 넣었다. 그러나 아무리 먹어보아도 그 달콤한 맛은 추억 속에서만 살아있을 뿐이어서 무척이나 안타깝기만 했다.

(2014. 07. 26. 토)

야성野性을 되찾기까지

산애재蒜艾齋에 야생화野生花를 심었다. 그러나 처음부터 야생화를 심기 시작한 것은 아니었다. 마음으로는 야생화를 심으려 하였지만 실제로는 먼저 어렸을 적에 흔히 뜨락의 작은 화단이나 사립문 근처에 심어놓아 제 때에 맞추어 꽃송이를 피워내는 것들을 중심으로 모아 심었다. 붓꽃, 창포, 원추리, 제비꽃, 참나리, 꽃향유, 할미꽃, 층층꽃, 뱀풀(흰갈풀), 박하, 쑥부쟁이, 벌개미취, 구절초 등등 어릴 적 기억을 모아 닥치는 대로 심었다. 기억에는 남아있지만 어찌 구할 수 없는 것들이나 야생화 도록을 살펴본 다음 그 아름다운 자태에 반하게 한 것들은 야생화 판매에 위탁하여 구하여 심었다. 인터넷을 이용하기도 하였다. 그러다 보니 야생화라 하여 심어놓은 것이 이제는 150여종이 훨씬 넘게 되었다.

그런데 이 야생화라는 것들은 완전히 제멋대로였다. 한 해 한 해 지나고 나면 그 왕성한 번식력에 두 손을 들게 하였다. 두어 해 전인가? 우연히 보랏빛이 아닌 백결白潔같은 흰 빛깔을 자랑하는 제비꽃이 하도 귀엽고 깜찍하고 예뻐서 고이 길러주었더니, 그 다음해부터는 제비꽃 뽑아내기 작전에 돌입해야했다. 봄철에 피는 꽃이라 하지만 한 여름에도 피어남은 물론 잘 익은 씨앗을 건드리기만 하여도 톡톡 튀어 산애재 어느 곳 한 곳 제 뿌리내리기를 주저하지 않은 곳이 없어져 버렸다. 보도블록 틈서리는 물론 돌틈에서 비집고 들어가 뿌리를 내리는 바람에 뽑아내기조차 보통 노역이 아니다. 건드리기만 하면 진한 향기를 내뿜는 박하뿐만이 아니라 군락하여 아름다운 자태를 뽑내주는 쑥부쟁이나 벌개미취의 맹활약은 내 두 손을 들어주기에 충분하였다. 하는 수 없이 일정한 구역을 선포하고 길러보았자 그 철저히 굳어버린 야성野性에 의하여 경계는 여지없이 무너져 내리기 일쑤였다. 야생화를 기르는 일이 심어놓고 거름 주어 가꾸는 일이 아니라 야생화의 야성을 다스리는 것임을 처음으로 깨달았다. 야성이란 도저히 자랄 수 없을 곳이라 하여도 조금이라도 틈이 있으면 뿌리를 내리며 살아갈 수 있는 성질이 아니겠는가 싶다. 참으로 무섭도록 번져가는 야성이었다.

그러나 야생화 도록을 보고 그 아름다운 자태에 반하여 구입하여 심어놓은 야생화는 달랐다. 잔뿌리 하나라도 다칠세라 주의를 모아 심어놓은 포트 속의 야생화는 쉽게 정착하려 하지 않았다. 어느 것은 심어놓으면 그 해에 잠시 꽃을 피웠다가 죽어버리곤 하였다. 이미 죽기 전에 아름다운 꽃을 보아온 맛에 해를 걸러 다시 사다가 정성을 다하여 심어보아도 꽃을 피우고는 이내 죽어버리는 것이 아닌가? 도저히 이유를 알 수가 없었다. 그 이유야 물관리의 철저와 음양지의 구별 등 주위환경을 잘 만들어주라는 야생화집의 말을 귀기울여보아도 마찬가지였다.

그래 하는 수없이 한두 포트만을 구입하다가 한 종류의 야생화를 포트 수를 늘려 사다 심었다. 그 중에 한 30%만 살아남을 것이라는 생각에서였다. 그러고 보니 이 생각이 적중하였다. 거의 다 죽어가다가 한 두 포트 살아남더니 그 야생화가 제 스스로 번져 나가는 것이 아닌가? 바로 그 이유였다. 요즈음 야생화라는 것들이 어디 제 스스로 야생하여 자라는 것들이 아니다. 비닐하우스 속에서 편안히 씨를 모아주고, 던져주는 거름을 받아 포트 속에 뿌리를 내리며 싹 틔우고 꽃을 피우고 있지 아니한가? 그러하거니와 갑자기 산애재에 끌려와서 뿌리 내리고 꽃을 피우라니 도저히 살아남을 수 없었던 것이다. 다행히 그 중 몇몇은 끝까지 진실한 야성을 가진 탓에 살아남은 것뿐이었다. 해마다 다른 꽃보다 먼저 노오란 꽃송이를 무성하게 피워대며 여름이 오기 전에 흔적 없이 사라져 버렸다가 다시 지난해보다 더더욱 무리지어 피어나는 복수초를 바라볼 때마다 그 진실한 야성에 찬탄을 보내곤 하는 것도 바로 이러한 이유 때문이었다.

야성野性은 제 스스로 삶을 활기차게 하는 무한한 능력을 가지고 있음이 분명하다. 뿌리를 내리고 자라는 환경을 제 스스로 개척하여 생명을 가지게 함은 물론 자신을 왕성하게 개척하는 힘으로 보여주었다. 그런데 그 야성을 온실로 이끌어 스스로 개척하지 않아도 좋은 환경, 이를 테면 적당한 온도, 적당한 먹잇감, 적당한 빛으로부터 무럭무럭 자라게 함으로써 저마다 가지는 야성을 잃어버린 야생화는 결국 야성을 잃게 되는 것이었다.

야성野性이란 제 태어난 삶의 터전에서 자신의 삶을 바로 세워 올바르게 살아가는 천부天賦의 생존방식이라 할 수 있다. 제 태어난 삶의 터전에서 자신의 삶을 바로 세워 올바르게 살아가는 천부天賦의 성품이다. 따라서 태어나고 자라는 순수한 자연의 성품으로 살아가는 것이라면, 이런 의미에서 사람도 마찬가지다. 사람은 태어난 자리에서 제 스스로 올바른 삶의 길을 바로 찾고, '너'와 '나' 사이의 거리에서 가장 아름답고 향기롭게 꽃 피우고 열매를 맺는 야성의 삶을 가진다. 사람 사이에서 그야말로 인간이 되고 인간관계가 이루어지는 과정에서의 삶이란 사람만이 가지는 야성임에 틀림없다.

최근 선임병들에게 폭행을 당하여 숨진 윤 일병 폭행사망 사건이 발생한데 이어 가혹행위 가능성을 남겨두고 자살한 관심병

사 2명의 휴가 중 동반 자살 사건이 벌어지고 있어 주위를 안타깝게 하고 있는 가운데, 이제는 누구나 잘 알고 있는 사회지도층의 아들이 군대 내에서의 폭행과 성추행 가해자라는 것이 밝혀져 큰 충격을 주고 있다. 포트에 길러져 사람만이 마땅히 가져야 할 야성을 잃어버린 결과가 아닌가하여 그 충격은 더욱 크게 다가온다. 사람 사이에서 사람만이 가지는 고유의 야성을 되찾게 되기까지 얼마나 많은 시간이 필요하게 될지, 야성으로 올바르게 이루어지는 사회가 무엇보다도 절실한 요즈음이다. 포트에서 벗어나 산애재에서 야성으로 피어나는 야생화를 바라보다가 세상에 대한 분노를 삭이지 못해 고개를 숙여본다.

(2014. 09. 22. 월)

시비詩碑를 바라보며

산애재에 시비를 세워놓았다. 하나하나 세우다 보니 어느덧 26기나 되었다. 600평도 되지 못하는 공간에 동산을 만들고, 화단을 만들어놓고 야생화를 심은 그 둘레길에 시비를 세워놓은 것이다. 시비를 세우기까지 많은 고심을 하였다. 거금(?)을 들여 쓸데없는 짓거리를 하고 있지는 아니한가?

산애재를 나름대로 야생화로 조성하여 놓고 시비를 세우기 전에 시단詩壇의 큰 어른이신 노老 시인의 방문을 받았다. 마침 그 시기가 4월이라서 산애재의 화단에는 온통 노랗게 피어난 수선화 무리가 화려하게 자태를 뽐내고 있었다. 그것을 바라보시기를 한참이나 계속하시었다. 이윽고 실내에 들어 차 한 잔을 마실 때 나는 조심스럽게 시비를 세우고자 하니 친필로 작품 한 편 써

주시기를 정중히 청하였다. 아내도 곁에서 낮은 목소리로 거들어 주었다. 분명 흔쾌히 써주시리라 믿었다. 그러나 결과는 전혀 아니었다. 이제 오랜 교직에서 물러나게 되었으니 산천 좋은 곳을 찾아 여행이나 하면서 좋은 시를 쓰는 데 진력하라는 것이었다. 시비를 세우는 일은 좋은 시를 쓰고 나면 나중에 절로 세워질 것이라면서 꾸중반 격려반(?)의 말씀을 주시었다. 더 이상 어떤 말도 이어갈 수 없었다. 잠시 나의 마음 깊이에서 회오리가 일기도 하였다.

둘레를 바라보았다. 둘레에는 시비공원이 참 많다. 가까운 이웃도시 근처에는 수백기의 시비가 세워져 있다. 전국적으로 살펴본다면 시비공원이 한두 군데가 아니다. 그러나 내가 세우고자 하는 시비는 그런 류의 시비가 아니다. 더더구나 시인들로부터 돈을 받고 세우고자 하는 그런 시비가 아니다. 1978년 전봉건 선생님의 추천으로 시단에 등단한 이후 40년 가까이 시를 써온 시인으로서 시를 쓰면서 살아가는 동안 어느 일정한 시기에 내 시의 지표指標가 되어 주었던 시인들의 시를 새겨 놓고자 한 것이다. 그것은 내가 좋아하는 시작품을 하얀 백지위에 정성으로 써서 서실의 책상 앞에 붙여놓는 것이나 마찬가지가 아니겠는가?

마침내 시비를 제작하기에 이르렀다. 모두 우리나라 석재 중 최고 명품인 보령 남포 오석烏石으로 제작하기로 하였다. 예석은 일일이 새겨 넣은 글씨에 색을 칠해야 하지만 오석은 까마귀 같이 새까만 비신碑身에 굳이 글씨에 색을 칠하지 않아도 언제나 하얗게 나타나기 때문이었다.

내 소문을 들은 초등학교, 고등학교 동창 등 몇몇이 후원하여 주었다. 참으로 눈물겹도록 고마운 일이었다. 전혀 뜻밖이었다. 내 하고자 하는 일에 이리도 박수를 보내주는 사람들이 내 안에 있었구나, 새삼스러운 확인에 가슴이 벅차올랐다. 힘을 더하여 당초 일 년에 한 5기씩 세우려는 계획을 앞당겼다. 그리하여 우선 26기의 시비를 세워놓았다. 그리고 앞으로도 기회가 닿은 대로 시인들의 친필 시비를 계속 세워나갈 것이라 마음하였다. 시비는 600평도 채 되지 못하는 작은 공간에 정성으로 가꾸고 길러온 야생화와 정원수 사이에서 나름대로 조화를 이루어주었다. 나의 작은 눈에도 보기에 좋았다.

시비는 모두 친필로만 세워져 있다. 단 나의 스승인 전봉건 선생님의 시비는 소리꾼 장사익 선생의 글씨로 새겨 산애재의 중앙동산 위에 올려놓았다. 이렇게 시비를 세워놓고는 '시비원詩碑園'이라 이름하였다. '시비공원詩碑公園'이 아닌 '시비원詩碑園'이다. '공원公園'이라 함은 사전적 의미로 '공공녹지의 하나로, 여러 사람들이 쉬거나 가벼운 운동 혹은 놀이를 즐길 수 있도록 마련된 정원이나 동산'을 일컫는다. 그러하니 당연히 시비공원이 아닌 시비원이 된다. 당호堂號가 '산애재'이니 '시비원 산애재詩碑

園 蒜艾齋'라 하였다. 국당菊堂 조성주趙盛周의 글씨로 현판석이
세워졌다. 2010년에 40년 11개월의 교직에서 명예퇴직 한 바로
그해 3월 1일에 인터넷 카페 '산애재蒜艾齋'도 만들어 놓고 그곳
에 시와 수필은 물론 영화, 음악, 그림 등등을 소개하여 오면서
시시각각 산애재의 변하는 모습을 소개하기도 하였다.

　그 동안 많은 시인들이 산애재를 찾아주었다. 문화예술인의
발걸음도 곧잘 새겨지곤 하였다. 산애재에서 때 아닌 시낭송회
가 열리기도 하고, 때로는 장구소리와 함께 우리의 노랫가락이
울려 퍼지기도 하였다. 그럴 때마다 나의 마음은 흐뭇하기만 했
다. 옆집 앞집이 텅텅 비어있는 시골의 궁벽한 마을은 언제나 고
요가 가라앉다 못하여 결국 적막의 도가니로 빠져들곤 하였는
데, 이토록 아기자기한 향연이 피어오르다니! 그들이 마련한 향
연으로 산애재를 한 바퀴 돌아보며 힘을 더하여 주기에 주저하
지 않았다. 그 중 어느 시인은 세워진 시비를 다 둘러보고 나서
나에게 물었다. - "아무리 둘러보아도 구 선생님의 시비는 없네
요?" 나는 그 시인의 얼굴을 바라보며 빙그레 웃음을 보냈다. 어
찌 나의 터전에 내 시를 돌에 새겨 내 시비로 세워놓을 수 있으
리오. 어느 시인은 「시비是非의 나라, 시비詩碑의 나라」란 글을
통하여 "오해하지 말자. 산애재에는 그의 시를 새긴 시비는 하나
도 없다. 자신이 좋아하는 시인들의 시를 자비를 들여 자신의 마
음속에 들여놓는 일을 구재기 시인은 하고 있는 것이다. 어림잡

아 몇 천 만원은 내놓아야할 그 일을 그는 몇 년 동안 뚝딱하고 해 놓았다. 시력詩歷 40년에 가까운 시인이 스스로 아끼고 자랑하고 싶은 시가 어찌 없겠는가? 나는 그에게서 신독愼獨의 경지를 본다."고 하였다. 쑥스러우면서도 고마운 격려가 되었다. 산애재의 시비를 바라보며 산애재를 찾아주신 노 시인의 말씀을 아로새기고는 좋은 시를 찾아나서는 발걸음을 사명使命처럼 내딛곤 한다.

(2014. 10. 23. 목)

두 갈래의 관점觀點

사람은 자기가 선택한 행운幸運을 가지거나 액운厄運을 가진다. 사람이면서 때때로 사람인 자기를 혐오의 대상으로 삼기도 한다. 이성적인 동물이라고 하지만 한 사물이나 상황에 있어서도 자기 자신에 의하여 구제하거나 포기하기도 한다. 어떻게 생각하느냐, 바라보느냐에 따라 나아갈 길을 보게 된다. 이른 봄 샛노랗게 피어나는 복수초를 기쁜 마음으로 바라보다가 그에 얽힌 전설을 떠올리다 보면 사람의 두 가지 눈길을 떠올리지 않을 수 없다.

모름지기 복수초福壽草는 눈 속에서 피어나야 제 맛이 난다. 그도 그럴 것이 긴긴 겨울을 이겨내고 있다는 산 증표로서의 역할을 견고히 하는 것이기도 하려니와 꽃말이 그러하듯이 '영원한 행복'이 아닌가? '행복'이란 온갖 번뇌로부터 벗어나야 비로소 그 진면목으로서의 행복이기 때문이다. 그뿐만이 아니다. 티베르 지역에서는 어떤 희귀한 약초가 꽃을 피울 때면 뜨거운 열이 나와 3m 근방의 눈을 모두 녹여버린다는 약초가 있었다고 전해져 오는데, 그 꽃이 바로 몸이 차가운 사람에게 좋은 복수초였다 한다.

복수초는 경기도 이북 지방에서 흔히 자라고 있는 것이지만 이제는 그 영역을 넓혀 산애재에까지 마음껏 피어나고 있다. 봄이 되어 눈이 녹기 시작하면 꽃을 피운다. 북쪽 지방에서는 눈 사이에 피어난 꽃을 볼 수 있으므로 '눈색이꽃'이라고도 부르며, 중국에서는 눈 속에 피어 있는 연꽃이라 하여 '설연雪蓮'이라 부르기도 한다. 그러하거니와 이른 봄에 노랗게, 아주 샛노랗게 피어나는 이 복수초를 바라보면 절로 기쁘지 아니할 수 없다. 복수초라는 이름이 붙게 된 것도 바로 이렇게 피어나는 꽃이 기쁨을 준다고 해서라 한다. 그런데 동양에서는 이렇게 기쁨을 주는 '영원한 행복'이라는 꽃말이 붙여졌는데, 서양에서는 무엇 때문에 '슬픈 추억'이라 하는지 알다가 모를 일이다.

아주 먼 옛날 하늘나라에 크노멘 공주라는 아름답고 젊은 여신이 살고 있었다. 물론 여신들은 모두 다 아름다웠지만 그 중에서도 크노멘공주는 가장 아름다웠다. 공주가 긴 드레스 자락을 하늘하늘 나부끼며 걸으면 태양은 황홀하여 더욱 밝게 빛을 내었고, 바람은 발걸음을 멈추어 서서 공주를 바라보았다. 윤기나는 검은 머리카락을 만져 보려고 비는 서둘러 소나기로 내렸고, 달은 한 번이라도 더 공주의 얼굴을 보려고 어둠을 밝혔다. 공주가 나이가 들자 아버지인 왕은 공주를 누구에게 시집을 보낼까 고민하면서 하늘나라의 남신男神들을 살펴보았다. 그러나 꽃의 신은 아름답지만 믿음직스럽지 못하고. 냇물의 신은 맑지만 툭하면 제멋대로 날뛰었고, 원숭이신은 똑똑하지만 버릇이 없었다. 날아다니는 조신鳥神은 날쌔지만 말이 많고, 물고기신은 부지런하지만 가진 게 없고. 산신은 부자지만 터무니없는 겁쟁이로만 보였다. 결국 한참 생각한 끝에 두더지신이었다. 왕은 두더지를 찾아가서 딸을 부탁했다. 두더지는 너무 행복해서 몸 둘 바를 모르겠다면서 목숨을 걸고 크노멘 공주를 소중히 하겠다고 다짐했다.

왕의 이야기를 듣고 난 공주는 화를 내었다. 왜 하필이면 하늘나라에서 제일 못생긴 두더지와 결혼해야 되느냐면서 슬피 울었다. 그런 줄도 모르고 두더지는 공주에게 매일같이 선물을 보냈다. 공주와 결혼할 수 있는 날을 꿈꾸며 한 올 한 올 정성을 다하여 비단옷 위에 공주의 모습을 수놓았고, 금비녀까지 보냈다. 그러나 공주의 마음은 변하지 않자 왕은 억지로라도 두더지에게 시집보내겠다고 외쳤다. 공주는 궁전 밖으로 뛰쳐나갔다.

화가 난 하느님은 제멋대로인 딸에게 큰 벌을 내렸다. 결국 두더지의 마음을 몰라주는 크노멘 공주는 아름다운 젊은 여신의 모습을 잃어버린 채 금색의 조그만 꽃, 복수초가 되었다. 그로부터 몇 천 년이 지난 지금까지도 복수초는 눈 속에서 피어나는데 그 주위에는 많은 두더지 발자국이 나 있는 것을 발견할 수 있거니와 꽃이 되어 버린 크노멘 공주를 두더지는 지금도 그리워하면서 밤새도록 복수초 주위의 눈을 쓸고 있는 것이다.

복수초에 얽힌 또 다른 전설이 전해온다. 신화에 나오는 서양 복수초는 아름다운 소년 아도니스가 산짐승의 날카로운 이빨에 물려 죽어가면서 흘린 붉은 피에서 피어났다고 한다. 그래서 복수초의 꽃말이 '슬픈 추억'이면서 피를 상징하게 되었다는 것이다.

이와는 달리 일본 북해도의 원주민 아이누족들은 복수초를 '크론'이라 부르고 있다 한다. 옛날 북해도에 아름다운 얼굴을 가진 크론이라는 여신이 살고 있었는데, 크론에게는 연인이 있었으나 크론의 아버지는 결혼을 적극 반대하였다. 아버지는 외동딸인 크론을 용감한 땅의 용신龍神에게 시집을 보내고 싶었던 것이다. 그러나 크론은 어느 날 아버지 몰래 사랑하는 연인과 함께 도망쳤다. 화가 난 아버지는 마침내 크론을 찾아내었고, 화가 난 나머지 크론을 풀로 만들어버렸다. 그 풀에서는 아주 샛노란 꽃이 피어났으니, 그 꽃이 바로 복수초였다.

눈 속을 마다하지 않고 이른 봄에 노랗게, 아주 샛노랗게 피어나는 이 복수초를 바라보며 절로 일어나는 기쁨으로 히어 '영원한 행복'을 꿈꿀 것인가. 아니면 모두 슬픈 사랑이야기로 전해져 내려오는 복수초의 전설에 따라 가지는 '슬픈 추억'을 떠올릴 것인가? 복수초를 바라보는 데에도 두 갈래의 관점觀點이 있다는 것을 새삼 깨닫는다.

(2014. 08. 20. 수)

잡초 뽑기

때때로 산애재에 잡초가 자라나지 않는다면 산애재에서 내가 할 일은 무엇일까. 그러나 아무리 생각해보아도 잡초 뽑는 일 외에는 나에게 주어진 일이 없을 듯하다. 잡초를 뽑아내는 일이 나에게 주어진 산애재에서의 '할 일'이다. 뽑아내면 다시 어느 사이 벌써 싹이 트고 자라나 있다. 그래서 잡초 뽑아내는 일은 언제나 계속될 수밖에 없다. 뽑아내자마자 그 자리에서 여전히 뿌리를 내리고 싹을 틔워 자라나 있는 이 무서운 생명력은 아무래도 잡초만이 가지는 유일한 특권이라는 생각이 든다. 동네사람들이 한 마디 던져준다. '아무리 뽑아내어도 돌아서면 그저 풀!'. 정말 그렇다. 그야말로 잡초는 잡초로서 뽑아낸 자리 뒤돌아서기가 무섭게 다시 자라나야 잡초가 된다. 그 끈질긴 번식력은 실로 무섭기까지 하다. 자칫 잡초 뽑는 일을 포기하고 잡초 앞에서 두 손을 들게 할 수도 있다. 끊임없이 자라나는 것이 잡초로서 사상 잡초다운 일이다. 잡초는 으레 무성하게 자라나야 진면목의 잡초가 된다. '잡초가 없는 정원은 없다'란 영국의 속담이 떠오른다.

갑자기 찾아온 어느 시골 여류시인이 마침 잡초를 뽑아낸 산애재의 모습을 보고는 '아이구, 어떻게 풀을 뽑아냈는지~~' 하면서 차마 입을 열지 못했다. 마침 며칠 전에 뽑을 대로 뽑아내어 잡초 한 포기 보이지 않는 것(?)을 보고 얼마나 어려웠느냐는 말을 끝까지 잊지 않았다. 그 여류 시인은 농사도 짓고 있는 터라 잡초의 번식력이 얼마나 강한지를 잘 알고 있는 터였던 것이다. 어디에선가 읽은 기억이 떠오른다. 잡초 씨앗은 땅속에 20년 동안 묻혀 있으면서 어느 때에 알맞은 물기, 알맞은 햇볕, 알맞은 토양이 허락된다면 거침없이 돋아난다는 것이다. 그러니까 20여 년 동안 흙속에서 생명의 기회를 노리고 있다가 거침없이 돋아나는 잡초이거니와 어찌 그 생명력에 놀라지 않을 수 있으리오.

흙에서 뿌리를 내려 흙에서 자라나고 흙에 씨앗을 맺어 사람이 원하는 작물에 피해를 주는 것으로는 확실히 모두가 잡초이다. 잡초는 좋은 점을 발견해주지 못하는 풀이다. 20세기 중국 문학의 거장 노신魯迅의 말을 들어본다.

– 잡초는 그 뿌리가 깊지 않고, 꽃과 그 풀잎 또한 아름답지

않다. 더구나 이슬을 빨아먹고, 물을 빨아먹고, 땅에 묻힌 사자死者의 피와 살을 빨아먹고, 그 생존을 빼앗는다. 그 생존에 있어서도 짓밟히고 깎이우고 드디어는 사멸과 부패에 이른다. …… 그러나 나는 나의 잡초를 사랑한다. ─

　노신의 이와 같은 말에 따르면 사람과 잡초와는 별반 다르지 않다는 생각이 든다. 어쩌면 사람의 살아가는 모습이 잡초의 일생과 그렇게 비슷할 수가 없다. ─ 사람은 그 삶의 뿌리가 깊지 않고, 하루하루 살아가는 모습 또한 그다지 아름답지만은 않다. 더구나 삶의 아귀다툼으로 맑고 고운 생의 이슬을 빨아먹고, 생의 물기를 빨아먹고, 땅에 묻힐 때까지 사람으로서의 부끄러움을 알게 모르게 자행하고 마침내 다른 사람의 삶까지도 엉망으로 만들면서도 눈 하나 깜짝이지도 않는다. …… 그러나 사람은 사람으로서 다른 사람들을 사랑하면서 살아간다 ─
　만약에 지상에 단 한포기의 잡초도 뿌리를 내리고 있지 않다면 지상은 얼마나 삭막할까. 풀풀 흙먼지가 날리고, 바람 휘날리는 사막에 불과할 것이다. 비록 제멋대로 자라나 단 한 차례 꽃을 피우고 있는 듯 없는 듯 있었던 그 자리에서조차 알 수 없이 사라져 버리는 잡초라지만 잡초는 분명 지상에서의 자랑이며 행복이다. 사람이 이 지상의 자랑이며 행복이 되듯이 잡초 또한 마찬가지이다.

잡초는 스스로 재 몸을 길러 동물을 자라게 하고, 동물은 제 몸을 분해하여 또 다른 잡초를 자라나게 한다. 아무리 사람이 손을 내밀지 않아도 잡초는 사람이 알지 못하는 사이에 어느덧 무성히 자라나 있다. 발 아래이던, 논둑 밭둑이던 냇둑이던, 산녘이던, 눈에 보이는 어느 곳 하나 비워놓지 않은 곳이 없이 모조리 푸른빛으로 넘치도록 푸짐하게 채워 넣는다. 그것이 바로 잡초의 하는 일이다. 그러나 잡초는 마음을 가지지 않는다. 마음을 가지지 않았다는 것은 마음을 비워놓았다는 의미이다. 그러하거니와 한 번 생각해 보라. 온누리 가득한 잡초에 사람과 같은 마음을 가지고 있다면 이 지상은 어찌되어가고 있을 것인가.

사람 사이에는 잡초가 분명히 있다. 사람으로 태어나 사람으로 살아가지 않고, 사람과 같은 생각을 가지지 않은 사람을 일컬어 '잡초'라고 말하곤 한다. 분명한 것은 아무리 보잘 것 없는 잡초라 하더라도 무리지어 피어나는 잡초의 터전은 무척이나 아름답게 보인다. 그러나 '잡초'같은 사람이 무리지어 사는 사람의 터전은 상상하기조차 두려워진다. 속담에 '미운 풀이 죽으면 고운 풀도 죽는다'는 말이 있다. 나쁜 것을 없애버리면 적지 않은 희생이 뒤따른다는 말이다. 산천을 푸르게 물들이는 아름다운 잡초가 아니라 사람 사이에서 보일 듯 말 듯 은근히 자라나고 있는 잡초 뽑기는 사람이 존재하는 한 계속되어야 할 일이다.

(2014. 10. 31. 금)

가장 긴 기다림

겨울에서 봄으로 가는 길은 무한하다. 끝이 보이지 않는다. 손등에 내려앉는 햇살에 봄인가 했더니 어디에 숨어 있었는지 갑작스럽게 몰려온 겨울의 칼날이 알종아리를 타고 기어오르는 걸 보면 도저히 종잡을 수 없는 겨울과 봄 사이다. 이런 가운데 봄을 기다리는 마음은 가장 긴 기다림이 된다.

산애재에 심겨진 나무의 겨울눈이 보이기는 하지만 여전히 눈 뜰 생각을 하지 않는 듯하다. 어제와 내내 똑같은 표정이다. 나무나 사람이나 모두 표정이 다르면 무엇인가 새로운 변화의 징조를 보이고 있음이라서 혹시나 하고 실눈을 뜨고 겨울눈을 살펴보아도 나무에는 여전히 어제와 다름없는 침묵만이 가득 쌓여 있다. 본디 겨울눈이란 늦여름부터 가을 사이에 생겨 겨울을 넘기고 이듬해 봄에 싹이 트는 눈이라니 겨울눈에 변화가 없으면 아직도 여전 겨울이라는 뜻이다. 메마르고 메마른 나무껍질에 물오를 기색도 없다. 그러하니 봄을 기다리는 마음은 가장 긴 기다림을 낳을 수밖에 없다. 그냥 나무를 바라보며 봄을 기다려주는 것이 할 수 있는 최선의 길이다.

그런데 가만 이게 무어지? 지금까지 나무의 겨울눈에만 집착하여 살펴보았지 땅거죽은 전혀 몰라라하고 있었는데, 여기저기 들썩인 흔적이 눈에 들어왔다. 이게 뭐야? 도대체 이게 뭐야? 반가웁고 신기함에 절로 굽혀지는 허리를 달래며 땅거죽을 향하여 무릎까지 굽혔다. 그리고 조심스럽게 손가락을 굽혀 흙을 헤쳐 보았다. 아, 이 노오란 꽃잎의 싹아지라니! 바로 이것이다. 지금까지 하루하루 기다린 것은 나무의 겨울눈이 아니라 어느 사이 땅거죽을 뚫고 나오고 있는 노오란 복수초의 꽃잎파리가 아니었던가. 이미 복수초는 봄을 품에 낀 채로 꽃샘추위는 거들떠보지도 아니했던 것이다. 그렇다. 기다림은 이렇게 기다리지 않는 곳으로부터 먼저 온다. 그럼에도 기다림은 여전히 계속되고 있음은 부정할 수 없다. 기다린다고 해서 기다림이 찾아오는 것이 아닌데도 말이다. 문득 백년하청百年河淸이라는 말이 떠오른다.

중국 청해성靑海省으로부터 발원하여 장장 5천 5백 킬로미터의 중국 대륙을 달려와 발해만으로 흘러드는 황하黃河는 예로부터 중국 문명의 상징이다. 이 황하가 흐르면서 황토 고원을 통과하기 때문에 엄청난 양의 토사土砂를 실어 나른다. 아득한 옛날 주周나라 때부터 황톳물이었던 황하는 아직도 그 황토 빛을 거둘 줄을 모른다. 그러니 길어야 백 년을 사는 인간이 어찌 황하가 맑아지는 것을 볼 수 있겠는가. 백년하청은 곧 중국의 황하가 늘 흐려 맑을 때가 없다는 뜻이다. 즉 아무리 오래 기다려도 어떤 일이 이루어지기 어려움을 이르는 말이다. 그러하거니와 봄을 맞게 되는 것은 중국의 황하강이 맑아지는 오랜 동안의 기다림이 아닌 만큼 봄을 맞아들이기 위한 마음의 준비가 되어 있어야 할 것이다. 백년하청으로 봄을 기다린다면 봄은 언제나 그만큼 멀리에 머물 뿐이다.

봄을 기다림은 봄을 그리워함에서 온다. 봄의 자태에 대한 무한한 즐거움을 느끼고 있는 마음이 없다면 봄에 대한 기다림은 없다. 그렇다고 꽃 한 송이 화병에 꽂아놓는다고 해서, 액자 속에 화사하게 피어있는 꽃 한 묶음을 보고 기쁨을 느낀다고 해서 봄 속에 젖어드는 것도 아니다. 다만 한겨울의 강한 추위 속에서 조금이라도 몸의 온기를 높이려 할 때 온몸을 떨면서 문득 떠오르는 봄의 온기를 느끼고, 봄이 마치 내 몸속의 작은 불꽃이나처럼 피어오르는 듯한 느낌으로 가슴 가득 채워질 때 비로소 봄에 대한 기다림은 그윽해지고 간절해지기도 한다. 그런 의미에서 봄을 기다린다는 것처럼 아름다운 일은 없다. 비록 긴 겨울로부터 온갖 매몰찬 아픔을 가지게 된다 하더라도 봄에 대한 기다림은 언제나 누구에게나 가져질 수 있는 확신에 찬 낙원이 된다. 그만큼 봄에 대한 기다림은 영혼의 가장 근원적이며 맑고 깨끗한 부분이 새로움을 향하여 끊임없이 지향指向하는 성聖스러움 속에서 이루어진다.

그러나 봄에 대해 지나치면 자칫 속된 욕망을 불러일으키기도 한다. 봄을 기다리는 마음으로 인위적으로 길러온 꽃송이를 사다가 실내에 꽂아놓고 봄기운에 사로잡히는 것과 아직도 남아 있는 눈 속에서 조심조심 노오란 꽃송이를 내미는 복수초의 여린 꽃잎 속 봄과는 전혀 차원이 다르기 때문이다. 누리고자 하는 마음만으로 탐하는 봄이 아니요, 올 때를 조용히 기다리면서 맞는 봄의 차이는 확연히 다르다. 욕망과 순수한 기다림의 차이이다. 그러나 '옥같은 얼굴에 수심이 젖어 눈물이 난간에 흐르니/ 한가지 배꽃이 봄비에 젖는 듯(玉容寂寞淚欄干/梨花一枝春帶雨)'한 기다림 끝에 봄을 맞는다면, 저승에 있는 양귀비가 사랑하는 현종玄宗을 그리워하여 눈물을 흘리는 모습인 듯 봄을 맞는다면, 그 봄은 일생의 가장 큰 봄맞이를 이룬 것이 아닐까?

봄을 기다리는 마음은 봄을 맞고자 하는 간절함이 아니라 나무의 겨울눈이 트고 아름다운 꽃이 피는 것을 문득 느끼는 마음에서부터 시작되어야 한다. 기다림 속에서 기다리며 살아간다는 것은 또 이렇게 뜻밖에서 이루어지게 됨으로써 가장 긴 기다

림의 즐거움을 느낄 수 있다는 것을 산애재에 찾아오는 봄으로
부터 새삼 깨닫는다.

(2016. 04. 04. 월)

지렁이에 대하여

　지렁이는 지렁이과에 딸린 환형동물을 일컫는다. 지렁이라는 이름의 유래는 '징그럽다'에서 왔다는 이야기와 땅의 용[地龍]에서 왔다는 설 등이 있으나 확실한 것은 아니다. 다만 한자로의 명칭 중 하나인 토룡土龍이라는 이름이 있거니와 지룡地龍에서 왔다고 보는 것이 일반적이다. 방언으로는 '끄시랑이, 끄시랑, 꺼시랑, 꺼시랑이'로 '거시랑이'라고 하며, 대체로 '디룡이'가 흔히 쓰였고 '지룡이·지룽이'라고도 불리는데, 무엇보다도 지렁이 하면 그 '징그럽다'의 사실이 가장 먼저 떠오른다.

　지렁이처럼 징그러운 동물이 또 있을까? 뱀도 그렇다지만 뱀은 다소 두려움이 앞서는 게 일반적이고 징그럽기로는 단연 지렁이가 으뜸이다. 이 지렁이는 습기와 유기물이 충분한 토양에

잘 서식하는 까닭에 산애재의 거름진 곳 어디서든지 가장 흔히 만나게 된다. 시도 때도 없이 잘 자라주는 잡초를 뽑아내기 위해서라면 먼저 만나게 되는 동물이 바로 그 징그러운 지렁이다. 길이가 길고 크면 더욱 징그러움을 더해가는 지렁이. 좀 이기적이기는 하지만, 지렁이가 같은 몸에 암컷과 수컷의 생식기관이 함께 존재하는 자웅동체이며, 보통 토양 표면에서 살지만 건조한 시기나 겨울에는 2m 정도 깊이의 굴을 파고 들어간다는 생태적인 사항에는 별로 관심이 없다. 다만 어느 곳에선들 안 그렇겠느냐만 이 지렁이야말로 산애재의 야생화나 수목에 더 없이 유익하니 산애재와 함께 하는 한 지렁이를 외면하면서 살아갈 수는 없다.

잡초를 뽑아내다 보면 지렁이는 보거나 들을 수 없고 빛과 진동에 민감하다는 사실을 실감한다. 호미 끝에서 여지없이 들어날 때마다 찬란한 햇살 아래서 온 몸에 힘을 가하여 요동을 친다. 뿐만 아니라 내 발자국 소리를 언제 들었는지 숨을 자리를 찾아 헤맨 흔적도 부지기수 나타난다.

흔히 볼 수 있는 지렁이는 땅 속에 구멍을 파면서 그 밑바닥에서 많은 양의 흙, 모래, 작은 자갈들도 함께 섭취한다. 그리고 매일매일 음식과 흙을 그 자신의 몸무게만큼 먹고 내보낸다 하니 지렁이의 배설물이야말로 거기에 포함되어 있는 유기물을 영양분으로 이용할 수 있는 일등급의 유기질 비료가 된다. 배설물은 항문으로 배출되는데, 지렁이의 배설물은 칼슘과 그 밖의 영양소들이 많이 포함되어 있어서 지렁이의 배설물이 있는 흙은 식물이 성장하는 데 매우 도움이 되는 기름진 흙이다. 또한 지표면에 이르기까지 작은 구멍을 내줌으로써 식물이 자라나는데 있어서 최고의 숨통을 트여 주는 통기通氣의 역할 뿐만 아니라 수분 흡수가 잘 되도록 흙을 일구어주므로 이들이 지나다닌 토지에서는 식물이 잘 자란다.

그러나 어디 이뿐이랴. 지렁이는 물고기, 새, 두더지의 중요한 먹이가 되어 먹이사슬 유지에 기여하며, 낚시의 미끼로도 이용되어 환경과 사람에게 매우 유용하기만 하다. 또한 지렁이는 음식물 쓰레기를 분해해주어 환경오염을 줄이는데 도움이 되고 있으니 징그러운 지렁이가 얼마나 소중한 동물이랴.

그럼에도 불구하고 지렁이 하면 먼저 그 징그러운 모습이 떠올라 얼굴을 찌푸리지 않을 수 없다. 늘 나보다도 먼저 호미를 들고 잡초를 뽑아내려 야생화 사이를 누비던 아내로 하여금 이따금 갑작스럽게 괴성을 토해내게 하는 자리에는 반드시 거대한 (?) 지렁이 한 마리가 꿈틀대며 주범으로서의 당당한 자태를 여지없이 드러내곤 한다. 애당초 태어나기를 그리 징그럽게 태어났으니 그 운명을 어찌 천기 누설하듯 바꿀 수 있으랴. 잡초를 뽑던 자리에서 소스라치게 놀라 일어서는 아내에게 부리나케 달려가 확인하는 찰라 나에게도 그 거대한 징그러움에 짐짓 웅크려

지는 몸과 마음은 어이할 수가 없다. 그래도 아내 앞이라서 굳이 태연한 척 그 지렁이를 실장갑 낀 손으로 집어 내던지는 순간, 물컹, 그 섬뜩한 감촉이며 머리와 꼬리부분의 요동을 묵묵히 견디어 내기란 보통 역겨운 게 아니다. 그러면서도 아내 앞에서 참으로 의연하게 지렁이를 집어 내던지거나 호미로 주위의 흙을 긁어모아 지렁이를 덮어주는 데에 어느 사이 이골이 나서 나만의 지렁이 처치 방법으로 굳어진지 오래다. 오스트레일리아의 어떤 지렁이는 그 길이가 무려 3.3m까지 자란다 하고, 미국 동부에서 가장 흔한 룸브리쿠스 테르레스트리스라는 지렁이는 약 25cm까지 자란다 하는데, 그러한 지렁이를 앞에 두고 아내의 괴성을 만났다고 가정하면 이때에도 나의 지렁이 처치 방법이 가능해질까?

아무리 이로운 동물이라 하지만 징그럽게 태어난 지렁이로서는 참으로 억울한 일이다. 까마귀가 까악까악 울고 싶어서 우는 것이 아님에도 불구하고, 까마귀가 울면 그 동네에 초상이 난다느니 까마귀 울음소리는 불길한 조짐이라느니 하는 자리매김에 따른 까마귀로서의 억울함과도 같다고 하겠다.

제주도에서는 어떤 시골에 가난한 선비가 아내와 함께 눈멀고 병든 노모가 반찬 투정만 하면서 식사를 들지 않아 점점 더 쇠약해져만 가는 걸 보다 못해 지렁이를 잡아서 깨끗이 씻어 국을 끓여 밥상을 올리는 등 정성으로 다하여 모신 끝에 자신은 과거를 보아 급제하고 마침내 어머니의 눈을 뜨게 하였다는 전설, 그리고 광주 북촌北村에 사는 부호의 딸이 밤마다 자주빛 옷을 입은 한 사나이가 침실로 들어와 교혼交婚하고 사라지곤 하던 끝에 마침내 사내아이를 낳더니 그가 바로 후백제를 세우고 스스로 왕이 되었다는 견훤甄萱의 구인생설화蚯蚓生說話가 『삼국유사』의 「후백제 견훤 조」에 전해져 내려오고 있다.

애당초 태어나고, 자라고, 살아가면서, 세상에 도움에 도움을 주는 지렁이에 대하여 '징그럽다'고 굳어진 선입견이나 싫어하고 미워하는 마음으로부터 이제라도 벗어나도록 노력해야겠다. 짐승만도 못한 게 아니라 지렁이보다도 못한 인간들이 끊임없이 등장하고 있는 요즈음의 세상에 자신의 일생으로 이름 모를 풀뿌리의 자양이 되어주는 지렁이의 삶을 새삼스레 생각해본다.

(2016. 04. 05. 화)

제비꽃에 대하여

제비꽃에 대한 이름은 참 여러 가지이다. 바이올렛·병아리꽃·씨름꽃·앉은뱅이꽃·오랑캐꽃·외나물·자화지정·장수꽃이라고도 불리고 있으니 말이다. 그 이름이 이리도 갖가지로 불리는 데에는 다 까닭이 있다. 우선 '제비꽃'이라는 이름은 아름다운 꽃 모양이 물 찬 제비 같다는 뜻에서 붙여진 이름이라고 한다. '병아리꽃·앉은뱅이꽃'은 풀의 모습이 아주 작고 귀엽다 하여 생긴 별칭이요, '오랑캐꽃'이라는 이명은 꽃의 밑 부분에서 뒤로 길게 나온 부리의 모습이 마치 오랑캐의 머리채와 닮았다는 의미에서 붙여졌단다.

이 제비꽃은 그 쓰임도 많아 관상용·향료·식용·약용으로 이용될 뿐만 아니라, 어린잎과 꽃을 삶아 나물로 먹으며 튀김을 만들어도 맛이 있다. 약으로 쓸 때는 탕으로 하거나 생즙을 내어 사용하는데, 내환內患에는 주로 열기를 다스리고, 날것으로 쓰면 외상 치료에 효험이 있다. 제비꽃은 주로 안과·피부과·비뇨기 질환을 다스리는데 그 쓰임이 간열·간염·강장보호·경련·골절증·곽란·관절염 등 이루 다 말할 수 없을 정도로 다양하게 이용되며, 소아질환으로 간질·경풍·태독에도 효염이 있다고 한다. 내환內患에는 주로 열기를 다스리고, 날것으로 쓰면 외상 치료에 좋다 하니, 제비꽃이 얼마나 우리 생활에 도움이 되고 있는가를 짐작하게 한다. 그러나 어디 그뿐인가? 술을 담가서도 한 잔 들면 아주 멋진 향맛에 그윽한 정취 속으로 휘말리게 된다.

이런 고마운 제비꽃이 산애재에서 빠질 리가 없다. 언제 어떻게 해서 나타났는지 모르지만 산애재 곳곳에 제비꽃이 피어났다. 너무 깜찍하고 귀여워서 하마 사라질까 두려워 조심조심 사랑을 쏟아 보살폈다. 뿌리에서 긴 자루에 달린 잎이 모여 나와 자라면서 옆으로 비스듬히 퍼진 모습이 그렇게 당차고 생생하고 깜찍해서 보기에 아주 좋았다. 어느 사이 피어난 자주색 또는 짙은 자주색 꽃이 잎 사이에서 나온 가늘고 긴 꽃줄기 끝에 어쩌면 그렇게 청초하게 한 송이씩 매달려 옆을 향해 피어있는지, 보기만 해도 풋풋한 느낌에 빠지게 한다.

이렇게 아름다운 제비꽃이 색다르게 피어있는 것이 나타났다. 자주색이나 짙은 자주색의 꽃송이만이 산애재를 차지한 것으로 알고 있었는데 어느 사이 어디서 발걸음하였는지 새하얀 꽃송이를 매단 제비꽃이 눈에 띄지 아니한가. 너무나 반가워서 하얀 제비꽃 둘레에 경계목을 세워주고 철저히 관리하여 주었다. 그런 가운데 이왕이면 흰제비꽃의 무리를 보고 싶어 산애재 곳곳에 산재되어 있는 흰제비꽃을 한곳에 옮겨 심었다. 그랬더니 얼마 후, 아, 과연 멋졌다. 그 앙증맞고 깜찍하고 귀엽고 쌩쌩하고 당찬 하얀 제비꽃이 무리지어 피어 있는 모습은 정말 사랑스럽고 멋졌다. 5월로 넘어가는 4월의 마지막 길목의 푸르름 위에 백설白雪이 살짝 내려앉은 듯 가장 큰 아름다움을 보여주었다. 산애재의 잡초를 뽑아낼 때마다 흰 제비꽃에 조금이라도 상처가 될까 봐 조심조심 몸을 사리기도 하였다.

흰제비꽃의 아름다움은 타원형 또는 넓은 타원형의 삭과를 맺을 때까지 계속으로 피워주었다. 그러다가 문득 익어버린 삭과를 건드렸더니 툭툭 튀어 오르면서 사방으로 퍼져나갔다. 익으면 3갈래로 갈라지면서 씨를 배출하는데 건습 운동에 의해서 자동 산포를 한다는 사실도 뒤늦게 알았다.

흰제비꽃의 아름다움이 다른 야생화의 화려함에 꺾이면서 점점 나의 시야視野에서 물러난 다음, 여름이 오고 가을 겨울을 지나고 난 이듬해의 봄, 모아 심은 곳을 찾아가서는 흰제비꽃을 만났다. 그런데 한 무리지어 피어났으리라는 기대는 어긋나고 말았다. 분명 흰제비꽃은 모아 심은 그 자리에 무더기로 싹 틔우고 있을 줄로만 알고 있었다. 그러나 그게 아니었다. 흰제비꽃은 처음 만났을 당시처럼 여기저기 한 그루씩 자라나면서 흰꽃 봉오리를 내밀고 있었다. 그렇게 무리졌던 흰 제비꽃들이 다 어디로 사라지고 이렇게 한 포기씩 곳곳에서 싹터 오르는 것일까? 조금은 실망한 마음으로 여기저기에서 싹터 오르는 흰제비꽃을 보살펴보았다. 그랬더니 참으로 놀라운 일이 눈앞에 펼쳐졌다. 흰제비꽃이 백설같은 꽃송이를 펼쳐 보이기 시작하면서 한 곳에 무리지어 있는 것이 아니라 산애재 곳곳에 피어나고 있는 것이 아닌가? 흰제비꽃 무리의 거센 흰물결이 온통 산애재를 뒤덮고 있었던 것이다. 아, 이 놀라운 생명력, 이 지독한 번식력! 흰제비꽃은 하나의 생명체요 꽃으로 보이는 것이 아니라 이제는 한갓 잡초에 지나지 않게 보였다. 돌틈이고, 보도블록 사이고, 애써 조심조심 생명을 이어가고 있는 소중한 야생화의 틈서리를 당당히 비집고 일어서는 것은 흰제비꽃이었다. 얼마나 멀리 퍼져 나갔는지 흰제비꽃 무리가 피었던 자리에서는 도저히 펴져나갈 수가 없을 것이라는 생각이 들 정도로 멀리 떨어진 곳에 이르기까지 흰제비꽃은 바람 앞에서 그 짧은 난쟁이 목을 치켜들고 나불거렸다. 아름다움은 사라지고 아름다움을 사랑했던 만큼 미움으로 변해버렸다.

드디어 제비꽃 박멸작전에 돌입하였다. 그러면서 입으로는 한없이 되뇌었다. 과유불급過猶不及이라니! 지나침은 미치지 못하는 것만 못하다는 것을 왜 모르느냐! 제비꽃을 꾸짖으며 질기고 곧은 뿌리를 여지없이 쥐어 잡아 뽑아내었다. 내친 김에 자주색 제비꽃도 보이는 대로 뽑아내었다. 그러면서 나 자신을 바라보기도 하였다. 양금택목良禽擇木이라고 좋은 새는 나무를 가려 둥지를 튼다는데, 도대체 나는 제비꽃의 작은 특성조차도 모르면서 야생화라는 생각에 오직 섬기고자 하였으니 현명한 사람이 될 수 없는 것이 아니겠는가? 산애재에 들린 어느 시인이 흰제비꽃을 보고는 너무 예쁘다면서 몇 포기 캐달라고 하였다. 난 그저 그 소리가 하도 반가워 모조리 다 캐가도 좋다고 대답했다. 또 어느 시인은 산애재의 제비꽃 이야기를 듣고는 제비꽃을 그만 미워하라는 문자도 보내왔다. 한참 동안 모든 마음을 다 주면서 너무나도 좋아하고 사랑했던 때를 생각해 보라는 뜻일 게다. 가슴 뜨끔한 말이었다.

오늘도 산애재의 꽃들과 만난다. 그 사이를 수없이 돋아나고 있는 이름 모를 잡초들! 다시 한 번 바라보거나 생각할 겨를도 없이 제비꽃과 함께 닥치는 대로 뽑아버린다. 잡초도 야생이기는 하지만 나에게는 야생화로 보이지 않는다. 내가 심은 야생화로 하여금 양금택목良禽擇木이의 기회를 멋지게 만들어 주고 싶을 뿐이다. 제비꽃들에게 짐짓 미안하기도 하다.

(2016. 04. 18. 월)

쥐들이 보이지 않는다

산애재에 고양이는 많아도 쥐는 단 한 마리 없다. 아니 볼 수가 없다. 그 많던 쥐들이 어디로 사라져 버린 것일까? 그 옛날 쥐꼬리를 잘라 가져오라는 학교에서의 엄명에 따라 단 한 개의 쥐꼬리를 가져가지 못할 때에는 오징어 다리를 연탄재에 묻혀 슬그머니 학교 담임선생님의 얼굴을 슬금슬금 살피며 제출하던 기억이 새롭다. 그뿐만 아니다. 쥐끈끈이를 잘못 밟아 모처럼 장만한 새신을 떼어내느라고 진땀을 흘렸던 기억은 어찌한가? 그 당혹스럽고 안타깝고 마음 아프던 시절은 이제 쥐와 함께 사라지고 없다. 글자 그대로 먼 이야기가 되고 말았다. 길가 물웅덩이에서 버려져 비참하게 죽어 썩어가는 모습도, 고양이에게 잡혀 온몸을 갈갈이 찢겨지는 일도 이제는 볼 수가 없다. 정말 쥐들이 어디 갔을까?

쥐들이 몸을 의지할 곳은 아무리 찾아보아도 보이지 않는다. 집 기둥 밑 곳곳으로 파고들던 그 흔하디 흔한 쥐구멍도 보이지 않는다. 산애재만 해도 그렇다. 단 한 개의 쥐구멍도 없다. 그러나 산애재에서 보이지 않는 것은 쥐구멍만이 아니다. 쥐들이 잠시의 틈도없이 노리는 곳간이 없다. 이른바 시골 어느 집에나 있었던 조그마한 광이다. 시골 집집마다에 거두어들인 벼를 보관하는 집이 없다. 내사 농사를 짓지 않으니 산애재에 곡식을 보관할 곳간이 있을 턱이 없다손 치더라도 시골 어느 집에도 거두어들인 벼를 보관하는 광이 없다.

이러다 보니 자연 쥐들이 보일 리가 없다. 쥐들이야 본래대로 곡식을 따라 훔치는 게 능사인지라 곳간이 있을 법한 곳이 보이면 땅 밑으로 구멍을 뚫어 곡식을 훔쳐내는 게 생명구가의 본업이 아니겠는가? 아무리 훔쳐낼 구멍을 뚫으려 하여도 쥐들의 능력으로는 단 한 치만큼도 뚫지 못하게 시골집들은 구조 변경이 되어 있다. 기둥과 기둥사이에는 흙 대신 날카로운 송곳니로는 어림도 없을, 이가 부러질 정도로 시멘트 벽돌이 기둥과 함께 집을 옹위하고 있다. 방바닥은 온돌의 따스한 훈기가 모락모락 펼쳐지는 고래 대신 시멘트로 철옹처럼 굳어진 그 사이로 뜨거운 보일러물이 촐촐촐 흘러 도는 호수로 자리를 펴고 있다. 한기 가득한 겨울철의 천정을 마음대로 휘젓고 다니며 잠 못 이루게 했던 뇌성벽력의 쥐 발자국 소리도 없다.

쥐들은 이제 설 곳이 없다. 설령 먹을 것이 있다손 치더라도 모두 튼튼하고 매섭도록 차가운 냉장고 속에서 갇혀 있으니 어디로 가서 생명을 이어갈 먹을 것을 구할 수 있으랴 싶다. 그러다 보니 먹이를 찾아 헤매다가 소중한 목숨을 버리게 된 쥐들의 이야기가 떠오른다.

북부 아일랜드 도네가르 지방의 여러 섬에 번져 있는 쥐들은 먹이를 찾아서 곧잘 바닷가까지 몰려나온다고 한다. 바닷가에 이르기까지 출렁거리던 물결이 물러나가는 썰물 때에 이르면 쥐들은 기다렸다는 듯이 바닷가로 몰려 나간다나? 그리고 물이 없는 바닷가에서 쥐들은 모래땅을 돌아다니면서 굴을 찾는다. 대부분의 굴들은 물이 빠져나가면 껍질의 반쯤을 열고 있는데, 쥐들은 바로 벌어진 그 틈을 이용한다. 즉 반쯤 열린 굴의 껍질 속에 쥐들이 주둥이를 밀어넣는다. 속에 든 굴을 꺼내 먹으려는 것이다.

그러나 주둥이가 굴의 입속으로 들어오는 순간, 굴은 기다렸다는 듯이 껍질을 앙 다물어버린다. 쥐는 굴을 먹기는커녕 꼼짝 없이 주둥이를 굴에 물리고 만다. 주둥이가 물린 채로 쥐들은 요동을 치면서 굴로부터 벗어나려 몸부림한다. 그러나 아무리 몸부림하여도 굴은 쥐를 문 껍질을 열지 않는다. 쥐와 함께 뒹굴면

서, 굴은 어서 물이 들어오기만을 기다린다. 마침내 밀물이 들어
오고 굴은 쥐를 문 채 물속으로 들어간다. 얼마 안 있다가 쥐들
은 참으로 어처구니 없게스리 굴의 밥이 되어버린다.

　　쓸쓸하게 죽어갔을 쥐들! 1970년 1월 26일 오후 6시 '전국동
시 쥐잡기 운동'의 시작을 알리는 광고문안을 인터넷을 통하여
다시 읽어본다. 〈쥐를 잡자!〉라는 제목 곁에 쥐 한 마리가 살촉에
찍힌 그림이 그려져 있다. 강조할 곳의 활자체가 크게, 고딕으로
쓰여진 문구를 추억처럼 되살려 읽어본다.

★ 1월 26일 하오 6시를 기하여 전
국 일제히 쥐약을 놓아 쥐를 잡
기로 하였읍니다.

★ 쥐약은 이, 동사무소에서 무료로
나누어 드리고 있읍니다. 못 받으
신 분은 이, 동에 문의 하십시요.

★ 이번 쥐약은 2차독성이 없는 인
화아연제 20g씩을 집집마다 드
립니다

★ 가장 안전한 쥐약입니다만 개 또는 닭 등이 직접 먹지 않도록 문의
하시고 음료수는 뚜껑을 꼭 닫아주십시오. 농림부

지금으로서는 도저히 이해가 되지 않은 사실에 재미를 느낀 탓인지, 아니면 흐른 세월이 던져준 격세지감의 느낌 때문인지 슬그머니 입가에 웃음이 스쳐 지나간다. 농림부는 이 운동을 위해 전국 540만 가구에 쥐약을 무료로 나누어 주었으니, 당시만 해도 쥐가 엄청나게 많아 농림부가 추산한 쥐가 무려 9천만 마리로, 쥐가 먹는 식량은 한해 약 240만 섬, 240억 원 어치로 곡물 총생산량의 8%에 달하는 양곡손실을 가져왔다 한다. 어디 그뿐인가. 또한 위생 문제도 컸기 때문에 정부 차원의 쥐잡기 운동이 펼쳐질 수밖에 없었다 한다. 오늘날에도 이렇게 범국민적으로 가정, 학교, 직장, 군대, 도시와 농촌 할 것 없이 모든 국민들이 국가 정책에 호응해 동시다발적으로 이루어질 수 있는 '운동'이 가능할까?

지나가버린 시간 속의 옛 이야기들을 현재의 시간에서 바라보면 미소를 안겨준다. 쥐들이 보이지 않는 오늘의 이 시간, 그러나 전국각지에서 쥐 같은 인간들이 수없이 우굴거리고 있다. 이러한 쥐들이 보이지 않게 되면 얼마나 좋을까 생각하다보니, 이 시간이 앞으로 먼 훗날 사람들의 입가에는 어떤 미소로 스치게 될까 조금은 두렵기도 하다.

(2016. 05. 14. 토)

다시 잡초뽑기

새벽 05시 조금 넘은 시각에 일어났다. 밖은 이미 훤하다. 잠시 일어날 말까 망설인다. 그러나 곧 일어나기 일쑤다. 이럴 때 누가 만약에 그냥 잠을 계속 자라고 한 마디라도 던져준다면 그대로 좋아 다시 눕고 말 것이다. 홀로 밤을 맞아 홀로 어둠을 보내고 난 다음날 아침이면 언제나 그냥 일어나곤 한다. 그리고 곧바로 작업복으로 갈아입고 밖으로 나간다. 엊저녁에는 비록 열대야였다 하더라도 일단 아침에 방문을 열고 나가면 우선 맞아주는 것은 시원한 아침 공기이다. 아침 공기야 어찌 여느 날과 다를까마는 처음으로 맞는 아침 공기는 어디선가 계속하여 몰려오는 듯하여 다 들이마시고자 욕심 깊은 호흡을 재촉한다. 밀려오면 흠씬 들여 마시고, 다시 밀려오면 또다시 들여 마시기를 거듭하다 보면 더더욱 시원하다. 오장육부가 일시에 늘어났다가 오므르드는 듯하다. 좁은 가슴이라도 이럴 때는 한없이 넓어지는 듯하다.

오늘 아침 잡초와의 싸움터는 수선화밭이다. 수선화가 봄날을 넘기자 그곳은 황량하기 이를 데 없다. 그래 수선화꽃이 가고 없는 시절에는 참나리꽃이나 피워보자고 몇 년 째 계속하여 참나리 씨알이 보이는 족족 따다가 수선화원에 뿌려놓았다. 그랬더니 그것들이 어느 세월에 그리 자라났는지 꽃망울을 맺힌 채로 수선화밭 여기저기에 불쑥불쑥 솟아올라 이제는 수선화 꽃이 없는 터전을 모두 차지하기라도 하는 듯 보인다. 그러나 참나리꽃의 발등에는 온통 잡풀 투성이다. 이놈들을 제거해주어야 한다.

잡초!, 아니 그냥 풀! 잡풀들이다. 아무리 뽑아내도 뽑아내어도 고개만 돌린다 하면 벌써 움트고, 하루해를 넘겼다 하면 아침해를 제일 먼저 차지해버리는 것이 잡초들이다. 어쩌면 그리도 잽싸고, 어쩌면 그리도 잘도 자란단 말인가? 뽑아도 뽑아내어도 빈 자리는 모두 그들의 차지다. 다행히 참나리꽃이 잡초보다 키가 더 크기에 망정이지 그렇지 않으면 참나리고 뭐고 모든 야생화는 잡초더미에 휩싸여 질식하고 말 것이다.

조금씩조금씩 잡초의 영역에 발을 들여놓는다. 조심조심 잡초 하나씩 제거하기 시작한다. 자칫 잘못하면 한창 솟아오르는 참나리의 꽃대를 부러뜨리고 말 것이다. 그러하거니와 엉덩이에 붙이고 있는 앉을게*를 제대로 사용할 수가 없다. 앉을게만 사용할 수 있다면 잡초를 뽑아낼 때 아예 엉덩이를 덥썩 붙이고 편하게 앉아 풀을 뽑아내니 그만큼 쉬워진다. 그러나 사이사이 참나리가 자라나고 있으니 마음대로 사용하지 못한다. 우선은 참나리에 온 시선을 두고 살펴본 다음 잡초에 손을 대어야 한다.

그러나 잡초는 아무리 뽑아대어도 좀처럼 모두 다 사로잡을 수만은 없다. 조심조심하여 잡초를 뽑아야만 한다. 자칫 온정신을 모으지 않으면 잡초의 뿌리 부근을 잘라 내거나 허리를 부러뜨리기라도 하면 이 다음이 문제다. 뿌리 부근을 잘라 내고 말면 뿌리가 더욱 무성해져서 다음 뽑아낼 때 그만큼 더 힘이 든다. 또 허리를 잘라내면 이 다음에는 잘린 부분에서 여러 개의 새 순이 나와 무성해질 대로 무성해진다. 그러하거니와 하나하나 뽑아내는 데에도 아주 완전하게, 100% 뿌리까지 뽑아내어야 한다.

잡초도 자라는 시기와 때가 있어 아무 때나 모든 잡초들이 일시에 자라나 주는 게 아니다. 그러므로 제 때의 잡초를 제 때에 뽑아내야 한다. 그 중에서 봄부터 한여름까지 가장 힘들게 하는 잡초는 '괭이밥'이다.

괭이밥은 전국의 밭이나 길가에 자라는 여러해살이풀로 세계적으로는 아시아, 유럽, 북아메리카 등 북반구 전반에 걸쳐 흔히 볼 수 있는 잡초이다. 다년생 초본으로 땅속줄기나 종자로 번식하는 그 왕성함은 다른 잡초의 추종을 불허한다. 원뿌리는 땅속으로 들어가고 지상부의 줄기는 옆으로 비스듬히 자라며 길이 10~30cm 정도로 가지가 많이 갈라진다. 빛이 없는 밤에는 오므라들기도 한다. 이 괭이밥 또한 몸에 이로운 식물이다. 공업용·관상용·약용으로 이용된다. 어린잎은 그대로 먹을 수 있는데 뿌리와 함께 신맛이 있다. 약으로 쓸 때는 탕으로 하거나 생즙을 내어 사용한다. 주로 비뇨기계의 질병과 피부염증에 효험도 있다.

그러나 씨가 익으면 많은 씨가 튀어나와 사방으로 흩어진다. 이 바람에 둘레에는 온통 괭이밥 투성이다. 자기 영역이 없다. 그냥 평지에서만 자라준다면 그래도 좋겠는데 뽑아내는 데에 무슨 싱끗*이라도 있는지 돌틈에까지 끼어들어 잘도 자라난다. 그러니 쉽게 다 뽑아낼 수조차 없다. 어떻게 처치할 방도가 보이지 않는다. 그저 하릴없이 하나하나 잡아서 뽑아내어야만 한다. 겨우 잡아 뽑아내면 뿌리부근이나 허리부분에서 잘리기가 일쑤다. 그러니 포기할 수 없고, 포기하면 온통 괭이밥 투성이가 된다. 이른 봄부터 여름내내 괭이밥과의 전쟁은 치열하다. 어서 겨울이 오기를 은근히 기다려진다.

산애재에 야생화를 심어 가꾸기 시작하면서 잡초와의 전쟁 이야기를 펼쳐주니 친구 녀석 하나가 잡초도 야생화인데 그대로 두고 키우라고 빈정댄다. 도시에서 살고 있는 녀석 하나는 또, 시골에서 농부의 아들로 태어나 자라났음에도 불구하고 마치 시골에서 전혀 살아보지도 않은 것처럼 '그냥 놓아두면 겨울에는 모조리 죽고 말 터인데, 뭐 그리 야단이냐?'고 한 술 더 떠 한 마디 던져놓기도 한다.

어디에선가 읽어본 기억이 새롭게 떠오른다. 잡초의 씨는 20년 동안 흙속에서 생명을 가진다고. 적당한 온도와 적당한 습기와 적당한 햇빛이 보장된다면 언제 어디서라도 망설이지 않고 싹을 틔워 자란다고 한다. 그러니 적어도 잡초를 뽑아내는 순간에도 보이지 않는 땅속에서 여전히 싹을 틔우고 있다는 게다. 지독한 잡초! 그러나 그러한 잡초와의 전쟁을 짧은 시간 속에서 승리로 이끌 생각에만 골몰하니 이것은 분명 지나친 욕심이 아닌가 하는 마음돌림에 이른다. 그러면서도 다짐한다. ─ 잡초여, 여여如如한 잡초여, 계속하여 몰려오는 아침 공기를 아침마다 푸지게 마시면서 호미 하나 달랑 들고 겨울을 향하여 쉬임 없는 기다림으로 임전臨戰하리라!!

* 앉을게 : '앉을 것' '앉을 수 있는 것'이란 물건. 충남 서천에서는 그냥 '앉을게'라는 말을 일상 사용하고 있다.
* 싱끗 : '(앙심을 품은) 속에 엉큼하고 못된 생각을 가지다'의 뜻임. 충남 서천 지방의 사투리

(2016. 07. 14. 목)

자생목自生木 엄나무

산애재에는 제 스스로 자라난 두어 그루의 나무가 있다. 어떻게 하여 산애재의 한 구석을 차지하고 자라나게 되었는지 알 수가 없다. 그 중 엄나무(음나무) 한 그루가 그것이다. 어디서 어떻게 씨가 날아와 뿌리를 내리고 자라나게 되었는지 알 수가 없다. 다만 언덕에 석축石築을 하고 몇 그루의 정원수를 심어놓기는 하였지만 전혀 내 스스로 심은 적이 없는 나무다. 산애재에 첫 삽질을 시작하면서 단 한 그루의 나무라도 소중할 수밖에 없었다. 더더구나 엄나무라 하면 벽사辟邪의 나무가 아닌가. 옛부터 엄나무를 대문 옆에 심어두거나, 엄나무의 가지 중 특별히 가시가 많은 가지를 골라 문설주나 대문 위에 걸쳐 두어 잡귀를 쫓아내고자 했던 나무가 바로 엄나무이다. 아마도 보기만 해도 섬찟한 느낌이 들 정도로 온몸에 가시를 박고 자라나는 모습에 귀신을 비롯한 각종 잡귀들이 집안에 감히 들어오지 못한다고 여겨진 듯하다. 의젓한 선비나 되는 것처럼 품위 있게 도포자락을 걸치며 나다닌다고 생각한 귀신이나 잡귀들이 집안에 들다가 엄나무 가시에 도포자락이 걸린다면 그것처럼 낭패한 일은 없을 것이거니, 집안에의 엄나무는 집안을 지키는 수호신으로 여긴 것임은 당연한 일인지 모른다.

그런 엄나무는 해마다 다른 나무와 함께 봄이 왔음을 미리 알아차리고 유난히 굵고 큰 새싹을 슬그머니 내밀곤 하였다. 반가웠다. 물론 반가운 것은 엄나무가 아닌 그 새싹이었다. 그 달콤하고 쌉쌀하면서 부드럽게 씹히는 새싹의 맛은 자칫 잃어버리게 되는 봄철의 입맛을 돋우기에 충분하였다. 아무리 날카롭고 험상궂게 생긴 가시가 새싹을 철통같이 지키고 있다손 치더라도 새싹이 돋아주는 입맛은 지금까지도 잊을 수가 없었다. 자연 손길이 주저되지 않았다. 아무리 가시에 둘러싸여 있다 하더라도 새싹을 따 내렸다. 그러나 엄나무가 점점 자라나면서 가시에 대한 주의도 점점 사라졌다.

그러나 산애재의 엄나무는 봄철의 입맛과는 아랑곳하지 않고 새싹을 틔워 부지런히 쑥쑥 자라났다. 그 바람에 엄나무 새싹의 맛은 멀어지기만 했다. 그도 그럴 것이 엄나무가 자라나면 자라날수록 새싹을 내미는 엄나무 가지의 위치가 높아져 도저히 새싹을 채취할 수 없게 되버렸기 때문이다. 그렇게까지 자라나 준 엄나무가 자랑스러웠다. 그야말로 엄나무 자신을 지키는 위대한 가시의 위력 앞에 그만 굴복해버리도록 해준 엄나무가 기특하기까지 하였다. 애당초 산애재의 엄나무는 새싹이 목적이 아니라 크게 자라나주기에 있었던 것이다,

그런 나를 두고 아내는 성화였다. 예부터 집안의 나무는 지붕을 넘으면 안 된다고 하였으니, 지붕의 높이를 넘을 만큼 자라나기 전에 베어 없애라는 것이다. 그러나 나는 묵묵부답, 전혀 아내의 말에 신경 쓰지 않았다. 그렇다고 해마다 봄철이면 되풀이로 엄나무 새싹의 맛을 즐겨본 적도 없었다. 사실 엄나무가 자라나는 것을 바라만 보았지, 그 달콤하고 쌉쌀하면서 부드럽게 씹히는 봄맛을 가져본 일이 거의 없었다. 그도 그럴 것이 엄나무의 새싹 맛에 길들여져 새싹을 잘라버리면 어느 세월에 엄나무가 자랄 것인가. 그러하거니와 아무리 탐스럽게 새싹이 돋아난다 하더라도 잘라내지 않았다. 그럴 마음도 전혀 없었다. 애당초 그 입맛을 위하여 자라도록 한 것은 아니었다. 더더구나 엄나무를 없애버린다는 생각은 전혀 가지지 않았다. 아내의 말이 틀린 말은 아니라고 여겨주지만, 아내의 말에 전적으로 동의하여 내가 가지는 나만의 엄나무에 대하여 사랑하고 아끼는 마음을 단념할 수가 없었다.

나의 엄나무 사랑에는 내 나름대로의 이유가 있었다. 이 엄나

무는 나에 대한 어머니 아버지의 온갖 정성과 사랑이 깃든 고향 집을 '산애재'라는 이름으로 리모델링할 때부터 자생한 나무요, 그에 따라 산애재의 역사를 함께 하며 탄생한 나무이기 때문이다. 엄나무가 잘 자라나, 엄나무로서 가지는 영원한 위엄을 갖추게 되면 산애재 또한 엄나무와 함께 이름할 것이라는 생각 때문이다. 또한 엄나무만이 가지는 정원수로서의 엄나무의 그 우람한 자태를 지니고 있기 때문이기도 하다. 마치 물갈퀴가 달린 오리발처럼 생긴 커다란 잎의 모습이 그리도 탐스럽게 보이거니와 더위가 무성한 한여름날 가지 끝마다 한 뼘이나 되는 커다란 꽃차례에 손톱 크기의 연노랑 꽃이 무리를 이루어 피어나는 꽃송이들이 가득하니 새싹의 맛과는 다르게 또 다른 풍미를 느끼게 해주었다. 다른 정원수로부터 느끼지 못한 엄나무만의 품위는 나로 하여금 풍족한 흐뭇함을 안겨주곤 하였다. 가을철이면 오동나무 잎처럼 그 큰 잎사귀를 뚝뚝 떨어뜨리는 낙엽의 모습까지도 무게 있는 고고함을 보여주는 듯하였다.

마지막으로는 소설가 이효석의 생가에 다녀온 뒤 엄나무에 대한 생각이 떠나지 않았기 때문이다. 아마도 2000년이나 그 이전, 그 이후 무렵이었을 것이다. 문학답사라는 이름으로 찾아간 이효석 생가에서 내가 본 것 중 지금까지 생생하게 살아나는 기억은 오로지 엄나무였다. 어렸을 적에 산에 올라 만난 엄나무는 어린 나의 키보다 조금 큰 것이 고작이었다. 밑그루 한쪽에서 우우우 함성을 지르듯 무더기로 자라나는 엄나무를 본 것이 전부였다. 그런데 이효석 생가의 앞마당에서 자라는 엄나무는 그게 아니었다. 하늘로 향하여 치솟아 올라있었다. 그 모습이 그렇게 매력적이었다. 아, 엄나무도 이렇게 크게 자라나 멋을 이루고 있구나! 처음으로 느끼게 된 그 엄나무가 산애재에서 자생하기 시작하였다. 그러하거니와 산애재의 엄나무를 바라볼 때마다 이효석이 떠오르고, 그의 생가가 떠오르고, 「메밀꽃 필 무렵」이 겹쳐 떠올랐다. 때로는 당장 평창으로 달려가 이효석 생가 마당의 엄나무가 얼마나 더 자라났는지 보고 싶어지기까지 하였다. 어찌 자생하여 자라나는 산애재의 엄나무를 내 손으로 없앨 수 있겠는가.

그러던 차 지난해에 다시 이효석 생가를 찾을 기회가 있었다. 반가움에 엄나무부터 찾았다. 그러나 아무리 둘러보아도 그리웠던 엄나무는 나타나지 않았다. 안내자에게 물어보나 사라진 것은 고사하고 엄나무가 있었는지조차 모르고 있었다. 참 아쉬운 일이었다. 서운하고 답답한 마음을 달래며 돌아온 그 이후 산애재의 엄나무에 대한 나의 마음은 더욱 고착되어져만 갔다. 마치 이효석 생가에서 사라진 엄나무가 환생하여 산애재에 뿌리를 내리기라도 한 듯, 아니 그런 것이라 믿고만 싶었다.

(2016. 09. 26. 월)

뽕나무의 상처, 그 생명력

산애재에 뽕나무 한 그루 서 있다. 어디서 어떻게 씨앗이 날아와 뿌리를 내리게 되었는지 알 수가 없다. 새가 곧잘 찾아오는 터라 아마도 이름 모를 새 한 마리가 실례를 무릅쓰고 슬그머니 일을 저지르고 달아난 자리가 산애재의 한 자리였는가 보다. 아무튼 산애재에 나무를 심기 시작한 다음 어느 날 문득 바라보니 뽕나무 한 그루가 싹을 터 올려 자라나고 있었다. 처음에는 아무 생각 없이 뽑아내려다가 그래도 뽕나무 한 그루쯤 산애재에 서는 것도 괜찮을 것이라는 생각에 제 자람으로 자라도록 묵묵히 바라만 보았다. 그런데 이 뽕나무의 자람이 보통이 넘었다. 속도가 굉장히 빨랐다.

무럭무럭 자라나 키 높이 정도에서 잘라버렸다. 옆가지가 돋

아니면 마치 분재목처럼 한 번 키워보리라. 과연 옆가지가 수없이 자라났다. 기대한바 그만큼 옆가지 싹을 터주니 신나고 반기웠다. 무럭무럭 잘도 자라났다. 곧 일정한 길이만큼 남겨두고 그 가지마저 잘라냈다. 그러니 가지에서 어린 가지가 나오고, 어린 가지가 자라면 일정한 길이에서 또 잘라내고를 반복하였다. 옆가지를 세 개만 남겨놓고, 잘라내고 자라고, 자라고 잘라내고를 반복하였다. 산애재의 리모델링은 2007년에 하였고, 나무를 심기 시작하였던 2007,8년쯤 어느 날에 뽕나무가 자생하여 자라났으니, 벌써 10년 가까운 시간이 흘렀다. 그 동안의 세월 동안 일년이면 서너번씩 자라나면 잘라내고 잘라내면 다시 가지를 내밀고를 반복하다보니 가지도 굵어지고 밑동도 굵어졌다. 가지 잘라내기를 반복하여 왔으니 밑동이 굵어졌다 하여도 높이는 그다지 높지 않은 7척 정도에서 그쳤다. 자연 옆으로만 번져나갔다. 분재만이 가지고 있는 자연적인 멋을 갖추기라도 하는 듯 제법 고목古木스러운 의젓함과 위엄스러운 멋을 보여주었다.

그런데 이 뽕나무를 자세히 바라보면 밑동에서부터 가지 끝에 이르기까지 온통 상처투성이를 이루고 있었다. 그도 그럴 것이 10년 가까이 잘라내고 잘라내고를 반복하였으니 상처인들 얼마나 많아졌겠는가. 희한하게도 뽕나무 가지를 잘라낸 바로 그 곁에서 새 가지를 돌아내어 상처도 이에 따라 더욱 커지기만 하였다. 더욱 많아진 상처가 세월의 흐름만큼이나 점점 더 크게 자라났다. 밑동에서부터 굵기를 더하고, 잘라낸 자리에서 상처가 자라나고 있다 보니 뽕나무는 태어난 자리에서 분재처럼 변신을 계속하게 되었다.

그런데 문제는 따로 있다. 왜 그리 많은 열매를 매달아 놓는지 오디가 익을 대로 익어 떨어질 때면 뽕나무 밑에는 숫제 새까맣다. 그리고 얼마 후에는 파릇파릇 싹을 틔우기 시작했다. 근처가 온통 뽕나무 투성이다. 그러니 그 어린 뽕나무 뽑아내기가 보통이 넘는다. 어디 그뿐이랴. 새들이 날아와 이곳저곳에 배설을 해 놓기 때문인지 생각지 않은 곳에서 뽕나무가 뿌리를 내리곤 하였다. 번식력도 강하여 뽕나무 뽑아내기에 한동안은 급급하지 않으면 안 되었다. 그뿐만이 아니다. 가지가 엄청 돋아나고 그 자람의 속도가 보통이 아니어서 잘라낸 지 얼마 안 있으면 가지의 길이가 무려 1m 이상에 이르기까지 자라났다. 제 영역만 고수하는 것이 아니라 다른 나무의 하늘까지도 거침없이 덮어버렸다. 사실 뽕나무는 별로 가치도 없는 나무였다. 당장에 베어 없애버리고 싶었다. 그러나 막상 베어 없애려니 산애재와 함께 한 나무라는 생각으로 반전反轉하고 말았다. 그래, 가지 잘라내기를 계속적으로 반복하자! 상처 가득한 분재목盆栽木으로 영원히 생명을 가지게 하자! 가지를 잘라내는 전지가위의 놀림이 어느 때와는 달리 가벼워지고 속도가 붙었다. 다른 때보다 더 큰 상처를 내면서 가지를 잘라내다 보니 어느 사이 참으로 상처 많은 몸

통만의 뽕나무가 되어있었다.

　문득 이런 산애재의 뽕나무를 바라보다가 상처 많은 뽕나무를 만난 기억을 퍼뜩 떠올렸다. 그러니까 오랜 시간의 흐름 전, 초등학교 교사에서 중학교 국어교사로 첫 발령을 받아 근무할 때였다. 그 당시만 해도 교무실에서는 난로를 피우고 있었거니와 수업이 없는 교사들은 자연 난로 곁으로 모여들어 이런저런 이야기로 정情을 나누곤 하였다. 뿐만 아니라 난로 속으로 집어넣을 온갖 나무 조각들도 자연 난로 곁에 항상 쌓여있기 마련이었다. 난로속의 나무 조각들이 다 타면 난로의 아궁이를 벌려 다시 넣고, 타면 다시 넣고를 반복하고 있는데, 아뿔사! 이게 웬일인가. 기술과목 교사가 한 아름의 땔감 나무를 가져오고, 그것들 중에서 어느 한 나무뿌리를 집어 난로 아궁이에 집어넣으려는 찰라, 잠깐! 소리치고 말았다. 나무뿌리는 기술교사의 손에서 나에게로 앗겨졌다. 이것은 나무뿌리가 아니라 분명한 하마河馬 한 마리의 도플갱어doppelganger임에 틀림없다. 그 하마 한 마리는 밭에서 오랜 세월 동안 잘리고 자라나고 잘리고 자라나고를 거듭하다가 마침내 어느 날 송두리째 뽑혀버린 상처투성이의 뽕나무 뿌리였다. 어쩌다가 하마의 영혼이 깃들어 영원한 생명을 꿈꾸게 되었는지 모른다. 상처투성이의 뿌리 사이사이에 향수처럼 껴안은 흙을 빼내고 온갖 정성으로 닦아내고 하였더니 드디어 완연한 하마의 모습으로 재탄생하여 영원한 생명력을 가지게 되었다. 그 신기한 모습에 반하였던지 우리집에 드나들었던 모 시인이 조금은 욕심을 내었고(?) 지금까지도 만날 때면 그 하마 이야기를 이따금 꺼내어 화제話題로 삼기도 하였다.

그렇다. 진정한 삶의 상처는 영원한 생명력을 가진다. 노로꼬롬한 색깔을 가진 뽕나무 뿌리 ― 하마 한 마리는 여전히 영원한 생명력으로의 상처를 내보인다. 그리고 산애재의 자생목인 뽕나무와 함께 각각의 자리를 차지한 채 영매적靈媒的으로 산애재를 지키는 수호신의 역할을 담당하고 있다.

(2016. 09. 27. 화)

가을풀과 마주하며

　　가을풀은 몹시도 바쁘다. 바쁜 만큼 자람의 속도도 빠르다. 어서 씨앗을 떨어뜨려 싹을 틔워야 한다. 자라나서 꽃을 피우기까지의 과정이 무척이나 빠르게 진행된다. 큰더위[大暑]의 여름이 지나고 가을에 접어든다는 입추立秋가 지나면 자연 가을 채비를 하지 않으면 안 되는 시기에 이르기 마련이지만, 이 가을풀처럼 가을 채비에 서둘러 나서는 것은 없다. 한창 김장용 무·배추를 심고, 그걸 서리가 내리기 전에 거두어 겨울김장 준비를 해야 할 바쁜 시기에, 가을풀들도 바쁘게 자라나고 꽃을 피워 씨앗을 맺어야 하기 때문이다. 그러고 보니 바쁘기는 사람이나 가을풀들도 마찬가지이다. 어느덧 밤에는 서늘한 바람이 불기 시작하니 풀이라 한들 어찌 계절을 모르겠는가. 이렇게 가을풀들에게 '땅에서는 귀뚜라미 등에 업혀오고, 하늘에서는 뭉게구름 타고 온다.'고 하는 처서處暑가 오면 더더욱 바빠진다. 그에 따라 가을풀 뽑기에도 또한 더더욱 바빠지기 마련이다.

비록 처서가 지나면 따가운 햇볕이 누그러져 풀이 더 이상 자라지 않기 때문에 논두렁의 풀을 깎거나 산소를 찾아 벌초를 한다지만 요즈음에는 봄·여름이나 여름·가을이 명확하지 않은 이상기온이 지극한지라 풀의 자람 속도는 그리 쉽게 멈추지 않는다. 오히려 이상기온은 가을풀들의 자람에 좋은 기회를 제공하여 준다. 마구 자라고 마구 꽃을 피워내면서 씨앗을 마구 퍼뜨린다. 옛 부인들이나 선비들은 여름 동안 장마에 젖은 옷이나 책을 음지에 말리는 음건陰乾이나 물기가 있는 것을 바람에 쐬고 볕에 말리는 포쇄曝曬를 하였다는 그런 처서는 이미 없어진지 오래이다.

아침 저녁으로 신선한 기운을 느끼게 되는 계절이기 때문에 "처서가 지나면 모기도 입이 비뚤어진다."라는 말도 모두 헛소리이다. 가을철에 들면 모기가 어찌 그리 영악해졌는지, 몸집은 작아질 대로 작아지고, 몸빛은 어둠을 닮아 새까매진 모기들이 조금이라도 어둠의 기미가 보이면 사정없이 달려든다. 가렵기는 말할 것도 없이 따갑기까지 하다. 절기는 변치 않고 찾아오지만 이상기온으로 아무리 가을철이라 하더라도 가을풀이 자라나기에는 안성맞춤이요, 뽑기에는 걸거침의 요즈음 날씨이니 처서까지 넘긴 가을풀이라도 뽑아낼 일은 보통 고역이 아니다.

처서에 비가 오면 독의 곡식도 준다고, 그래서 처서에 오는 비를 특별히 '처서비[處暑雨]'라고 한다. 벼농사에 그야말로 큰 타격을 준다. 처서비에는 '십리에 천석 감한다.'라고 하거나 '처서에 비가 오면 독 안의 든 쌀이 줄어든다.'라고까지 한다. 처서에 비가 오면 그동안 잘 자라던 곡식도 흉작을 면치 못하게 된다. 맑은 가을바람과 푸짐하게 쏟아져 내리는 햇살을 받아야만 나락이 입을 크게 벌려 꽃을 피워 올리고, 한들한들 가을바람에 나불거려야 결실이 곱다. 그런데 이때에 비가 내리면 나락에 빗물이 들어가고 결국 제대로 자라지 못해 썩어버린다. 처서 무렵의 날씨가 농사에 얼마나 중요한가를 보여주는, 체득적體得的으로 깨닫게 해주는 삶의 지혜가 반영된 말들이다. 그런데 이러한 체득적 지혜도 가을풀에게는 전혀 통하지 않는다. 오히려 이상기온이 내려주는 천혜의 혜택을 고스란히 받으며 마구 자라나 꽃을 피워내고 씨앗을 퍼뜨린다.

특히 '괭이밥'이란 풀은 7·8월에 노란색으로 피어나 8·9월이면 씨앗을 맺는다 하나 요즈음에는 10월이 다가도록 그 자람을 멈추지 않는다. 원기둥 모양의 주름주머니에 가득 품고 있던 씨앗을 톡 터뜨리며 튀쳐나와 사방으로 흩뜨려놓는다. 괭이밥뿐만이 아니다. '제비꽃'은 꽃모양이 너무 아름다워서 '물찬제비'와 같다는 뜻에서 그렇게 불린다. 작은 키에 귀엽다 하여 '병아리꽃'

이나 '앉은뱅이꽃'이라도 불리어 온다. 그러나 꽃의 밑부분에서 뒤로 길게 나온 부리의 모습이 오랑캐의 머리채와 같다는 뜻에서 붙여진 '오랑캐꽃'이란 이름이 정말 잘 어울린다. 번식력이 꼭 오랑캐 심보 같다. 4·5월에 잎 사이에서 꽃을 피워 6·7월에 삭과를 맺어 자동 산포해대고 뿌리도 땅속 깊이 곧은 뿌리를 내질러대니 쉽게 뽑히지도 않는다. 그 제비꽃도 이제는 계절과는 상관없이 10월에도 꽃을 피우고 씨앗을 퍼뜨린다. 그러나 어디 그뿐인가. 빈대풀도 그렇고 강아지풀, 개망초, 까마중, 모데미풀, 방동사니 등등 수없이 많은 풀들이 계절을 잃어버리고 가을풀로서 그 자람의 속도를 높여댄다.

계절을 잃어버리고 피어난 가을풀들은 너무나 조급하고 바쁘다. 그래서인지 조심스럽게 다루면서 뽑아내야지 자칫 줄기가 끊어지고 만다. 만약에 잘못 뽑다가 줄기가 끊어지기라도 하면 그 끊어진 자리에서 수없이 많은 가지가 돋아나고 끊임없이 꽃대를 치솟아 올린다. 제 철이라면 조금은 여유롭게 줄기를 가꾸어가며 봄을 지나 여름을 즐기면서 꽃을 피워낼 터인데 가을을 맞은 가을풀은 그렇게 즐길 여유가 없다. 아무리 고온高溫한 이상계절이라 해도 언제 갑자기 몰려들게 될 무서리를 예측할 수 없기 때문이다. 이상 고온에도 절기節氣는 언제나 변함없이 찾아오지 않는가.

가을풀을 잘 뽑아낸다면 봄맞이가 수월하다고 한다. 그도 그럴 것이 씨앗이 영글기 전에 뽑아낸다면 그만큼 봄풀의 숫자는 대량으로 줄어들기 때문이다. 산애재에 엎드려 가을풀을 부지런히 뽑아내다가 문득 오늘날의 문단文壇, 그 일면을 생각해본다. 마치 이상기온이 마련해 놓은 터전에서나처럼 수없이 많은 문학잡지들이 탄생하고, 그동안 봄·여름·가을에 문학에의 꽃을 피우지 못한 채로 잘려버린 늦가을의 풀처럼 서둘러 줄기를 키우고 꽃대를 올리고 마침내 열매를 맺어버리기에 급급한 문단 인구의 증가 추세를 보는 것만 같다. 누구나 풍요를 꿈꾸고 싶은 이 가을날, 산애재의 가을풀과 마주하며 호미든 손끝에 힘을 더해본다.

(2016. 12. 31. 목)

구기자차 한 잔

아무리 무더워도 가을은 온다. 아니 가을은 왔다. 그렇게 기승을 부리던 더위가 이리도 쉽게 가을 앞에서 무너지고 말 줄이야! 무더위를 생각하면 어떻게 견디어 냈을까 싶기도 했다. 그 무더위를 견디어 내고 무사히 가을을 맞아 붉은 열매를 맺고 있는 산애재 나무들이 여간 대견한 게 아니었다. 참으로 멋지었다.

그러나 정작 산애재 나무들에게는 무더위보다도 가뭄이 더 무서웠다. 다른 해보다 너무 극심하기만 했던 가뭄 앞에 몇 나무들이 그만 무릎을 꿇고 말았기 때문에 가뭄이 얼마나 견디기 어려운 것인가를 새삼 깨달았다. 몇몇 나무는 잎 가장자리부터 서서히 말라버리면서 볼 품 없는 초록을 겨우겨우 안내하고 있었지만, 그것은 그래도 자랑스러운 일임에 틀림없다. 안타까운 일은 나름대로 열심히 물을 주었지만 앗차 하는 순간 뒤돌아섬으로써 잎 가장자리부터 잎줄기에 이르기까지, 그리고 마침내 온 몸의 피죽을 바싹 옹크리다 못해 결국 쭈글쭈글 말라버린 나무도 있으니 말이다.

사실 지난 가뭄 속에서 산애재의 나무에 대한 관심은 별로 기울이지 아니했다. 크게 자라는 나무일수록 그만큼 뿌리도 땅 속 깊이 묻었을 것이라는 생각에서 별로 관심을 기울이지 않은 것이다. 무엇보다도 얕은 뿌리에 화려한 꽃을 피울 석산(石蒜: 꽃무릇)에만 마음을 앗겨두었다. 그래서 하루하루이다시피 말라버린 알뿌리에 열심히도 물을 뿌려주었다. 그런 탓에 다행히 석산은 잎도 잊은 채로 꽃대를 무수히 솟구쳐 올리더니만 마침내 석산만의 화려한 자태를 마음껏 뽐내주어서 얼마나 기뻤던가. 그런 가운데 몇몇 나무는 목마름의 비명조차 남기지 아니하고 그만 소중한 목숨을 잃어갔던 것이다. 즐거움과 슬픔이 교차되는 순간이었다.

이런 희비가 엇갈리는 가을에 그래도 다행인 것은 붉은 열매를 수없이 매단 구기자拘杞子 열매가 있기 때문에 산애재의 가을맞이는 그런대로 괜찮은 즐거움을 주었다. 가을을 맞아 붉은 열매꽃송이들을 매달고 있어서 늦가을의 삭막한 분위기를 한결 풍요로운 기쁨으로 장식해주었다. 그러나 늦가을 뒤에는 겨울이 오는 것처럼 그렇게 기쁘고 즐거운 것만은 아니었다.

구기자는 여름부터 가을에 걸쳐 채취하는 소중한 약재이기도 하다. 간肝과 신腎으로 들어가 간신肝腎의 열熱을 제거해 준다. 신장의 음陰을 보강하고, 폐를 윤활하게 하며 간을 보음하고, 눈을 밝게 해준다. 특히 구기자의 쓰임은 어느 것 하나 버릴 것이 없어 1월에는 뿌리를 캐어 먹고 2월에는 뿌리를 달여 먹고, 3월에는 줄기를 잘라서 먹고 4월에는 줄기를 달여 먹으며, 5월에는 잎을 채집하여 6월에는 차로 끓여 마시고, 7월에는 꽃을 따서 건조시켜 8월에 달여 먹으며, 9월에 수확한 과실을 10월에 먹는다고 하거니와 구기자의 꽃, 줄기, 과실, 뿌리가 모두 약재로써 일년내내 복용할 수 있다. 그러하거니와 구기자 열매가 아무리 보기 좋게 붉은 빛으로 꽃송이처럼 매달렸다고 하더라도 완상용으로는 그리 오래가지 못하였다. 아내가 그 구기자의 성질과 약재로서의 효능을 잘 알고 있기 때문이다.

어느 날 이른 아침 외출하였다가 오후에서야 늦으막히 돌아온 나에게 아내는 따끈한 차 한 잔을 내놓았다. 그 빛이 붉은 빛을 갖추었다가도 슬쩍 감추어버리는 듯 옅은 붉으스름한 빛이요, 피어오르는 김에서 솔솔 풍겨오는 향기는 냄새로는 쉽게 감지할 수 없는 달금한 맛이 다가오는 듯 하다가 있는 듯 없는 듯 풍겨왔다. 그러나 보기 좋은 떡이 먹기에도 좋다고, 그 차의 색깔 하나만으로도 얼른 마시고 싶은 충동을 불러일으켰다. 아, 이 보드럽고 야들야들한 맛이여! 이 맛뿐만이 아니라 그 옛날 중국의 진

시황이 즐겨 마시기도 한 차라고 하지 않던가. 체질이 허한 몸을 보호하고, 정력을 올려주며, 노화를 방지하는 효능이 있어 예전에 몸이 약한 사람이나 노화 방지를 원하는 사람들이 꾸준히 마시면 좋다고 하였다니, 내 또한 무엇보다도 노화방지를 위하여 흔쾌히 마시리라. 그러나 다음 순간의 아내의 말에 그만 입술을 적시기도 전 찻잔에서 떼어버리고 말았다.

"하도 구기자 열매빛이 고와서 당신이 아침 외출하자마자 따내어 햇살에 말렸더니 조금 꼬들꼬들해졌어요. 원래 구기자는 후라이팬의 약한 불에서 1~2분 정도만 살짝 볶아주어야 성분이 망가지지 않고 잘 보존된다나요? 색깔도 아주 곱죠?"

나는 슬그머니 찻잔을 내려놓고 아내의 얼굴을 물끄러미 바라보았다. 얼마나 정성들여 가꾼 구기자나무요, 그토록 아끼며 바라보던 구기자 붉은 열매였던가. 산애재의 구기자 나무는 한 기둥으로 자라도록 하였다. 조금은 고목古木스럽게 키우고자 뿌리 근처에서 돋아나는 수없이 많은 새순을 부지런히 잘라주어 외대로 키우는데 주력하여 왔다. 그 결과 잔가지들이 위에서 아래로 축 늘어짐은 물론 그 늘어진 가지에 매달린 구기자 붉은 열매 떼들이 무더기로 매달려 제법 멋진 장관을 보여주었다. 누덕누덕 매달린 꽃송이들이 척 늘어져 출렁이는 것이 그렇게 아름다울 수가 없었다. 그 모습이 나를 즐겁게 해주고, 기쁨을 주곤 하였다. 그런데 구기자차라니! 그러나 이런 나의 마음에는 아랑곳하지 않고 아내는 열심히 구기자차에 대한 장광설을 늘어놓았다.

"아주 정성껏 볶아서 20분 정도 끓인 구기차예요. 구기자차 먹는 법 궁금하죠? 몸에 좋은 것이라고 무조건 많이 섭취하는 것은 오히려 몸에 해가 될 수 있다네요. 구기자차는 하루에 세 번, 그러니깐 식사 후 한 잔씩 마셔주면 딱 좋다고 해요. 하루 최대 1L정도를 마시는 것이 가장 좋데요."

아내의 설명에도 불구하고 나는 구기차 한 잔을 다 마시기도 전에 아무런 대꾸도 하지 않고 자리에서 슬그머니 일어나 산애재의 뜨락으로 나와 버리고 말았다. 꽃송이를 잃어버린 구기자의 모습이 가뭄 탄 산애재의 몇몇 나무들처럼 한껏 초라하게 보였다. 가을비가 예고된 산애재에 또 다른 가뭄 속으로 깊이 빠져들고 있는 느낌이었다. 그러나 그 속에서 저만큼 아내의 사랑이 바늘꽃처럼 새하얗게 피어있었다.

(2016. 10. 25. 화)

메꽃과의 싸움은 진행 중

고향집을 리모델링하고 〈산애재蒜艾齋〉란 당호堂號로 처음 문을 연지도 어느덧 10년이 다 되어 간다. 참 빠른 것이 세월이라더니 그 사이 나는 44년 11개월이라는 긴 세월 동안 발길하였던 초·중·고 교직으로부터 물러났고, 묘목에 불과 했던 수목들이 지붕 처마끝을 넘어선 것을 보면 세월의 빠름을 실감하게 된다. 아침에 일어나 그 동안 심어 가꾼 수목 사이를 발걸음하다 보면 참 대견스럽기까지 하다. 잘 자라주는 것이 무엇보다 고맙기도 하다. 그런데 이런 고마움도 모르고 오직 제 태어난 성질대로 자라나서 다른 꽃과 나무의 성장을 방해하는 것이 있다. 산애재 첫 걸음부터 가장 걸거침이 되어온 것은 바로 메꽃! 그 아름다운 꽃이 나의 산애재에서는 미운 털이 가득 박혀 있다.

쓰임으로 말하면 메꽃은 화려하다 못해 소중한 식물이다. 식용으로 쓰임은 말할 것도 없다. 어린순은 나물로 먹고 땅속줄기는 삶아서 먹기도 한다. 뿌리인 땅속줄기에는 녹말이 많이 들어 있어 예전에 춘궁기 때는 식량 구실을 해줬다. 어릴 적에 땅속줄기를 밥 뜸들일 때 쪄서 먹은 기억이 마냥 새롭다. 주로 호흡기·신경계 질환을 다스리고, 건강 생활에 효험이 있다하여 탕으로 하거나 생즙을 내어 약용으로도 쓰인다. 관상용으로 보아도 메꽃은 6~8월에 연한 홍색으로 피는데 그렇게 예쁠 수가 없다. 잎 겨드랑이에서 긴 꽃자루를 내밀고는 그 끝에 하나씩 위를 향해 치켜든 꽃 모양이 나팔꽃을 닮아있다. 더더욱 나팔꽃이 아침에 피는 것과는 달리 메꽃은 한낮에 이르기까지 피어나니 오랫동안 완상하기에도 좋다.

그런데 문제는 그 줄기와 뿌리에 있다. 흰 땅속줄기가 길게 사방으로 뻗어 자라면서 군데군데 덩굴성 줄기가 나와 다른 물체를 휘감아버린다. 그 줄기의 번짐이 보통 왕성한 것이 아니다. 겉으로 뻗어나가는 덩굴은 곁의 야생화나 나무가 닿기만 하면 무서운 속도로 휘감아 버린다. 땅 속 줄기는 어떠한가. 곱고 깨끗하기가 심심산천의 계곡물처럼 맑은 흰빛이 눈부시게 찬란하나 단 한 토막이라도 잘라져 땅속에 묻히기라도 하면 어느 사이 길게 번져 나가면서 사방으로 덩굴을 솟구쳐 오르게 한다.

메꽃의 온포기를 '선화旋花'라고 한다. '선旋'은 곧 '돌다, 돌리다, 되돌다'의 뜻을 가진다. 그러니까 '선화'란 곧 '도는 꽃'이라 할 수 있거니와 제 근성을 이름에서부터 말해주고 있는 셈이다. 물론 본래의 뜻은 고대에서 '군대가 회군回軍한다'는 뜻이었다. 자기 영역의 성읍城邑, 곧 자기의 진영陣營으로 행진하는 형상으로서, '개선凱旋'의 뜻도 가지고 있다. 이런 의미를 메꽃의 '선화旋花'에 굳이 붙여 생각해보면 남의 영역에까지, 그러니까 다른 식물의 영역을 침범하면서까지 마치 개선장군이나 되는 것처럼 보무당당히 칭칭 감아올리는 메꽃의 고약한 성질을 보여주고 있는 듯하다. 메꽃의 작태에 심히 분노할 만하다.

이러한 메꽃에 대한 분노는 메꽃 박멸작전을 불러오게 하였다. 메꽃이 보이면 보이는 대로 호미와 삽을 총 동원하여 뿌리째 뽑아내기에 멈춤이 없었다. 그런데 삽을 땅 속 깊이 푸욱 박고 젖혀버릴 때 나타나는 메꽃의 그 맑고 새하얀 뿌리가 왠지 모르게 나의 가슴에서 연민의 정을 치솟게 할 줄이야. 새하얀 뿌리에 묻은 흙을 털어낼 때마다 더욱 눈부시듯 나타나는 뿌리는 지상의 넝쿨에서 솟아난 꽃송이보다도 더 아름답게 느껴졌다. 오동통통 살이 오른 새하얀 뿌리는 어릴 적에 삶아 먹었던 기억까지 향수처럼 밀려오게 하여 연민의 정을 더욱 굳세게 불러주기도 하였다. 그러나 당장 바로 곁에 심어놓은 야생화의 어린 줄기를 휘감아버리고, 너른 잎으로 단 한 줌의 햇빛조차도 차단해버리니 어이 뽑아내지 않을 수 있겠는가.

그러나 아무리 뽑아내어도 메꽃은 사라지지 않았다. 특히나 이 메꽃의 뿌리는 조금만 잘려나가도 땅속에서 숨죽이고 그대로 멈추어 있다가 숨 돌릴 사이도 없이 갑작스런 어느 날부터 잘린 줄기에서 새순이 부리나케 치솟아 올랐다. 겉보기와는 달리 생명력이 워낙 뛰어났다. 그러하니 완전하게 뿌리를 캐내는 데 여간 조심스러운 게 아니었다. 그러나 아무리 조심스럽게 뿌리를 캐낸다 하여도 뿌리는 번번이 부러졌다. 겉보기에 새하얗게 보임은 물론 매우 연약하기만 하여 걸핏하면 잘도 부러져버렸다. 뿌리 끝까지 캐내는 데에는 번번이 실패만 거듭했다.

보다 못해 이웃들에게 어떻게 하면 이 메꽃을 없앨 수 있느냐고 물었다. 그 물음에 두말 할 것 없이 농약을 사용하라 답해주었다. 그렇지 않으면 없앨 방법이 없다는 것이었다. 그러나 농약 사용을 놓고 한 동안 고민하지 않을 수 없었다. 농약 사용을 안 하고는 없을까? 농약살포에 따른 토양 황폐는 물론 지하수의 오염까지 걱정이 되었다. 그러나 마음 한 곳에서는 메꽃을 박멸하기까지 만은 적어도 이웃이 알려준 대로 농약을 사용하라고 재촉해왔다. 수없이 돋아나던 메꽃이 일순 깊은 침묵 속에 빠져버린 듯하였다.

결국 뿌리까지 썩게 하는 무서운 독성의 농약을 사용하면서 이미 심어놓은 다른 야생화의 생명까지 염려하여야만 했다. 농약을 붓에 묻혀 조심조심 잎에 발라주고 나니 며칠 후 메꽃의 잎이 누렇게 변해버리면서 말라갔다. 과연 효과도 있었다. 조금씩 메꽃의 번식력이 떨어졌다. 가을 가까우면 잎에서 맹렬하게 영양소를 빨아들여 뿌리에 저장하기 시작하니 가을철에 메꽃의 잎에 농약을 묻혀주라고 하는 말에도 귀를 기울였다. 그러나 아, 지금도 메꽃과의 싸움은 진행 중이다.

그토록 아름답다, 그토록 사랑스럽다, 그토록 향수롭다, 그토록 연민의 정을 느끼게 해주는 메꽃 잎에 농약을 발라줄 때마다 가슴이 아프다. 아니 미어지는 듯 쓰리고 저리다. 언제쯤 이 아픔을 멈추게 할 수 있을까. 요즈음 비극으로 치닫고 있는 나라의 슬픈 운명을 메꽃으로 바라보면서 가슴을 쓸어내려야 하는 고통 앞에서도 그래도 꼿꼿이 서 있기로 한다.

(2016. 11. 28. 월)

기수연지沂水蓮池의 연蓮

산애재에 한쪽에는 언제나 습기가 가득했다. 그냥 심어놓기만 하면 잘 자라주려니 하던 나무들이 심는 족족 죽고 나서야 습기가 원인이라는 걸 알아차렸다. 결국 작은 연못 하나를 만들고 말았다. 그리고 그 연못의 이름은 '기수연지沂水蓮池'라 이름하였다.

'기수沂水'는 노나라 도성 남쪽에 있는 물 이름이다. 어느 날 공자孔子는 여러 제자들에게 각각의 장래 포부를 말하도록 하였다. 그에 답하여 자로子路는 큰소리로, 그리고 염유冉有, 공서화公西華 등은 점점 겸손하게 정치를 말하였다. 마지막으로 공자의 곁에서 비파를 타고 있던 증석曾晳은 연주를 중단하더니 자신은 정치와는 다른 포부를 가지고 있다면서 '늦은 봄철에 봄옷으로 갈아입고 어른 대여섯 명, 아이 예닐곱 명과 같이 기수沂水에 가서 목욕하고 무우舞雩 언덕에 가서 시원하게 바람을 쐬고는, 시를 읊으며 돌아오겠습니다.(莫春者, 春服旣成。冠者五六人, 童子六七人, 浴乎沂, 風乎舞雩, 詠而歸)'라고 말했다. 이 말을 듣는 순간 공자는 '나는 증점曾點과 함께 하고 싶구나(吾與點也!)'하시며 칭찬하였다. 자연을 즐기려는 그의 높은 뜻이 숨겨진 생각이었다. 바로 『논어論語』의 「선진편先進篇」에 나와 있는 '기沂'를 빌어 산애재 연못 이름을 '기수연지沂水蓮池'라 하였다. 그리고 그 이름에 어울리도록 갖가지 색깔의 수련睡蓮과 연蓮을 심었다. 습기 찬 자리에 판 연못이려니 습기 문제는 간단히 해결된 셈이었다.

어느덧 봄을 지나 여름이 오니 기수연지에서는 갖가지 색의 수련꽃과 연분홍·흰색의 연꽃이 멋지게 피어올랐다. 욕심껏 금붕어를 사다가 풀어놓았다. 언제 그리도 빨리 번식하였는지 꽃구름처럼 물속에서 떼 지어 몰려왔다 몰려가곤 하였다. 몇 번 밥을 던져주면서 휘파람을 불어주었더니 이제는 휘파람소리만 나면, 발자국 소리만 들리면, 열을 지어 줄줄이 따라다니는 모습은 참으로 신기하고도 아름다웠다.

그러나 연을 길러 꽃을 피운다는 게 그리 간단하지 않았다. 심어놓기만 하면 절로 꽃을 볼 수 있는 게 아니었다. 연은 그리 호락호락하게 꽃송이를 보여주지 않았다. 그 연을 길름에 문제가 되는 것은 무엇보다도 연의 왕성한 생명력에 있었다. 연의 왕성한 생명력을 감당하기에는 기수연지가 너무 좁은 것은 물론이려니와, 그 때문에 화분에 심어놓으니 해마다 분갈이해주어야만 했다. 바로 그게 연 가꾸기의 어려운 일이었다. 해마다 물 속 화분을 꺼내어 다시 흙을 갈아주고, 흙속 깊이 시비施肥를 해주고, 연뿌리를 골라 정돈하여 가지런히 해주어야만 비로소 연꽃다운 연꽃을 보여주었다. 혹 화분 밖으로 번진 연뿌리를 모조리 제거해주어야 함은 물론 해마다 번식하여 숫자가 자꾸만 늘어나는 금붕어들은 맥없이 수난까지도 감수해야만 했다. 최근 한 이태 그냥 심어놓은 채로 놓아두었더니 꽃대가 아주 가늘고, 꽃송이 또한 서리 맞은 늦가을 장미꽃처럼 초라한 아름다움으로 겨우 두어 송이 내밀다가는 이내 사라지고 말았다. 해마다 분갈이를 해주어야지만 탐스러운 꽃송이를 보여주는 것이 연이었다.

기수연지를 만들기 전 누군가가 말해주었다. 흘러들어오는 물이 없다면 연못을 만들 때에는 물이 쉽게 땅속에 스며들어 잦아들지 못하도록 밑바닥에 비닐을 깔아주어야 된다고 했다. 연꽃을 심고자 할 때에는 반드시 그냥 연못에 심지 말고 큰 화분에 심어야 한다고도 말해주었다. 연의 그 왕성한 생명력은 한해만 지나도 온 연못을 뒤덮을 뿐만 아니라 연못 밑에 깔아놓은 비닐까지 뚫고 나가 연못의 물이 쉽게 잦아든다는 것도 덧붙여 말해주었다. 모두 옳은 말이라는 생각으로 다 받아들인 후 단단히 마음하고는 자연석을 구해 석축石築을 하고 그대로 연꽃을 심어 놓은 것이 바로 '기수연지沂水蓮池'였다. 그러고 보니 연못의 이름도 깊은 의미를 가진 듯하여 좋았다.

그러나 기수연지라는 이름뿐만이 아니다. 연의 꽃말은 '청정, 신성, 순결, 청순, 번영, 환생' 등으로 불리운다. 어느 것 하나 아름답지 않은 것이 없다. 또한 불교사상을 연꽃으로 비유하는 데에 누구도 주저하지 않는다. 연꽃이 가지는 속성 때문이다. 불교의 경전 중의 하나인 『유마경維摩經』에는 연꽃을 '高原陸地 不生蓮花 卑濕淤泥 乃生此花(고원육지 불생연화 비습어니 내생차화), 즉 높은 언덕이나 육지에는 연꽃이 나지 않고 낮고 습한 진흙에서 이 꽃이 난다'고 노래하고 있다. 아름답게 가꾸어진 화단이나 전망 좋은 언덕배기를 마다하고, 연꽃은 낮고 더러운 습지에서 잘 자라는 꽃이라는 것이다. 불교에서 말하고 있는 이상적인 삶이 신선같이 누리는 데에 있지 아니하고, 어렵고 힘들고 고통 받는 보통 사람들의 삶 속에 존재한다고 말할 수 있다면 바로 이 연꽃이 즐겨 자라 꽃피우는 '낮고 더러운 습지'가 아니겠는가.

그러면서도 연꽃은 언제나 깨끗하고 아름답고 꽃잎과 그 속에 은은한 향기를 머금고 있다. 그야말로 처염상정處染常淨이다. 처절할 정도로 아름답고 언제나 깨끗한 꽃이 바로 연꽃이다. 치열하고 다툼하며 치졸하게 살아가는 인간의 현실 세계에서 온갖 희로애락을 초월하여 피어나는 연꽃이야말로 진정한 삶의 의미와 그 삶의 보람을 꽃과 향기로 전이轉移해주는 꽃이라 하겠다. 여느 때보다도 추운 이 겨울을 지나면 봄이 올 것이니, 올해에는 반드시 분갈이를 해줌으로써 다시 살아날 기수연지의 멋진 연꽃 무리들을 그려본다.

(2017. 01. 29. 월)

어릴 적에 어지간히 무르팍을 찧고 다니다 보면 하루 한 날 성할 때가 없다. 그저 무릎의 상처가 낫는가 싶으면 어느 사이 한 겨울의 미나리꽝 겹으로 얼듯 겹으로 찧어댄 상처는 딱지 위에 또 다른 딱지가 붙어 두툼해 지기까지 한다. 그러다가 문득 맑은 봄햇살 아래처럼 조금은 무료해질 때 조심조심 상처의 딱지를 떼어내다가 아차 싶게 핏방울을 불러들이는 상처의 아픔! 이 또한 그만한 상처의 즐거움을 느끼곤 한다.

제4부

즐거운 아픔

입춘立春을 보내 놓고

'입춘방入春榜'이란 것이 있다. 입춘이 드는 날에는 언제나 궁이나 민가에서나 할 것 없이 반드시 봄을 경사스럽게 맞이하여 축하한다는 의미에서 문지방이나 대문 등에 써 붙이는 아름다운 한문 글귀를 이르는 것이다. 입춘 날에 이르면 '입춘대길立春大吉'이란 글귀를 흔히 볼 수 있는 것도 바로 그러한 까닭이다.

확실히 봄을 맞는 마음은 무엇인가 기대를 부풀게 한다. 그것은 봄에 일어나는 새로운 생명의 소리 때문이 아닌가 생각된다. 겨우내 얼어붙어 알몸인 채로 삭풍을 견디어 내던 나뭇가지에 차츰 푸른 기운이 돋아나는가 하면, 산골짜기 추위에 지친 물줄기가 잠시 쉬었던 걸음을 잰걸음으로 내딛기 시작하고, 검은흙을 제멋대로 드러낸 채로 삭아버린 벼포기가 서릿발에 겨우겨우 몸을 감당하다가 비로소 몸을 가로누이는 것도 봄이다. 그런 의미에서 봄은 확실히 생명이 붙어 있는 것이면 누구라 할 것 없이 살아 움직이게 하는 계절이라 할 수 있다. 보라, 생명이 있는 것이란 모두 푸름으로 움직이기 시작하고, 생명이 없는 것에서는 먼데 하늘을 향하여 가물가물 아지랑이를 피어오르게 하는 것을! 그래서일까? 봄은 그 봄이란 말 한 가지로도 삼라만상森羅萬象 모든 것을 살아있음과 사람이란 제 본래의 모습으로 찾아가게 하는 계절임을 느끼게 해준다.

봄이란 이름으로 가장 설레게 하는 것은 가난한 자들에게 먼저 일어서는 힘을 부여해준다는 것이다. 자연의 세계에서 헐벗은 나무들에게 겨울이 가장 견디기 어려운 때라면, 이와 마찬가지로 추운 겨울이 또한 가난한 사람들에게 가장 견디기 어려운 때라고 할 수 있을 것이다. 그러한 어려움을 무사히 넘기고 얼음장 밑에서 옹크리고 있던 생명체들이 봄을 맞아 비로소 기지개를 켜면서 스스로의 삶을 찾아 나서듯이, 가난과 한숨 속에서 겨울을 넘기고 비로소 온기를 찾아 봄햇살을 안아보고자 하는 가난한 사람들에게 봄이란 곧 하나의 또 다른 생명을 얻는 것이나 다름이 없다.

자연의 봄은 상부상조相扶相助 아래 이루어진다. 얼음으로부터 벗어난 물줄기가 흙을 적신다. 그래서 산기슭에서는 죽은 나뭇가지에 물기가 올라 새 생명으로 푸르게 하고, 들녘에서는 말라붙은 풀이파리에 입김으로 다가서며, 물과 풀과 나무가 한데 한 몸이 된다.

그러나 이러한 봄맞이가 제 각각이라면 결코 바른 봄맞이라 할 수 없다. 물이 스스로 흘러 제 스스로 흙을 촉촉이 적시지 아니하고 제 흐름만을 고집한다면 어찌 푸나무가 푸르름을 가질 수 있으며, 먼데 들녘에서 피어오르는 아지랑이가 봄의 따스함이 없다면 어찌 하늘 높이 피어오를 수 있을 것인가? 입춘을 보내놓고, 행복한 햇살을 마시고자 기지개를 켜는 가난한 사람들에게 '입춘대길立春大吉'이란 '입춘방入春榜'을 붙여주는 봄맞이의 마음으로, 더불어 살아가는 참삶의 맛을 뒤늦게 꿈꾸어 본다.

(2002. 02. 20. 수)

작은 염소의 털갈이

긴긴 겨울을 무사히 견디어 낸 다음 봄을 맞은 온 누리의 모든 살아있는 것들이 '갈이'를 하는 것을 보면 무척이나 마음이 생생해진다. 그도 그럴 것이 원래 '갈이'란 낡고 헌 부분을 떼어 내고 새 것으로 바꾸어 내는 것이니, 그 새롭고 신선하고 싱싱할 수 있음에야 보기만 해도 싱그러울 일이다. 하루가 다르게 숲 속에서 치솟아 오르는 푸르디 푸르른 힘, 문득 취해보고 싶도록 그저 즐겁고 화창해져 격한 흐름이게 하는 감정, 구름과 안개가 빚어 올린 호화스럽고 신비스러움에 선 자리에서 저절로 훌쩍 튀쳐 나오고 싶은 생명력, 그러다가 문득 슬픔과 쓸쓸함까지 송두리째 모아 눈물쯤은 몇 방울 떨어뜨리게 하는 그리움 ……, 이 모든 것들이 봄이 아니고는 결코 만날 수 없는 것이어니, 약동과 성장과 부활의 조화를 긴 겨울의 갈이로부터 받아냈음이 아닐까?

봄이 오면 두텁고 무거운 겨울옷을 벗어 던지는 것 하나만으로도 즐겁다. 나무는 나무대로 지저분한 각질角質을 털어 내면서 봉긋 여린 푸르름을 내밀어 놓고 햇살 앞에 나선다. 이름 모를 풀은 풀대로 누렇게 부황 든 이파리를 제쳐 놓으면서 부끄러움을 가득 안은 젖꼭지처럼 소롯이 흙덩이를 드밀어 본다. 산은 산대로, 들은 들대로, 언덕이나 멧부리 구석구석까지 온통 갈이에 다투고 있으니, 이루어 놓을 것이란 오직 웃음과 눈물의 조화로움으로 마냥 설레일 수밖에 없다.

푸나무의 갈이도 갈이려니와 아무래도 나에게는 작은 짐승의 털갈이에서부터 봄을 느낄 수 있을 것 같다. 엄동설한嚴冬雪寒 짚더미로 겨우겨우 추위막이를 한 헛간에서 그 긴긴 어둠과 추위를 옹크린 채로 살아오다가 차츰차츰 스머드는 온기에 힘을 입어 묵은 털부터 한 옹큼씩 떨쳐내 버리는 작은 염소의 모습은 참으로 싱그럽다. 아니 생명이란 바로 이런 것이로구나 하는 경탄과 찬탄을 금할 수 없다. 한쪽으로는 묵은 털로써 누릿누릿 흐물거리듯 누추하지만 그 사이를 뚫고 번지르르 번지는 기름기를 품은 채 검다못해 흑진주 같이 빛나는 빛깔로 치장해 가는 작은 염소의 모습은 참으로 아름답다. 하루가 다르게 털갈이를 하다가 어느 사이 온 몸을 새롭게 흑진주로 치장하고는 햇살까지 넉넉하게 받고 있는 모습이란 진흙 속에서 피어나 마악 아침 이슬을 받은 연꽃이 검은 베일을 덮어쓰기라도 한 것이 아닐까싶다.

봄은 확실히 생명의 경이로움과 생명의 숭고한 아름다움까지 보여주면서 이에 대한 깊은 생각을 불러 일으켜준다. 그럼으로써 봄은 사람의 내부에 도사린 채 차마 불러일으키지 못한 감정을 풀어놓게 한다. 그래서일까? 봄은 결코 이성적인 것을 원하지 않는다. 봄이 불러내는 것은 오직 감정이다. 즐거움이라 본다면 어느덧 슬픔을 불러주고, 쓸쓸함이라 한다면 어느 사이 밝고 맑은 빛깔로 온 누리를 찬란하게 해준다.

이러한 봄에는 가난함과 넉넉함이 없다. 가난함은 가난함으로 봄은 따뜻한 것이요, 넉넉하면 넉넉한 대로 봄은 항상 부드러운 것이다. 문득 L. N. 톨스토이의 『부활復活』의 한 구절이 떠오른다.

수십만이라는 사람들이 좁은 장소에 모여서 자기네들이 빽빽이 모여 있는 땅을 망쳐 버리려고 제 아무리 기를 써 보더라도, 또 그 땅 위에 아무것도 자라지 못하게 돌을 깔아 덮어 버리더라도, 아무리 수족을 베어 버린다 하더라도 …… 도회지에서 봄은 역시 봄이었다. 햇볕이 따사로이 내려 쬐자 풀은 되살아나서, 송두리째 뽑아 버리지 못한 곳이라면 가로수 길 옆 잔디는 물론이요 포석鋪石 틈에서도 파릇파릇 싹 터 올랐다.

그렇다. 봄은 언제나 새로움을 만나게 한다. 새로움에서 경이로움을 만나게 하고, 소생과 부활과 약동과 탄생과, 그리고 성장을 안겨준다. 그것은 묵은 것을 훌훌 털어 버리고 '갈이'하는 지혜에서 비롯한다. 봄을 맞아 작은 염소의 윤기 있는 털갈이를 그려보면서, 어떻게 하면 혼탁한 이 시대를 올바르게 헤쳐나가며 살아 나갈 수 있는 [털갈이]를 할 수 있을까? 그 생각에 더욱 깊이를 더하여 본다.

(2002. 04. 05. 금)

흐르는 강물처럼

흐르는 강물을 바라본다. 강물은 항상 살아있다. 시작으로부터 싱싱하게 살아있으면서 폭포에서 더욱 크게 살아있음으로, 그리고 나루에서 삶의 터울을 이어준다. 여울에서 잠시 스스로의 살아있음에 박차를 가하다가, 바다에 이르러 유유한 터전을 건사한다. 산에서나 들에서나, 살아있음으로 해서 더욱 값있는 빛을 모으고, 움직임으로써 삶에 윤택함을 더하는 것이 흐름이 있는 강물이다.

그래서일까? 지금의 살아있음에 강물은 항상 현재만을 가지며, 과거라는 그림자에 슬퍼할 것도, 미워할 것도, 즐거워할 것도, 혹은 좋아할 것도 가지지 않는다. 오직 현재에 충실할 뿐이다. 현재의 삶을 아름답게 장식하며 살아 움직일 뿐이다. 그래서 강물은 한 번 흘러온 곳은 되찾지 아니한다. 되돌아 보지도 아니한다.

더더욱 강물은 미래를 꿈꾸지 아니한다. 당연히 주어진 길을 숙명처럼 다스리며 묵묵히 밑으로만 흘러내린다. 주어진 길을 마다하지 아니하고, 아무런 조건도 없이 오직 한 길로만 삶의 길을 엮어 나가는 모습은 강물만이 가지는 강생관(江生觀 : 인간에게 인생관이란 것이 있다면 그런 의미에서 강에는 강생관이 있을 것이 아닌가?)과 가치관과 세계관이 있음을 여실하게 보여주고 있다는 것을 알려주고 있다.

그래서일까? 이러한 강물의 삶에서 가장 두드러져 나타나는 것은 역시 주어진 길에의 순종順從이다. 강물에게 주어진 길의 순종이란 무엇보다도 뒤돌아보지 아니하고 밑으로만 간다는 것이다. 이런 강물에 비하여 사람들은 어떠한가? 뒤돌아보아 탐욕貪慾을 만들고, 미래를 바라보아 치욕恥辱을 낳는다. 아래보다는 위를 바라보아 스스로의 길을 비굴卑屈로 만들고, 빈자리를 건너 뛰어 사상누각砂上樓閣을 이루면서 마침내 파멸破滅의 길에 이른다.

흐르는 강물을 바라보라. 처음의 흐름에서부터 오직 밑으로만 흐르면서, 빈자리를 하나하나 골라, 건성으로 보아 넘기는 일도 없이 채우면서 만족을 얻어 가는 모습을! 그리하여 마침내 너르고 깊고 푸른 바다를 이루어 놓고는, 그 깊고 그윽하고 순수함을 빚어 진주를 공글리고, 조용한 마음을 넉넉하게 손질하여 물 낯 위로 햇살을 노닐리며, 푸르름을 한데 모아 하늘까지 함께 하여 그 깊이를 더하는 것이 강물이다. 깊고 푸른 마음으로, 혹은 맑고 순수한 눈빛으로, 그리고 거센 심장의 고동鼓動으로 살아 있음을 넉넉하게 펼친다.

바야흐로 이제는 봄이다. 입춘이 지나고 우수도 지난다. 머지 않아 경칩도 온다. 대동강물도 풀릴 것이다. 그렇다면 강물의 흐름은 더욱 제 모습을 드러낼 것이다. 봄의 가장 가까운 곳에는 항상 강물이 있게 마련이기 때문이다.

봄이 오면 낮고 가난한 것이 풀린다. 아니 봄은 이 세상에서 가장 가난하고 순수하고 맑고 밝은 곳부터 찾아간다. 그래서 봄이 오면 가난하고 욕심이 없는 낮은 사람들이 먼저 반긴다. 그런 의미에서 강물과 봄은 항상 한가지의 모습으로 살아 오른다.

올해는 봄과 강물과 같은 삶을 요구한다. 국가적으로 지도자를 뽑고, 국제적으로 월드컵이라는 제전을 펼칠 것이요, 도내적道內的으로 우리의 삶을 풍요롭게 할 안면도 국제꽃박람회가 향기를 뿜어 올릴 것이다. 가슴 설레이도록 주어진 길을 풍요롭고 지혜로운 마음으로 봄을 맞아 강물처럼 흘러가야 할 것이다.

(2002. 02. 21. 목)

동물들의 영혼을 위하여

자연학을 가장 완벽하게 보존하고 있는 작품인 장편시 「사물의 본성에 관하여 De rerum natura」로 유명한 그리스의 철학자 유일한 에피쿠로스(Lucretius)는 "동물들은 가축이건 야수건, 크건 작건, 수고로움 없이 성장하며, 그들에게는 딸랑딸랑 소리내는 장난감도, 상냥한 유모의 애교 띠며 아첨하는 언어도 필요치 않다. 그리고 그들은 계절 따라 갈아입어야 할 의복도 찾으러 나가지 않는다. 끝으로 그들은 재산을 보전하기 위한 무기도 성벽도 필요치 않다. 왜냐하면 대지와 근면한 대자연은 그들에게 모든 종류의 자료를 풍부하게 생산해주기 때문이다"라고 말한다. 이 말을 사람에 빗대어 생각해보면 하나같이 사람의 부끄러운 모습이 그대로 보이고 있어서 일침을 맞은 듯하다. 아무리 동물이라 하더라도 사람과 마찬가지로 동물은 편한 것을 좋아하고, 따뜻함을 좋아함은 물론 그것을 얻기 위하여 나름대로의 노력을 다하기 때문에 여름의 더위를 물리칠 수 있으며 겨울의 매운 눈보라도 너끈히 이겨낼 수 있는 것이다. 그런 의미에서 동물들의 삶이란 사람들의 그것과 조금도 다름이 없다.

그러나 사람은 여름과 겨울을 이겨내는 방법이 동물과 전혀 다르다. 동물이 그 방법으로 최소한의 한도를 지켜내고 있는 반면에, 사람은 한계 이상의 무엇을 요구하며 갖추면서 살아가려고 하곤 한다. 동물은 자기 자신의 생존을 위한 최소 방법을 꿈꾸지만, 사람은 그 최소 이상을 목표로 하면서 다른 생명의 희생을 요구한다. 그러한 결과 사람은 명석한 두뇌를 이용하여 동물을 가축으로 사육하면서 끊임없이 동물들의 생명을 앗기도 한다. 이에 사람은 조금도 죄스런 마음조차 가지지 않는다. 가축은 가축일 뿐 그 이상 사람과 같은 생명체로 인식하는 것에는 너무나도 인색하다.

이런 가운데 2010년 11월 23일 경북 안동에서 구제역 의심 신고 이후 최초 양성판정을 한 11월 29일 이후 국가 재난이요, 국가적 대재앙으로 번진 구제역은 사람을 앞세워 가축이라는 동물의 가장 비참한 최후의 모습을 보여주었다. 아무리 사람의 생존을 위하여 사람에 의해 기르는 사람의 가축이라 하더라도, 그 가축 또한 동물로서 사람과 마찬가지로 어엿한 생명을 가지고 있음에도 불구하고 가장 비인간적으로 사람에 의한 살처분의 비극적 최후를 맞게 한 것이다.

지금까지의 보도에 의하면 2011년 2월 25일 살처분 규모는 전국 6,104곳 농가 341만 마리(소 15만 마리, 돼지 325만 마리)로 집계되었으며, 생계안정자금 등의 보상금과 살처분 비용 등을 합해 이번 구제역 피해액은 총 3조원에 달할 것으로 추정되고, 이 중 보상금만 1조7,000억원 이상이 지급될 것이라 예상되고 있다 하니 경제적인 측면에서 본다면 실로 엄청난 일이기도 하다.

그러나 가축은 분명히 사람과 함께 생명을 가지고, 사람과 함께 살아오면서, 사람을 위하여 가장 아름다운 생명조차 바쳐지고 있는 동물임에 틀림없다. 그럼에도 불구하고 불가항력인 병으로 인하여 가장 비참한 최후를 맞게 해서야 되겠는가. 〈동물사랑실천협회〉에서 제작하고 천도교, 천불교, 천주교, 개신교, 불교 등 5개 종교 35개 단체에서 제공하여 인터넷으로 방영된 「구제역 돼지 살처분」영상은 이를 본 사람들의 가슴에 전율을 일으켜 놓기에 충분하였다. 살처분 작업으로 인한 사상자가 126명, 농민들의 자살, 무리하게 진행된 살처분, 생매장의 방식은 사람과 동물인 가축 모두에게 심각하게 고통을 주고 있다. 이것은 경제적인 문제가 아니라 사람의 생존의 문제가 되고 있다는 위기의식을 생생하게 보여주는 것이기도 하다.

인터넷 동영상은 "한나라의 위대성과 그 도덕성은 동물들을 다루는 태도로 판단할 수 있다"는 마하트마 간디와 "내가 그랬듯이 다른 사람들도 동물 살해를 지금 살인과 똑같이 여길 날이 올 것이다"라는 레오나르도 다빈치의 말도 함께 경고해주고 있다. 이는 가장 비인간적인 모습으로 가장 비극적인 가축의 최후를 맞게 한 사람도 또한 그러할 수 있다는 것을 말해주는 것이기도 하다.

가축이라는 동물도 사람과 마찬가지로 존엄한 생명을 가진 어엿한 존재임을 누구도 부인하지는 못할 것이다. 사람이 기르는 가축이기 때문에, 동물이기 때문에, 가축의 생명 위에 군림하는 사람의 손에 의하여 억울하게 죽어간 동물들의 영혼들이라도 극락왕생할 수 있게 되기를 빌어주고 싶은 요즈음이다.

(2011. 03. 09. 수)

즐거운 아픔

지구의 온난화 때문인지 한 여름도 아닌 여름의 초입구가 그야말로 치열하다. 한낮의 기온이 30도를 오르내리니 한여름보다도 오히려 더 덥기만 하다. 그래 밤기온의 서늘함을 맛보려고 뜨락에 나오고만 싶은 요즈음이다. 그러나 선뜻 뜨락에 나온다는 것이 보통 고역이 아니다. 온난화 덕으로 생월일生月日을 다른 해보다도 일찍 맞은 모기의 극성 때문이다. 바람한 줄기 지나고 나면 뒤따라 잽싸게 달려와 살갗을 뚫고 만다. 모기란 놈은 애당초 인정人情이 아닌 교정蛟情이란 애당초 없는 것이라서 기회만 포착되면 사정없이 달려들었다가 바람깃을 붙들고 호들갑스레 달아나 버린다.

그러나 모기가 머무른 자리는 그대로 남아 더위에 지친 몸뚱아리를 괴로움으로 몰아 부친다. 벌겋게 부풀어 오른 자리의 그 가려움이란 차라리 작은 상처로부터 오는 아픔이 더 좋다. 박박 긁어대다가 그것도 모자라서 입속의 침을 발라대지만 가려움은 좀처럼 물러날 줄을 모른다. 어느 때는 새빨간 피가 비치도록 긁어대기도 한다. 가려움보다도 오히려 핏빛이 보이는 아픔이 차라리 낫기 때문이다. 즐거운 아픔이란 바로 이런 것이리라!

어릴 적에 어지간히 무르팍을 찧고 다니다 보면 하루 한 날 성할 때가 없다. 그저 무릎의 상처가 낫는가 싶으면 어느 사이 한겨울의 미나리꽝 겹으로 얼듯 겹으로 찧어댄 상처는 딱지 위에 또 다른 딱지가 붙어 두툼해 지기까지 한다. 그러다가 문득 맑은 봄햇살 아래처럼 조금은 무료해질 때 조심조심 상처의 딱지를 떼어내다가 아차 싶게 핏방울을 불러들이는 상처의 아픔! 이 또한 그만한 상처의 즐거움을 느끼곤 한다.

거대한 국가의 기틀을 이루는 국민에게는 언제나 상처가 뒤따르게 마련이다. 박박 긁어대고 싶은 가려움과 채 아물지도 않은 상처위에 또 다른 상처가 몰려와 하루 한 날 상처 없는 조용한 날이 없는 게 한 나라 안의 국민들이다. 그러므로 국민은 언제나 국가에게 무엇인가를 끊임없이 요구하고 있다. 국가가 가려움을 긁어주는 효자손이라도 준비해주었으면 하고, 까진 무르팍의 딱지에 발라줄 연고를 수없이 기다리기도 한다.

소고기의 무더위를 타고 여름이 왔고, 6·10 항쟁이 부활했다. 시민들은 21년 만에 다시 민주주의를 외치며 촛불축제라는 대행진의 이름 아래 거리로 나왔다. 하지만 촛불대행진의 참여자나 시위 방식이나 구호가 20여년 전과는 천양지차로 바뀌었다. 독재정권의 사회적 억압으로부터 상대적으로 자유로웠던 1987년 6·10 항쟁이 20여년의 세월이 흘러 2008년 민주항쟁의 촛불에 불을 댕긴 주역은 10대들이었다. 지난달 2일 첫 촛불집회는 누구도 예상치 못했던 여고생들이었다. '촛불소녀'는 '쇠고기 항쟁'의 상징이 되었다. 또한 직선제 쟁취한 1987년에는 대학생·종교인에 직장인 가세하였다면 2008년 6월에는 어떠한 지도부도 없이 청소년·유모차부대 등 다양화 국민들의 참여가 앞장서고 있다. 그만큼 다양해진 국민들의 욕구는 6월의 열기를 더욱 뜨겁게 하고 있다는 것이다.

국민들의 의식 수준이 높아질수록 한 국가를 이루고 있는 국민의 목소리에는 가려움과 상처가 시도 때도 없이 높아지게 마련이다. 그러므로 한 국가는 국가가 가지는 모든 권리나 의무를 국민의 가려움과 상처에 항상 큰 눈과 귀를 열어놓지 않으면 안 된다. 현명한 국가라면 국민 스스로 무엇을 요구하고 있는지를 미리 알아차리며, 국민 스스로가 자신의 삶에 만족을 유지하지 못하고 있을 때에 광범위한 보호를 보장해주어야 할 것이다. 그러나 국가에 대하여 목소리를 높일 수 있다는 것은 국민의 가장 큰 권리이지만, 또한 국민된 도리로서 국민이 곧 국가라는 걸 잊지 말아야 할 의무이기도 하다. 이러한 국가와 국민이 가지는 권리와 의무가 함께 살아 있는 한 국민의 가려움과 상처는 즐거운 아픔으로 환치될 것이다.

(2008. 06. 23. 월)

게릴라Guerrilla성 호우

　요즈음 국지성局地性 호우豪雨가 연일 계속하여 내리는 동안, 전국의 곳곳에서 들려오는 인명과 재산 피해 소식이 우리를 안타깝게 하고 있다. 때를 가리지 않고 하늘이 무너지듯 퍼붓는 장대비는 적의 배후에서 통신소, 경비가 허술한 기지, 병기·연료·탄약 등 물자를 저장하는 곳, 교통의 요지들을 단독, 또는 소부대의 행동으로 적을 기습하여 전과를 올리고 신속하게 빠져나가는 파르티잔partisan, 즉 빨치산의 모습과 같아서 국지적인 불안에 휩싸이게 한다. 이른바 게릴라Guerrilla성 호우가 그것이다.

　이같은 집중호우는 지구온난화가 가속화될수록, 대기 중에 수증기가 늘어나면서 대기가 더욱 더 불안정해지기 때문에 일어나는 현상이라는데, 지구온난화가 가속화된 지난 90년대 중반부터 2배가량 늘어났다고 한다.

일반적으로 장마는 고온 다습한 북태평양 고기압과 차고 습한 오호츠크해 고기압이 충돌해 힘겨루기를 하는 동안 전선 주변의 넓은 지역에서 지속적으로 내리는 비를 말하고 있지만, 반면에 최근 게릴라성 호우는 오호츠크해 고기압이 물러나고 북태평양 고기압 가장자리의 대기가 불안정한 지역으로 수증기가 계속 들어오면서 국지적으로 강하게 쏟아진다고 하거니와, 언제 또 다시 호우라는 게릴라가 우리를 괴롭힐지 전혀 예측할 수 없는 일이다.

지구의 온난화로 인하여 홍천에서는 10년 전부터 재배 중인 고구마밭에 올해 처음으로 줄기마다 2~6송이씩 꽃망울을 터뜨린 것을 비롯하여, 최근 2~3년 사이에 국내 남부지방은 물론 경기, 충청지역에서도 잇따라 고구마꽃이 발견되고 있다는 소식이다. 다행이 그곳 주민들은 모처럼 고구마꽃을 보며 '길조'라며 반갑게 맞았다고 하지만, 우리나라를 찾는 철새들의 이동시기가 앞당겨졌다는 분석까지도 나왔다 하니 결코 기뻐할 일만도 아닌 것 같다.

온난화로 인하여 지구의 기온과 습도가 올라감에 따라 곰팡이 발생 위험이 높아지고, 그에 따른 곰팡이의 증가는 더 많은 천식 환자를 발생하게 한다고도 말한다. 곰팡이는 역한 냄새를 풍기고, 보기에도 흉하지만 이보다 더 중요한 것은 사람에게 치명적인 해를 끼칠 수 있는 병원체라니 실로 섬뜩한 일이 아닐 수 없다. 지구 온난화로 가뭄과 홍수, 해수 범람, 생물 멸종, 폭염과 전염병 등 '환경 재앙들'을 겪게 될 것이라고 경고하기도 한다. 인류의 진보와 문명 자체가 지구를 파괴하고 있다는 메시지를 전하고 있는 셈이다.

지난 20세기 100년 동안 지구의 기온은 평균 섭씨 0.6도 올라갔다고 한다. 그러나 지구기온의 상승이 산업 활동으로 발생하는 이산화탄소 때문인가 하는 문제에 대해서는 의견이 분분하단다.

지구의 온난화의 근본 원인이 무엇이든 간에 근본적으로는 지구 온난화로 인해 한반도의 기후 자체가 변하여 장마보다도 더 긴 시간 동안 100mm 이상, 아니 200mm 이상의 집중 호우 소식이 멈추지 않고 있으니, 정규군으로 볼 수 있는 장마 끝에 소규모가 아닌 대규모의 게릴라성 호우가 국지적으로 소중한 인명과 재산에 막대한 피해를 입혀 두렵기만 하다. 한반도의 온난화로 인하여 올해 더위는 9월 전반기까지 이어질 수 있다는 소식도 들려오고 있다. 그러고 보니 이래저래 서민들만이 더위와 호우 속에서 살아갈 걱정이 점점 높게 쌓여만 가게 될 듯하다.

요즈음 국지성 호우에 전국이 몸살을 앓고 있는 가운데 2007년 12월 19일 제 17대 대통령 선거를 앞두고 벌어지는 여·야 정치권은 목불인견目不忍見으로 동성상응同聲相應하고 있으니, 제

발 정치라도 한반도의 온난화에 시원한 부채질의 모습을 보여주
었으면 한다. 정치권으로부터 쏟아지고 있는 국지적(?) 게릴라
(Guerrilla)성 호우로 인하여 온몸을 적시고 있는 서민들의 몸살
에 시원한 부챗바람은 고사하고 어떠한 피해를 줄까 하는 걱정
이 한창인 요즈음이다.

(2007. 08. 13. 월)

천방산千房山을 꿈꾸며

천방산 언저리에서 칡뿌리나 캐먹으며 어린 시절을 즐기던 필자로서는 적어도 천방산은 이 세상에서 제일 높은 줄로만 알았다. 더욱 초등학교 시절 소풍으로 그 높은 천방산 꼭대기에 올라서면 멀리 서해바다가 보이고, 장항 제련소의 드높은 굴뚝도 보이고, 더더구나 너른 들판을 가볍게 뛰어 넘어서 금강 하구 건너로 아득한 도시 군산의 모습까지 보이고 있었으니, 이 세상에서 어찌 천방산보다 높은 곳이 또 있을 수 있으리오. 그 높은(?) 곳에서 듬직한 탄성을 지른 지가 바로 어저께임이 분명한데, 불과 324m의 높이에서 '얏호!'를 외치던 그 소년은 이미 이순耳順을 넘어 덧없이 바라볼 수 없는 망팔望八을 향하여 빠른 걸음으로 건너뛰기에 이르고야 말았다. 그러나 아무리 그러하더라도 '세월은 사람을 기다리지 않는다'는 도연명陶淵明의 말에 귀담아 들을 수만은 없다. 흐르고 흐른 세월 뒤에도 천방산에 얽힌 어린 시절의 아름다운 이야기는 살아있으니 말이다.

내 고향에는 당唐나라 소정방蘇定方 그 되놈이 우리 할아버지 할아버지들의 서울인 백제百濟의 사비성泗沘城을 침략하다 장마비에 놀라 강을 건너지 못하고, 하룻밤 사이의 도적 염불을 위해 또한 하룻밤 동안 방이 천 칸이나 되는 큰절을 지었다는 천방산이 있습니다. / 그래, 우리의 할아버지 할아버지들의 피를 갉아 먹은 되놈들의 절을 받아 삼천리 방방곡곡 못된 중이란 중놈들이 우르르 몰려와서 밤마다 부처님은 등에 돌리고 구수회의鳩首會議에 열중하여 어여쁜 과부나 새악시만 골라 포대기로 둘둘 말아 훔쳐다가 역시 훔쳐다가 쌓아놓은 산해진미山海珍味로 뱃대기에 기름을 칠하고 지랄하였습니다. / 그런 줄도 모르고 하루는 부처님이 천방산 꼭대기에 가을바람을 맛보러 오셨다가 그걸 보시고 이래선 안 되겠다하여 이 세상의 빈대란 빈대는 모조리 불러들여 천방산 천 칸 방마다에 빈대를 뿌리시어 되놈이나 마찬가지인 중이란 중놈들의 피를 빨게 하시고, 우리 할아버지 할아버지들의 원혼寃魂을 달래주었습니다. / 결국 지금에는 방 한 칸에 챗독 하나 들여 놓을까 말까하는 부엌 하나 있는 절이 되어버렸고, 내 고향 아이들이 소풍 가는 장소로 되었는데 소풍을 오는 아이들 중 하나는 언제든지 껍질만 남은 빈대를 만나보고 또 부처님의 쓰디 쓴 웃음도 만나보았습니다.

「천방산에 오르다가」라는 제목으로 한 필자의 연작시 97편의 가장 앞자리를 차지한 이 산문시는 필자가 어렸을 때 부모님으로부터 들은 전설을 소재로 하여 쓴 것이다. 적군이 우리의 땅에 절을 세웠고, 그 절의 불력佛力으로 나라를 앗겼음에도 불구하고, 그 절에서 착한 백성들을 괴롭혔던 전설 속의 중들은 적어도 천방산의 높이에도 만족한 어린 가슴에 여전히 분노의 대상으로 살아 있었던 것이다.

지금도 살아있는 이름들, 이를테면 소정방의 군사들이 백석강이라 부르는 금강 하구의 너른 들녘을 지나다가 신에 묻은 진흙을 털어모아 생겼다는 산인 신털메가 시초면 선암리 앞에 자리하고 있듯이, 천방굴이며, 절굴이며 등이 천방산의 전설을 사실처럼 증명이나 하듯이 살아있는 이름들도 있거니와, 이렇게 어릴 적에 들어 살아있는 전설들이 얼마나 오랜 세월을 잊게 하고 있는 것인가? 천방산 그 드높은(?) 꼭대기에서 황해바다를 바라보며 외치듯, 장항 제련소의 굴뚝을 바라보며 멀리멀리 향하여 외치듯, 지금도 천방산 전설 속의 이야기를 아끼고 아끼는 가운데 세월도 잊어버리고 새로운 삶의 자세를 모색하고 있는 것이다.

천방산은 필자에게 적어도 자신의 나라를 빼앗은 적군의 절에서 자신의 나라 백성들을 괴롭히는 어리석음을 저버리지 말라는 것을 가르친다. 더더구나 국민의 나라에서 국민의 나라를 홀로 차지하나한 듯, 마치 국민이 '자신'을 뽑아주었으니 무엇이든지 마음대로 생각하고 행동해도 좋다고 생각하는 우리의 선량善良(?)들처럼 그러한 추태를 보여주며 살아가지 말라는 것을 가르친다. ARS를 통한 서민들의 수재민 돕기 성금은 주유소의 숫자판처럼 TV화면에서 돌고 돌아가는데, 몇 푼 안 되는 수재민 의연금을 허울좋은 '금일봉金一封'이란 미명 아래 내던지고 어리석게도 할 일을 다 한 것처럼, 적어도 그렇게 시늉하며 살아가지 말라고 천방산은 전설 속에서 여전히 외치고 있다.

천방산을 꿈꾸며, 이제 우리가 해야 할 일을 깨달아야 한다. 고향의 전설이며, 고향의 떠도는 옛 이야기며, 저절로 흘러나오는 고향의 숨은 노랫가락을 우리의 고향 아이들에게 열심히 들려주어 적어도 부끄럽게 살아가는 어리석음에서 벗어날 수 있도록, 쓸 만한 '빈대' 한 마리라도 멋지게 기를 수 있는 지혜를 가질 수 있도록 해야 할 것이다.

(1998. 08. 25. 화)

고향집 잡초가 사랑스럽다

　고향집을 고치고 야생화를 심고 나무를 심은 다음부터는 고향집 나들이가 잦아졌다. 특히 요즈음처럼 비가 많이 오는 한여름철에는 한 일주일가량만 고향집에 들리지 않으면 많은 비의 횡포로 우후죽순雨後竹筍이 아니라 우후잡초雨後雜草된 고향집은 그야말로 쑥대밭을 이룬다.

　잦은 발걸음에도 고향집의 잡초들이 무성히 자라준다. 그리고 그 잡초들은 내가 등만 들리면 그 자리에서 악착같이 나를 고향집으로 불러들인다. 쉬지 않고 심어놓은 야생화나 나무들이 잡초 속에서 몸부림하는 것을 보면 안쓰럽기 그지없다. 그러하거니와 그 둘레의 잡초를 부지런히 제거해주어야 한다. 그래서 더욱 고향집 나들이가 잦아질 수밖에 없다. 잡초가 언제나 쉬지 않고 날 불러주기 때문이다.

이유야 어찌되었건 고향집을 가졌다는 것은 스스로 생각하여도 참 행복한 일이다. 이데올로기나 탈농어촌의 기류에 고향집을 아예 잃어버리고 살아가는 사람들에게는 찾을 고향을 가졌다는 것만으로도 참 행복한 일일 터지만, 잡초가 불러주는 고향집을 가졌다는 것 또한 마냥 부러운 걱정거리로서의 즐거움을 제공하여주고 있는 셈이다.

이러한 고향집에서 무더운 여름밤의 잠자리에서는 몸을 부려도 쉽사리 잠이 오지 않는다. 고향집의 밤은 짙은 고요의 연속이다. 잠에 들려면 주위가 조용해야 한다지만 지나치게 고요한 잠자리는 오히려 잠을 멀리하게 한다. 밝은 달은 감나무의 그림자를 창문에 흔들어주고, 반짝이는 별 몇은 지나온 나의 길을 밝혀주었던 그 빛이나 되는 것처럼 예나 지금이나 똑같이 반짝여주니, 잠 아니 오는 고요의 밤은 뜬 눈인 채 깊어가게 한다.

고향집이 자리한 리 단위 동네가 아닌 자연부락단위의 우리 동네만 보더라도 밤에는 고요하다 못해 이제는 적막감까지 감돈다. 한때 올망졸망 40여 가구의 집들이 지붕을 맞대고 소곤거리던 목소리들이 사라진지 오래다. 집터나 농토로, 혹은 빈집으로 남아있는 곳이 20여 곳이나 된다. 현재 사람이 살고 있다 하더라도 회갑을 넘긴 노부부가 살고 있는 몇 집을 제외하고는 모두 홀로 된 할아버지나 할머니가 각각 살아가고 있을 뿐이다. 그나

마 복스러운 것은 노부모를 모시고 사는 집이 겨우 두 집이라도 있다는 것이다. 그러나 몇 년 전만 하더라도 그 집으로부터 어린 아이 웃음소리가 멀리 들려오곤 하였는데, 가까운 거리의 시골 초등학교에서 멀리 읍내의 초등학교에 입학이라도 하였는지 이제는 아예 어린아이의 소리마저 듣기 어렵게 되어 버렸다. 상황이 이러하거니와 고향집의 밤이 고요로운 것은 자연의 성스러움이 아니라 자연 속과 함께 살아가는 인간 숨소리의 결여로 인한 적막감이 심하게 감돌고 있기 때문이다. 실로 시골마을의 공동화가 가져온 결과라 하겠다. 그러므로 고향집에서의 잠자리는 언제부터인가 고요로의 깊은 침잠이 되어버렸다.

이따금 동창들의 모임에 참석해보면 이런 잠자리를 가진 나에게 '너는 참 좋겠다!'는 소리를 들려준다. 그래 그렇게 좋아 보이면 도시에서만 살지 말고 이제 나이도 있으니 고향으로 내려와 살라고 하면 그저 고개를 가로저을 뿐이다. 불편해서 살지 못한다는 것이다. 어릴 적 시골길이나 산기슭이나 냇가를 휩쓸고 다니던 시절이 아무리 그립다 하더라도, 오늘날의 도시생활에 빠질 대로 빠져버려 도저히 헤어나지 못한다 한다. 그러니까 '너는 참 좋겠다!'는 것은 마음만은 어릴 적 고향이란 뜻이 되는 것이어니, 어릴 적 고향을 되살리지 못하는 동창들의 헤어질 때의 모습이 나에게는 마치 '편리'라는 현대문명의 괴물들에 의하여 도시로 질질 끌려가는 모습으로 비추어져 안타깝기 이를 데 없다.

며칠전 희수喜壽을 마악 넘기신 집안 형님께서 돌아가셨다. 가신 자리는 또 다른 고요가 남겨질 것이다. 그리고 그 고요가 앞으로는 적막으로 자라날 것이다. 이렇게 한 분 한 분 고향 어른들이 가시고 나면, 나에게 '너는 참 좋겠다!'며 도시로 떠나버린 친구들이 돌아오지 않는 한, 고향에는 빈집만이 늘어나게 된다. 그러니 이제는 고향집에서 잠자리를 고요에 사로잡히게 할 것이 아니라, 그것을 삶의 일부로 즐길 일만 남아 있다. 아무리 고향이 공동화되더라도 아기 울음소리가 가득 울려 퍼지는 활기찬 고향이 되는 날을 꿈꾸면서, 그리고 그 꿈이 언젠가는 현실로 나타날 것이라는 확신을 가지면서 기다려 보기로 한다. 아무리 고향집의 잠자리에 고요가 가득하더라도 편안하고 아늑함은 나에게 준 고향의 크나큰 선물이기 때문이다. 문득 고향집의 잡초가 사랑스럽다.

(2011. 08. 04. 목)

고향집을 수리하며

조선시대 송씨의 성을 가진 선비가 가난을 이겨 내지 못하여 결국 살고 있는 집을 팔고 말았다. 그런 이후 우연히 그 집 앞을 지나다가 살던 집에 대한 애틋한 마음을 한 편의 시로 지어 아픈 마음의 심사를 표현하였으니, 그 한시는 다음과 같다.

自歎年來刺骨貧(자탄년래자골탐) : 올해 들어 뼈에 사무친 가난을 스스로 탄식하니,

吾廬今旣屬西隣(오려금기속서린) : 이제는 내 집마저 이웃에게 팔 아버리고 말았다네

慇懃說與東園柳(은려설려동원류) : 동쪽 정원에 자라난 버드나무 에게 은근히 말하노니,

他日相逢是路人(타일상봉시로인) : 먼 훗날 서로 만나보면 남 보듯
하겠구나.

보금자리 하나 지키지 못한 가장으로서의 아픈 마음을 읊었다
는 소식을 듣자 송선비의 집을 산 사람 또한 마음이 아파 산 집
을 도로 돌려주었음은 물론이요, 송선비의 빚까지 갚아주었다
는 아름다운 이야기가 전해져 내려온다. 참으로 가슴이 찡하게
저려오는 감동적인 이야기이다.

요즈음 시골에는 빈집이 가득하다. 그 빈 집 울안에는 언제나
추억처럼 과일나무 한 두 그루가 버리고 떠나버린 주인을 애타
게 기다리기라도 하는 듯 해마다 잎을 피우고 붉은 열매를 매달
고 빈집을 지키고 있을 뿐이다. 어느 곳에는 집은 고사하고 이미
헐어져 집의 흔적조차 남아 있지 않은 곳에 감나무만 한 그루 달
랑 서서 비바람을 견디어 내고 있다. 고향집 어디에서나 흔히 집
안에 당당하게 그늘과 열매와 아름다운 단풍을 드리우며 주인과
함께 살아온 감나무들. 그러나 이제는 홀로 빈집을 지키는 신세
가 되었다가 우거진 잡초 사이로 생명을 연장하면서 그 터전, 그
옛날에 집이 서 있었다는 것을 증거해 보이는 초라한 신세가 된
것이다.

민족 굴욕의 시대에 집안에 서 있는 감나무를 몹시도 아껴온
사람이 스스로 사는 집의 이름조차 '노시산방老柿山房'이라 이름

하고 살아왔다. 그러나 가난이 원수랄까? 그 또한 살고 있던 집을 팔아버리게 되었다. 그리고는 그 집을 떠날 때에 자신의 몸과 마음과 손의 체취가 남아 있는 감나무를 잘 보살펴 달라고 부탁하고는 집을 떠났다고 한다.

그러나 오늘날 고향의 집을 팔아버리지 못한 사람들은 과연 무엇을 누구에게 부탁하고 떠나버린 것일까? 삶을 지탱하는 데에 있어서 시골의 헌집을 팔아보았자 전혀 도움이 안 되니 팔아버릴 생각조차 하지 못하고, 또한 강남의 아파트처럼 투기하여 거액을 챙길 수 없으니 이를 살 사람조차 있을 리 없다. 그러하거니와 팔 사람도 살 사람도 없는 빈집은 감나무나 쓸쓸히 지켜나갈 수밖에 없다.

강산도 변하게 한다는 10년의 세월을 거듭으로 보내다가 그 동안 비워 놓았던 고향 집에 대대적인 손길을 퍼부었다. 그 집은 바로 두 형들이 백일해로 돌안에 죽어버리자 막내로 태어난 아들인 나까지 잃게 될까 봐 부모님께서 새로 지으신 집이라 한다. 순전히 나를 위해 지은 짠한 집이다.

허물어져 가는 지붕을 긁어 기와로 덮어 올리고, 기둥이 썩어가는 중방 밑을 받쳐 올리면서, 텃밭과 토방을 가로막은 담을 헐어 텃밭을 울안으로 끌어들였다. 그러하거니와 하루가 달라지는 고향집의 모습은 나로 하여금 작은 흥분을 불러일으키기에 충분하였다. 당초 예상보다 손길이 미치는 영역이 점점 많아져

갔다. 그러면 그럴수록 본래의 모습에서 탈피해져 가는 고향집의 모습은 왠지 모르게 짠한 마음을 불러 일으켰다.

그런 와중에서 감나무 한 그루는 끝내 내 마음을 지켜주었다. 새롭게 단장된 지붕에 낙엽으로 쌓여 부담을 줄 것이라고 모두들 염려하였지만, 그 감나무 한 그루는 영영 살려내고 싶었던 것이다. 그도 그럴 것이 그 감나무는 아버지께서 나를 위해 심어 가꾸신 것이요, 이제는 그 위에 까치집이 함께 하고 있지 않은가?

이제부터라도 비록 강남의 아파트가 아닐지라도 두간모옥斗間茅屋의 볕바라기 책상과 마주 앉아 감나무 한 그루와 함께 고향집을 푸지게 지켜나가리라. 그리고 고향의 흙과 나무와 풀, 산과 들을 노래하며 객지에서 글을 쓰고 있는 고향 사람들의 정서를 불러 모아 해묵은 노송의 아름다움을 그리듯 살아가고 싶다. 새삼 고향집의 감나무가 활기차 보인다.

(2007. 04. 23. 월)

바로 들여다 보기

　들꽃에 관심을 가지다 보니 어느덧 들여다보기에 익숙해져 있다는 것을 깨달았다. 평소 보잘 것 없다고 생각하던 가녀린 들꽃들이 이토록 아름다울 수 있을까 할 정도로 제 각각 자기 나름대로의 아름다움을 가지고 있다는 사실도 알아냈다. 볼 품 없고 귀찮을 정도로 생명력을 가진 작은 들꽃에게도 긴 시간의 들여다보기 이후에는 그렇게 귀엽고 정다울 수가 없었다. 꿀맛으로만 알았던 꿀풀의 무리진 모습이나, 현호색의 가녀린 몸짓으로 피어난 홍자색 입술 모양의 꽃송이들, 그리고 녹자색으로 피워 떼를 이루며 바람에 온몸을 흔들고 있는 수영꽃을 바라보노라면 그저 어느 것 한 가지인들 아름답지 않은 들꽃들일 수 있으랴! 제비꽃, 민들레꽃은 말할 수 없고, 그 흔하디흔한 개망초꽃도 온

몸을 뽐내듯 무리지어 흔들고 있는 걸 들여다보노라면 온갖 아름다움의 결정체일 뿐이다.

　그런데 이 아름다움의 결정체들은 하나같이 홀로가 아니라는 것이다. 들꽃들이란 들꽃들은 모두 다 무리지어 있다. 어쩌다 바람을 잘못 만난 탓인지, 아니면 날아다니는 새에게 잘못 걸려 홀로 외딴 곳에 씨로 떨어져 핀 들꽃은 잘 보이지도 않을 뿐만 아니라, 전혀 아름다움을 느낄 수 없다. 그저 풀일 뿐이다. 그러나 너도 나도 무리지어 어깨를 겯듯 한데 모아 꽃을 피워내면 그렇게 아름다울 수 없다. 이 세상에 들꽃으로 태어나 모란이나 장미처럼 꽃 중의 여왕이 되어 구중궁궐을 터전으로 자리 잡지 못하고, 겨우 외딴 들녘이나 산기슭에 자리 잡아 꽃망울을 터뜨리는 들꽃무리들! 만약에 그 들꽃들이 무리를 이루지 않고 제 각각 홀로 피어 바람을 맞아 흔들리고 있다면 누가 바로 들여다보겠는가?

　그리고 보면 작고 보잘 것 없는 들꽃일수록 무리지어 피어나고, 아무데서나 뿌리를 내려 꽃을 피움으로써 뭇시선을 사로잡는다. 들꽃들은 모란이나 장미보다도 훨씬 잘 자라난다. 아무리 내동댕이쳐 보아도 잠시 흙냄새만 맡으면 겁 없이 뿌리를 내려 꽃을 마구 피워내면서, 마음껏 바람에 흔들리면서도 좀처럼 제 몸을 부러뜨리지 않는다. 다만 제 아름다움의 힘을 무리지어 이루고 있을 뿐이다. 그러하거니와 어찌 무리 진 들꽃들을 외면할 수 있으랴! 자세히 들여다보면 아름다움이 다가온다. 들여다보면 들여다볼수록 무리진 들꽃들의 힘이 적나라하게 드러난다.

예나 지금이나 큰 힘을 가진 올바른 사람들은 작은 것을 외면하지 않았다. 작은 것의 힘을 알고 있기 때문이다. 그래서 위대한 지도자들은 작고 보잘 것 없는 것에 대하여 애정의 눈으로 들여다보기를 주저하지 않았다. 작은 것이 무리를 이루면 큰 힘이 되고, 무리를 이루며 피어난 들꽃들은 좀처럼 생명을 버리지 않고 끈질기게 되풀이로 뿌리를 내리면서 영원으로 피어난다는 사실을 바로 알고 있기 때문이다.

이솝이 쓴 우화를 다른 측면에서 본다면, 아무런 힘을 가지지 못한 채 멸시받으면서도 무리지어 피어난 들꽃의 문학이라 할 수 있다. 무리지어 피어오른 들꽃 같이 수백 편이 넘는 이솝의 우화 속에는 넘치는 기지와 재치, 풍자와 역설로 인간 세상의 참 모습을 보여주면서 적나라하게 인간성을 고발하고 있기 때문에 3,000년이 지난 오늘에까지도 깊은 감동의 아름다움을 선사해주고 있다. 이솝이 그 당시 한탄하기를, "세상 사람들은 큰 도둑은 의회로 보내고, 작은 도둑은 감방으로 보낸다"고 했다고 한다. 미국산 쇠고기 수입 관련 재협상을 요구하는 가운데 [촛불문화제]라는 희귀한 새로운 [축제]가 연일 계속되고 있다. 이러한 가운데 정말로 올바른 정치를 펼치고자 하는 사람들은 예리한 시선을 모으고 모아 무리진 들꽃들의 힘과 아름다움을 바로 들여다볼 일이다.

(2008. 06. 02. 월)

바닷가에서 자정自淨의 기능을 상실하다

사랑하는 사람으로 인하여 때때로 아픈 마음을 가지게 되더라도 진정한 사랑이라면 자정 능력을 발휘한다. 사랑은 아픈 마음을 먼저 헤아리면서 먼저 다스려주고, 스스로의 아픈 마음을 스스로 치유해주는 것이기 때문이다.

문득 이 세상에 슬픔을 가지지 않은 사랑은 없다는 걸 깨달아본다. 모든 사랑에는 슬픔이 따르게 마련인 게 아닌가? 사랑의 농도가 진해지면 진해질수록 그만큼 깊은 슬픔이 뒤따르게 되는 것이 아닌가?

그러나 그 슬픔으로 인하여 사랑이 미움으로 변하게 해서는 안 된다. 진정한 사랑이라면 아무리 작은 미움에라도 미움은 존재하지 않는다. 아무리 홍모같은 미움이라도 미움은 결코 사랑이라 할 수 없다. 미움이 오히려 사로의 사랑하는 마음에 연결고리 역할을 할 수 있게 하고, 그 연결고리를 새로운 사랑의 표현으로 발전하게 하여야 한다.

하늘이라고 해서 항상 맑은 것이 아니다. 늘 푸르기만 하지 않는다. 때로는 눈비를 동반하여 온통 검은 구름으로 뒤덮이게 함으로써 지상의 모든 물상들로 하여금 그림자조차 존재하지 못하게 한다. 하늘이 흐리면 모든 물상들도 자신의 진면목을 잃게 된다.

그러나 하늘은 흐림으로만 살지 않는다. 스스로 곧 푸르름을 되찾아 가고, 진면목의 맑음을 다시 펼쳐놓는다. 그러면 지상의 모든 물상들은 다시 자신의 그림자를 늘이며 스스로의 자정된 본래의 모습으로 되돌아온다.

물도 또한 이와 같다. 항상 맑은 물은 없다. 흐릴 때가 반드시 있다. 그러나 아무리 흐리더라도 물은 자정自淨할 줄 안다. 스스로 자정하는 능력을 가진 물은 아무리 흐리더라도 맑음에 대한 굳은 믿음을 가지고 있기 때문에 제 몸에 하늘의 푸르름까지 담을 수 있다.

진정한 사랑일수록 자정 능력이 뛰어 난다. 사랑에는 반드시 먹구름 같은 하늘의 어둠이 있고, 물에서와 같은 흐림이 뒤따르게 마련이다. 그런 슬픔이 뒤따르는 자정이다. 그 사랑의 슬픔은 깊은 사랑을 더욱 깊게 하고, 진정한 사랑을 더욱 진정으로 맑게 다듬어주고 치유하고 다스려 준다.

　그러나 나의 사랑은 자정의 기능을 상실했다. 애당초 자정할 것도, 자정해야 할 것도 무용無用하였기 때문이다. 골짜기로부터 흐르는 물이 흘러 결국에는 바다에 닿고, 그 물이 다시 바다의 끝에서 하늘과 맞닿아 있다는 걸 바닷가에 와서 새삼 확인하는 순간을 맞아본다.

(2006. 06. 18. 일)

얼음 속의 금붕어들

　대형 물통을 반으로 잘라 연을 심고 금붕어 두어 마리를 사다가 넣은 일은 꽤 오래전의 일이었다. 땅에서 습기가 차올라 아무래도 다시 연못 하나 파야 한다는 생각에 연못으로 사용하던 물통을 헤집어 올리고 보니 금붕어들이 20여 마리나 되었다. 그 동안 연잎에 가려 보이지 않은 사이에 금붕어 새끼들이 그만큼 늘어난 것이었다. 참으로 신기했다. 언제부터인가 저리도 곱게 몸단장한 금붕어들이 물속에서 연잎으로 이불 삼아 오밀조밀 모여 있었던 것임에 틀림없다. 어서 연못을 파서 금붕어들이 넓은 물속에서 유영하는 모습을 바라보리라. 정성스럽게 금붕어들을 모아 큰 항아리에 넣어주었다. 그리고 양지쪽 수돗가에 잘 모셔 놓았다.

막상 연못을 파는 일은 고르지 못한 날씨 때문에 차일피일 미루어지기만 했다. 그러다가 겨울이 다가와서야 연못을 파기 시작했다. 추운 날씨가 걱정이었지만 어서 금붕어를 연못에 넣어주어야겠다는 생각에 인부들을 재촉했다. 그러나 일이 꼬이려고 그러는지 아니면 성급하게 재촉하여서인지 만든 연못에서 물이 새어나왔다. 다시 공사를 하려고 하였으나 이미 날씨는 급강하하여 도저히 일을 추진할 수 없었다. 이렇게되니 어서 날이 풀리기만 기다렸다.

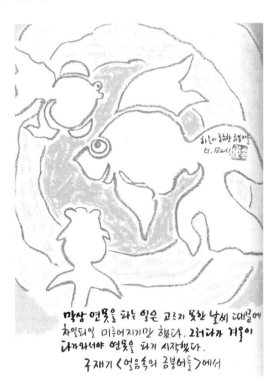

막상 연못을 파는 일은 고르지 못한 날씨 때문에 차일피일 미루어지기만 했다. 그러다가 겨울이 다가와서야 연못을 파기 시작했다.
구재기 〈얼음속의 금붕어들〉에서

그러나 어느 날 아침의 날씨는 급강하했다. 금붕어들이 궁금했다. 급히 항아리로 향했다. 아뿔싸! 항아리의 물이 금붕어들과 함께 통째로 단단히 얼어붙었다. 항아리를 움직여 보았으나 꿈쩍하지 않았다. 겨우 얼음부터 깼다. 금붕어 몇 마리는 얼음과 함께 단단히 굳어져 버렸다. 밖으로 탈출을 시도한 금붕어들은 모두 완전히 얼어 죽어버렸다. 그런데 항아리 가운데는 얼지 않았다. 그 좁은 물속에 금붕어가 옹기종기 모여 있었다. 서로가 서로의 몸을 맞부비듯 보였다. 금붕어에 무슨 체온이 있을까마는 그들은 차가운 얼음 속에서 서로 좁은 자리를 양보하면서 겨우 지느러미를 움직이고 있었다. 그 모습을 바라보는 순간 경건해졌다. 급히 다른 항아리 하나 방안에 마련했다. 물을 가득 채운 다음 조심스럽게 금붕어들을 옮겼다. 그제서야 금붕어들은 제 몸을 제멋대로 움직여댔다. 죽음 직전에 서로의 몸을 모아 살아난 얼음 속 금붕어들이 참으로 대견했다. 아니 마음껏 유영하고 있는 금붕어들이 위대해 보였다. 그런 금붕어들이 제 연못을 찾게 되도록 어서 날씨가 풀리기를 빌었다.

(2013. 03. 12. 화)

빛나는 문화유산 - 한산모시

우리나라에서의 모시풀은 《삼국지》나 《후한서後漢書》 등의 기록으로부터 이미 삼한시대 이후 마섬유麻纖維로 재배하였던 것을 알 수 있다. 삼국시대에 들어와서는 모시 짜는 기술이 매우 발달하였으며, 신라 제48대 경문왕 때에는 모시가 주요 해외 수출품의 하나로 되어 있다. 고려시대에도 백저포를 상하귀천이 없이 모두 사용할 정도로 모시는 이미 일상생활에 많이 애용하였고, 조선시대에 이르러서도 우리나라 특산물의 하나로서 각광을 받았다.

중국의 남부와 일본, 필리핀, 인도, 인도네시아 등지에서 재배하고 있는 모시는 우리나라에서 충남과 전남, 경남에서 재배되는데, 그 중에서 충남 서천의 한산韓山은 주요 모시 재배지로

써 정평이 나 있다. 이곳에서 생산되는 모시는 '한산모시'라 하며 특상품의 가치로 그 진가를 높이고 있다.

모시는 저紵, 저마紵麻, 저포紵布라고도 한다. 모시풀 껍질의 섬유로 짠 옷감으로서 원래는 담록색을 띠지만 정련, 표백하여 하얗게 만든다. 질감이 깔깔하고 촉감이 차가우며, 빨리 말라 여름철 옷감으로 가장 많이 이용된다. 이러한 모시는 백제 때 한 노인의 현몽으로 우연히 발견된 후부터 그 유래를 찾을 수 있으니 1,500년이라는 긴 역사를 간직하고 있기도 하다. 그만큼 역사적 가치가 높아 제작기술을 보호하고자 명예 보유자로는 문정옥(중요무형문화재 제14호), 기능 보유자 방연옥(중요무형문화 재 제14호), 나상덕(충남무형문화재 제1호) 씨 등이 국가와 지자체로부터 인정받아 1993년 8월 개관한 한산모시박물관에서 전통을 이어왔고 또 이어가고 있다.

이러한 역사적 특성을 바탕으로 해마다 서천에서는 '한산모시문화제'를 개최하여 모시의 우수성을 세상에 알리고 있다. 1989년 6월 처음 축제를 시작한 이래 현재까지 이어지는 모시축제는 1998년 제9회 대회부터 전국 18대 관광문화제이자 충청남도 3대 문화제로 선정되었으며, 원래 [저산문화제]였던 명칭도 '한산모시문화제'로 바꾸어 개최하고 있다. 특히 2011년 11월 28일 우리나라의 택견과 줄타기와 함께 인도네시아 발리에서 열린 제6차 유네스코 무형유산위원회에서 유네스코 인류무형유산으로 선정됨으로써 유네스코 '인류무형문화유산' 대표 목록에 등재되었음을 계기로 올해에는 '인류무형유산 한산모시로의 초대'라는 주제 아래 제23회를 맞았다.

이 축제는 충남 서천군 한산 지역에서 생산되는 품질 좋은 모시라는 '한산모시'의 과거와 오늘, 그리고 내일을 조망하는 체험형 모시축제다. 이 축제는 한국 최고의 전통 천연섬유 한산모시의 역사성과 우수성을 직접 체험하는 장이 됨은 물론, 예로부터 지역 특산품으로서 임금님께 진상품으로 올리던 그 명성이 현재까지 끊이지 않는 한산모시의 진가를 직접 체험할 수 있는 기회의 장이 되기도 한다. 또한 서천군의 한산모시 전통문화를 이해하는 천연섬유 학습의 장으로 전통과 현대를 아우르는 아름답고 세련된 모시옷과 모시 공예품을 감상하고 느끼는 감동의 축제로 펼쳐진다.

그러나 이러한 축제 이전에 이미 우리나라에서는 1967년 1월 16일에 [한산韓山모시짜기]가 중요무형문화재 14호로 지정 관리하고 있다는 사실만으로도 한산모시의 진가는 충분히 알고도 남음이 있다. 이에 따라 많은 관광객들이 한산모시를 바로 알고 체험할 수 있도록 하기 위해 모시풀을 처음 발견했던 충남 서천군 한산면에 위치한 건지산 기슭에 모시각, 전통공방, 전수교육관, 토속관 등의 시설을 갖춘 85,000㎡ 규모의 '한산모시박물관'을 운영하고 있다.

습기가 많고 기후가 따뜻한 지방에서 성장하는 모시풀의 인피섬유는 다른 식물에 비하여 아주 길고 강인하며 광택이 있고 내구성이 풍부할 뿐만 아니라, 특히 물에도 강하여 습기를 잘 흡수하고 발산함이 또한 빠르며 빛깔이 희어 여름옷감으로서 우리나라의 미를 상징하는 여름의 전통옷감 최고로 애용된다. 가볍기도 하여 비중이 아마亞麻 섬유의 60% 정도이다. 만숙으로 수확량이 많은 다른 나라의 모시에 비하여 우리나라의 모시는 조숙이고 초장이 짧으며 수확량은 적으나 품질면에서 가장 뛰어나다고 한다.

모시는 옷감으로 이루어지기까지 수많은 공정을 거친다. 모시를 베어다 모시베끼기 – 모시삼기 – 모시꾸리감기 – 모시날기-모시매기와 모시짜기 등 우리 어머니들의 손과 입과 무릎에서 이루어지는 고달프고 애달픈 노래와 함께 일련의 과정을 거쳐 오면서 올올이 맺힌 한스런 옷감이기도 하다.

그러나 이제는 단지 모시는 옷감으로서만이 아니라 세계 최고 품질의 필 모시와 모시옷과 더불어 여러 가지 모시공예품으로, 그리고 일상 생활 속에서 모시차를 음미하면서 손쉽게 밥상에 올릴 수 있는 다양한 모시 음식도 만들어지고 있다. 그만큼 모시는 오늘날에 와서는 활용도가 나날이 높아지고 있다. 자랑스러운 한산모시는 분명 서천의 자긍심과 자부심을 함께 느끼게 하는 인류의 빛나는 문화유산임에 틀림없다.

(2012. 06. 11. 월)

면민체육대회 참가기

    내 고향 서천군 시초면의 면민들이 하나가 되는 날이 돌아왔다. 고향에 들면서 처음 맞는 면민체육대회의 날이라서 전날 저녁부터 조금은 가슴 설레이기도 하였다. 도대체 어떻게 면민대회가 이루어지는 것일까? 문득 초등학교 시절이라면 반세기도 더 된 옛날이요, 초등학교 근무하던 시절의 운동회라면 이 또한 추억 속으로 들어가야만 함에도 불구하고 그때 그 시절의 운동회가 어제의 일처럼 생생하게 떠올랐다. 교실 앞 화단에서는 노오란 국화꽃이 한창 피어 향기를 뿜어 올리고, 유난히 높아진 가을 하늘에서는 만국기가 가을바람에 어깨춤을 추어대니 이에 따라 우리 조무래기들의 몸과 마음은 한없이 출렁거렸다. "청군 이겨라, 백군 이겨라!"는 소리가 북소리에 맞추어 울려 퍼질 때면 어쩌면 그렇게 목청이 저절로 돋아져 푸른 하늘까지 더욱 더 파랗게 멍들게 하였는지, 붉게 달아오르던 얼굴로 소리를 높였던 기억이 무엇보다도 새롭게 밀려왔다.

그러나 그뿐만이 아니라 교문을 중심으로 운동장 둘레에는 전날부터 어디서 몰려왔는지 죽 늘어선 음식점에서는 소머리국밥 끓어오르는 냄새가 무럭무럭 피어올라 한여름에 잃어버렸던 입맛을 되찾게 해주었고, 이곳저곳에 펼쳐놓은 좌판에서는 유난히 붉어버린 사과가 가을햇살을 송두리째 뒤집어쓰고 찬란한 빛을 던지고 있었다. 풍요의 가을을 맞이하였으니 운동장 여기저기에서도 가을의 푸짐함이 넘쳐흘렀다. 어쩌다 마음씨 좋은 이웃집 아저씨라도 만나면 그 큰 웃음을 소리 없이 흘려주면서 붉은 사과 한 알을 안겨주었을 때는 얼마나 기뻤던지! 비록 초등학교 운동회라고는 하지만 각 마을별 청년들의 체육대회까지 겸하여 각 마을을 대표하는 선수들과 그 선수들을 응원하려 나온 마을 사람들로 하여금 초등학교 운동장은 인산인해를 이루어 함성과 응원소리가 확성기소리보다 더 높이 하루 종일 차고 넘쳐났으니 그 때 그 시절의 운동회야말로 즐겁고 재미있고 신나는 운동회였음에 틀림없다.

그런데 이런 체육대회를 기다리던 날 저녁부터 비가 주룩주룩 내렸다. 가을 가뭄 해소에 기다리던 비였지만 하필이면 면민체육대회를 앞두고 내려줄 이야! 어둠 속에서 내리던 비는 체육대회 당일에도 하루 종일 계속되었다. 그래서 면민체육대회는 때로는 이슬처럼, 때로는 여름장마비처럼, 때로는 거센 소나기처럼 내리는 우중대회가 되었다. 그러나 이게 웬 일인가? 아무리 비가 내리더라도 면민체육대회에 참석한 모든 면민들은 전혀 미동조차 하지 않은 채 온몸으로 즐거운 웃음을 넘치게 하면서 좀처럼 자리를 뜰 줄 몰랐다. 옛날 초등학교 시절에 운동장을 뒤흔들었던 함성의 주인공들이 이제는 지천명知天命은 물론 이순耳順과 고희古稀의 나이로 모두 나와 투호와 줄다리기와 윷놀이를 즐기고, 고무신멀리 차기로 어린 시절을 추억하면서 비료포대 오래들기 경기로 자못 젊은이 못지 않은 호기를 부리기도 하였다.

그런 가운데 어린 시절의 초등학교 운동회와 확연히 다른 그 무엇이 숨겨져 있음을 발견할 수 있었다. 각 마을 대표 선수들이나 응원하는 사람들이나 모두 승패에 연연하지 않는 다는 것이었다. 선수들은 선수 나름대로 최선을 다하였고, 응원하는 사람들 또한 최선으로 응원하였음에도 지면 졌다고 재미있어 웃고, 이기면 이겼다고 즐거워 웃었다. 경기가 끝난 후에는 마을 부녀회에서 각 마을별로 준비한 음식과 술을 먹고 마시며 어깨춤을 추었다.

음식을 나누어 먹고 마시는 데에는 내 마을이고 이웃 마을이고 구분이 없었다. 내 마을에서 음식을 즐기다가 이웃마을의 반가운 얼굴을 뒤쫓아 가다보면 다른 마을에서도 그 마을 사람들과 서로의 얼굴을 마주하는 만남에 신이 났다. 그러하거니와 면민체육대회에서는 오직 하나 된 면민일 뿐 각각으로 나누어진 행적구역상의 마을은 존재하지도 않았다. 옛날 초등학교 운동회날 지나친 승부욕으로 인하여 마침내 저물 무렵에 터뜨렸던 고함이라든가 울부짖음은 찾아볼래야 찾아볼 수 없었다.

그러나 참으로 아쉬운 것은 초등학교 학생들도 분명 면민의 일원으로 면민 체육대회에 참가하였음에도 불구하고 어린 초등학교 학생들의 경기는 거의 눈에 띄지 않는다는 것이었다. 그만큼 오늘날 불과 몇 십 명에 불과한 농어촌 초등학교의 비극적인 현실을 여실히 보여주고 있었다. 참으로 안타깝기 이를 데 없었다.

옛날에는 거의 없었던 풍성한 행운의 경품권 추첨과 더불어 각 마을별 노래자랑까지 곁들인 노래자랑이 펼쳐지면서 면민들의 흥이 최고조에 이르자 그토록 하루 종일 그치지 않고 내리던 비도 마침내 그치고 말았다. 면민체육대회는 그야말로 '정으로 하나 된 면민화합체육대회'라는 걸 실감나게 해주는 하루를 선물해주었다. 너무도 자랑스러운 고향 사람들의 모습이었다.

(2011. 10. 05. 수)

이웃사촌

    내가 태어나고 자라난 천방산 밑에서는 적어도 장항 제련소의 굴뚝이 이 세상에서 가장 높은 줄만 알았다. 아득한(?) 초등학교 저학년 때에 봄가을 소풍으로 천방산 꼭대기에 오르고 나면 먼저 장항 제련소의 굴뚝과 그 굴뚝에서 무지무지하게 치솟아 오르는 굵은 연기부터 찾았다. 뿐만 아니라 허옇게 보이는 서해바다와 더불어 장항과 군산 사이를 가로지르는 금강을 바라보며, 최대의 큰 도시 군산이 보인다고 큰소리로 외치곤 하였다.

    그리고 전깃불이 세상을 밝혀주기 전의 일이다. 화양 망천 누이 댁에 놀러갔을 때의 저물 무렵, 집 생각으로 아슴하게 져며오는 서글픔을 달래주는 것은 바로 들판 멀리 건너 보이는 군산 시가지의 전깃불이었다. 그렇게 휘황찬란한 불빛은 내 서글픈 집 생각을 여지없이 무너뜨리고는 두 눈을 휘황찬란하게 밝혀주곤 하였던 것이다.

이렇게 장항 제련소의 굴뚝과 군산은 나의 가슴속에 막연하면서도 영원한 꿈속의 동경의 대상이었다. 언젠가는 저 밝은 전깃불 속에 읽고 싶어하는 책을 마음껏 읽으면서 굴뚝 높이 같은 자리에 앉아 살아가리라.

그러다가 언제부터인가 제련소의 굴뚝 연기가 그렇게 높은 것이 아니요, 군산의 전깃불 같은 찬란한 빛 속에서 이 매일매일의 삶을 살아가면서부터는 군산은 곧잘 나의 이웃이 되어 있었다. 장항에서 살았을 때에는 매주 토요일마다 군산으로 건너가서 영화도, 술도 한 잔하는 즐거움의 자리였으며, 내 결혼 준비도 군산이 해결하여 주었다. 아마도 모르면 몰라도 서천 사람들이라면 이렇게 군산이 서천과는 다른 행정구역이 아니요, 고향 서천과 같은 내 가장 가까운 이웃사촌들의 터전이었다. 그래서 그런지 지금도 군산 땅을 밟으면 낯선 곳이 아닌 내 발자국이 어디쯤 새겨져 있는 그리운 제2고향이 되어있다.

이러한 이웃사촌이 어느 날 갑자기 서로 등을 돌리게 되었다. 이른 바 '핵 처리시설 유치문제' 때문이었다. 그러나 이제는 모든 문제가 사라졌다. 등 돌린 등을 다시 돌려 가슴과 가슴을 마주할 때가 된 것이라는 생각에 언젠가 외국에 여행할 때의 일을 떠올렸다.

낯선 이국땅의 정취에 취하여 고개를 좌우로 한창 돌리면서 어느 한적한 시골길을 달리다가 우연히도 마을 어느 한 곳에 깃발이 꽂혀있는 것을 보았다. 이곳에도 점치는 집이 있는가 보다 생각하다가 가이드한테 물으니 전혀 엉뚱한(?) 말을 들려주었다. 누군가 집을 새로 짓고 싶다는 표시라는 것이다. 이곳에서는 비록 자기 땅이라 하더라도 집을 지으려면 집을 짓고자 하는 곳에 한 두어 달 가량 깃발을 꽂아두어 집을 짓겠다는 뜻을 모든 이웃들에게 미리 알린다고 한다. 그리고는 그 기간 동안 이웃이 집을 짓는다는 데에 대하여 아무 말이 없다면 비로소 집을 짓는다고 한다. 도무지 이해할 수 없었지만 잠시 후 〈나〉보다는 우선 〈너〉를 배려한다는 깊은 의미를 되새기고는 고개를 끄덕이지 않을 수 없었다. 내가 집을 지음으로써 이웃들의 시각에 거슬리기라도 한다면 내가 포기한다는 것이니, 이 얼마나 아름다운 이웃사촌의 마음인가?

진정한 이웃사촌이라면 내 이웃을 먼저 배려하는 데에서 나온다. 모든 문제가 해결된 지금, 이제 진정한 이웃으로써 군산과 서천은 손을 굳게 잡아야 한다. 네 탓이 아니라 내 탓으로 서로 자신을 꾸짖으며 이웃사촌으로서 가지지 못할 한때의 부끄러운 흘김을 씻어내야 한다. 그렇게 함으로써 서천사람들은 군산을 제2의 고향으로, 군산 사람들을 서천을 제2의 고향으로 하여 자라오던 아름다운 옛 이웃으로 튼튼하게 자리매김해야 한다.

갑자기 군산에서 사업을 하고 있는 초등학교 동창이 그리워진다. 막걸리 한 잔 시켰음에도 10여 가지 안주를 뭉떵 내다주는 그 오지항아리 같은 선술집 아줌마가 보고 싶어진다.

(2005. 11. 14. 월)

감나무가 있는 마을

— 제43회 도문화상 심사를 마치고 돌아와서

가을이 짙어오면서, 가을길을 오고 가면서 전후좌우를 살피는 데에 바쁘지 아니할 수 없게 되었다. 산모롱이 휘돌아 돌 때마다 제멋대로 붉어져 버리거나 노랗게 물들어버린 모습이 마냥 두 눈을 곱게 놓아주지 않는다. 여기를 바라보면 '울긋'이요 저기를 바라보면 '불긋'이니. 그야말로 '울긋불긋'이 아닌가. 그런 맛에 가을이 많은 사람들의 좋아하는 계절로 자리하고 있는지 모른다.

그러나 가을을 생각하면 무엇보다도 감나무가 있는 마을이 떠오른다. 한 그루, 아니 마을의 이곳저곳에 제멋대로 자리하고 서서 사립문 안쪽을 기웃거리고 있는 감나무가 먼저 다가온다. 감나무 마른 가지에서 새순이 돋아 자라나 보리고개를 넘나들던 시절 굶품한 배를 달콤히 채워주던 것이 감꽃이요, 홍역으로 달구어진 온몸의 열기를 골고루 식혀주던 것이 또한 감나무 잎이다. 그러나 어디 그뿐인가. 이따금 벌레 먹은 굵직한 감을 밤새도록 떨어뜨려 어린 몸을 식전 어스름으로 끌어내던 것이 또한 감나무이거늘, 어쩌면 우리는 감나무와 더불어 살아왔는지 모른다. 실로 눈물겹지 않을 수 없다. 그래, 이 짙은 가을날, 그런 감나무를 밖으로 놓아두고, 마음껏 뛰놀 나이를 잃어버린 지 오래 되었으니, 어찌 이 가을 앞에서 눈물을 아니 흘리지 않을 수 있으랴. 생각 같아서는 마음껏 눈물을 뿌리고 싶다.

이 가을, 감나무는 햇살 한 줌조차도 그냥 놓아두지 않으려고 온몸으로 가득 모을 대로 모아 마음껏 반짝거리면서, 붉을 대로 붉어버린 채로 하늘거리는 잎을 무리로 가진다. 그리고 그 사이로 수줍은 듯 노을처럼 아주아주 붉어버린 감들을 주렁주렁 매달리게 한다. 이런 감나무가 서 있는 가을의 어느 마을은 분명 마음 속 깊이 아끼고 아끼던 고향, 바로 그 눈물 넉넉히 흘리게 하는 그리움의 앙금이기에 충분하다.

그러나 눈물 가득 흘릴 이유는 전혀 다른 곳에서도 찾아볼 수 있다. 어릴 적의 감나무에서는 홍시 하나 오래 매달릴 짬도 없이 형과 누이들이 그것을 다투어 따 내렸다. 그러나 오늘날에는 어느 마을이고 간에 감나무에 홍시가 떼 지어 매달려 있다. 늙으실 대로 늙어버린 우리의 아버지 어머니만이 고향땅을 지키고 있

어, 감나무의 무리 진 홍시를 따 내릴 힘은 물론이거니와 우리의
형과 아우들의 그림자마저 고향에서 사라져버린 지 오래다. 그
러하거니와 감나무 가지에 주렁주렁 매달린 감나무가 많은 마을
어느 곳이든지 눈물 가득할 일이어니, 그 마을은 곧 메말라 가는
우리의 옛 고향 마을이 아니겠는가. 감을 따 가라는 고향에서의
전화 통화에 응하지도 못한 채 서서히 겨울을 향해 달리기 시작
하는 이 가을, 가을길을 길게 따라가면서 어느 감나무가 있는 마
을 앞을 지나다가, 감나무 마른 가지 끝에 주렁주렁 매달린 무리
진 홍시를 본다. 그리고 그 홍시를 아무런 거리낌도 없이 마음껏
즐기고 있는 까치떼들이 괜스리 얄미워지기만 하는 마음을 달래
본다.

(1999. 11. 09. 화)

기수沂水와 무우舞雩를 꿈꾸며

『논어論語』에서 가장 긴 글은 「선진先進」편 25장이다. 여기에서는 공자가 그의 제자인 자로子路, 염유冉有, 공서화公西華, 증석曾晳과 더불어 한 자리에 앉아 각자 자기의 마음속에 품은 생각들을 듣고 답하는 장면이다.

자로가 먼저 불쑥 나와 말하기를 "병자 천승天乘을 낼 수 있는 나라가 큰 나라 사이에 끼여 곤란을 당하고 더욱 또한 전란과 기근으로 허덕인다 하더라도 제가 나서서 다스리면 삼년 안으로 나라를 강하게 만들고 또 백성들에게 올바른 길을 알려주겠다!" 고 대답했다. 이에 공자는 빙그레 웃었다. 염유는 "사방 육칠십 리 혹은 더 작은 오륙십리쯤 되는 나라를 제가 맡아 다스린다면 백성들을 풍족하게 할 수 있을 것이라고 했고, 예악禮樂은 제 힘으로는 감당하지 못하니 다른 군자를 기다리겠다"고 했다. 공서화는 자기가 할 수 있다는 뜻이 아니라 배우고자 원하는 바를 말씀드리겠다면서 "종묘의 제사나 제후들의 회합 때에 검은 예복과 예관을 갖추어 차리고 군자의 예를 돕고 싶다"고 했다. 그러자 마지막으로 증석은 조용히 거문고를 뜯고 있다가 크게 한바탕 퉁기고는 거문고를 놓고 일어서서 말하기를 "늦은 봄에 봄옷을 만들어 입고 관을 쓴 벗 대여섯과 아이들 육칠명과 같이 기수沂水에서 목욕을 하고 무우舞雩에서 바람을 쐬고 노래나 읊으면서 돌아오겠다"고 말하자 공자는 비로소 "나도 너와 같다"고 말했다.

이 내용을 가만히 살펴보면 참 재미있다. 공자라는 한 스승 밑에서 제자들이 저마다의 이상을 털어놓고 있는데 그 내용은 각자가 다르다. 먼저 자로는 자신만만하게 큰소리로 먼저 자신의 뜻을 펼쳤음에 공자는 그저 웃기만 하였다. 염유와 공서화는 자신을 낮추면서 예치禮治의 도道를 말하였음에도 공자는 아무 말도 하지 않았다. 그러나 끝으로 말한 증석이 정치 이야기는 전혀 하지 않고 속세를 떠나 초야에 묻혀 사는 은자隱者나 되는 것처럼 무엇에 속됨이 없이 여유 있게 제 마음 내키는 대로 즐기고 싶다고 말하자 공자는 비로소 찬동하였던 것이다. 도대체 왜 공자는 다른 제자가 말하는 바를 외면한 채 오직 증석의 말에만 '나도 너와 같다'고 말했을까?

자신의 의견을 굽히지 않고 자신의 신념을 지켰던 터라 유배 생활도 자주 했던 정도전은 유배 시절 동안 백성들의 삶을 가까이 지켜봄으로써 민본사상을 꿈꾸었다고 한다. 정치란 바로 이런 것이 아닐까? 그는 "강토가 아무리 넓다 하더라도 한집안처럼 보여야 하고, 만인이 아무리 많다 하더라도 갓난아이처럼 사랑해야 한다"고 한다. 증석의 말도 공자의 이상도 이와 같은 것이라 해석한다면 오류가 될지는 모르겠다. 그러나 궁극적으로 살기에 편안한 세상이란 바로 정치가 궁극적으로 추구하는 목표일 것임에는 틀림없을 것이다. 모든 국민들이 제 각각 하는 일에 즐겨 종사하는 기쁨을 누리면서 편안히 살아갈 수 있고, 너와 나, 혹은 이웃끼리 서로 믿으면서 살아가는 가운데 신의가 바로 세워져 서로가 서로의 마음을 모을 수 있다면 이보다 다 행복한 삶은 없을 것이다. 그리하여 다음 세대들에게까지 지금의 시대를 믿고 따르게 함으로써 대대로 이어갈 수 있는 마음을 키워나갈 수 있으며, 지금의 사회를 전범으로 삼을 수 있게 한다면 더할 나위도 없이 좋을 것이다. 서로가 평안함은 물론 믿음과 사랑으로 계속되는 사회로 성장하는 정치 속에서는 저절로 국민들은 '기수에서 목욕을 하고 무우에서 바람을 쐬고 노래나 읊으면서' 각자의 집으로 돌아오게 될 것이다.

그러나 요즈음은 '기수에서 목욕을 하고 무우에서 바람을 쐬고 노래나 읊'기는커녕 마냥 혼란스럽기만 하다. 마치 한 판 결승의 순간을 앞에 두고 오직 승리를 쟁취하기 위하여 수단과 방법을 가리지 않고 힘겨루기만을 일삼고 있는 모습을 매일 보고 있는 느낌이 들기 때문이다. 그런 가운데 국민은 본래의 마음과는 다르게 제멋대로 외쳐대는 소리에 끌려들고 있으니 안타깝기만 하다. 이러다가는 러시아의 작가 M.고리키가 말하듯 "만약에 행복을 얻고자 하거든 숲 속에서 버섯을 찾듯 먼저 행복을 찾아야 한다. 그리고 그것을 찾거든 독버섯인가 아닌가를 잘 조사해야 한다"는 말에 귀를 기울이지 않으면 안 되겠다. 국민들은 그저 '기수에서 목욕을 하고 무우에서 바람을 쐬고 노래나 읊으면서' 살아가고 싶은 데도 말이다. 지난날에 매달려 굳이 뒤를 돌아보지 말고, 그렇다고 내일의 꿈에만 사로잡혀 자칫 허황된 욕심에 사로잡히지도 않으면서, 다만 하루하루의 지금 이 순간 어디에서나 즐겨 시를 읊고 노래를 부르며 가장 즐거운 시간으로 누리고 싶은 세상이 되었으면 싶다. 그런 세상을 소망해 본다.

(2012. 11. 11. 일)

견대見大할 수 있는 지혜

'견대見大'라는 말이 있다. 대체大體를 생각한다는 뜻이다. 성인聖人들의 일거일동一擧一動은 언제나 상식을 뛰어 넘기 때문에 범부凡夫들은 그저 놀랄 뿐이다. 성인들은 대체를 보고 행동하기 때문에 범부들은 그 뜻을 쉽게 이해할 수 없기 때문이다. 강태공姜太公, 즉 태공망太公望이야말로 바로 견대한 성인임에 틀림없다.

은나라 말기에는 포악한 황제 때문에 백성들이 비탄에 빠졌고 호족들은 불만이 가득했다. 그 호족 가운데 가장 강력했던 문왕文王은 은殷나라 말기에 제후들의 지지를 받아 세력을 길렀으며 덕치德治에 힘써 유교적 정치의 이상적理想的인 성군聖君으로 꼽히고 있지만, 그는 은나라를 뒤엎고 새로운 왕조를 세울 수 있는 힘이 있었는데도 때를 기다리며 은나라에 겉으로 충성을 다하였다. 그러다가 왕이 죽고 나서야 비로소 왕위를 물려받았다. 성군인 문왕이 은나라를 치려고 힘을 모으는 도중에 만난 인물이 바로 성인이랄 수 있는 강태공이다. 성군은 성인을 알아볼 수 있는 지혜의 눈을 가진 것이다.

문왕이 어느 날 사냥을 나갔다가 위천渭川에서 바늘도 없이 낚시를 하고 있는 노인을 발견하였다. 하도 궁금해 무엇을 하고 있는지 물어보자, "난 고기를 낚는게 아니라 세월을 낚는다."라고 대답했다. 이로 인하여 이후부터 훌륭한 낚시꾼의 표상이 곧 강태공이 된 것이다.

이러한 강태공, 즉 태공망에 반한 문왕은 그를 데려와서 재상으로 삼고, 얼마 안 되어 은나라의 마지막 황제를 몰아난 뒤 새로운 왕조인 주周나라를 세웠다. 그리고는 그 동안 가장 아끼고 공도 가장 많이 세운 태공망에게 당시 중국대륙의 노른자 같은 땅인 산둥반도를 떼어 '제齊나라'라 하고 제왕[候]으로 삼았다.

태공망이 백성들을 다스리는 일거일동은 언제나 상식을 뛰어넘었다. 언제나 작은 일에도 크게 볼 줄 알고, 일부보다는 전체를 헤아리며 다스리기 때문에 보통 백성들은 태공망의 큰 뜻을 쉽게 이해하지 못하였다가 뒤늦게 깨달아 그를 본받아 따르곤 하였다.

이러한 태공망이 다스리는 제나라에 아주 유명한 선비 한 사람이 살고 있었다. 그 선비는 자신을 가리켜 스스로 말하기를 자기는 천자의 신하가 되지도 않을 것이며, 여러 제후들과도 교유하지 않을 것이라 천명하고 다녔다. 사람들은 그런 선비를 참으로 참다운 선비라고 말하면서도, 또 한편으로는 아주 특이한 현자賢者라고 말하였다. 자연히 이 선비의 사소한 하나하나의 동작이나 행동까지도 관심의 대상이 되어 사람들의 입질에 자주 오르내리곤 하였다.

　　태공은 이 선비를 불러 자신의 신하가 되기를 원했다. 세 차례나 사람을 보냈다. 그러나 선비는 세 번이나 태공의 부름에 응하기를 거부하고 끝내 나타나지 않았다. 그러자 태공은 그 선비를 처형하라고 하였다. 이 일을 지켜본 주공단周公旦이 태공에게 물었다.

　　"그 사람은 이 제나라에서 이름이 매우 높은 선비임에 틀림없는데, 어찌하여 사형에 처하신다는 말입니까?"

　　그러자 태공은 대답했다.

　　"그 사람은 천자의 신하가 되지 않을 것임은 물론 어떠한 제후들과도 교유하지 않겠다고 하니, 내가 어떻게 그를 불러 나의 신하로 삼을 수 있겠습니까? 내가 왕으로서 다스리고 있는 이 나라에서 나의 신하로 삼을 수 없다면, 그 사람은 결코 이 나라 사람이라고 말할 수 없습니다. 그는 이 나라에서 살 자격도 없습니다. 뿐만 아니라 그는 왕인 내가 세 번이나 불렀음에도 불구하고 내 곁으로 오지 않았습니다. 이로써 그 사람은 분명 왕을 반역한 셈입니다. 그런 사람을 모든 백성들이 본받을 수 있도록 한다면 앞으로 내가 어떻게 이 나라를 다스리는 왕이라 할 수 있겠습니까?"

이렇게 전체를 어지럽히는 사람은 과감하게 처단하여 다스림의 본보기로 삼았던 태공망의 제나라에는 시종일관 나태한 백성이 없었을 뿐만 아니라, 제나라 또한 흔들리지 않는 강한 나라가 되었다.

태공망 같은 성인이 오늘날에는 존재하지 않는 것일까? 모든 국민들이 바로 이런 태공망이 나타나게 되기를 기다리고 있는 요즈음이다. 성군이 성인을 알아보듯이, 성군은 성인이 만들 수가 있다. 모든 국민들이 성인의 눈을 가진다면 성군은 바로 국민의 가슴 속에 언제나 자리하게 된다. 부정부패不正腐敗는 동서고금을 막론하고 한 나라를 다스림에 있어서 언뜻 드러나지 않는 모습으로 숨어있기 마련이다. 그러나 일단 이것이 겉으로 드러나게 되면 걷잡을 수 없을 지경에 이른다. 이른바 오늘날처럼 나라가 혼란에 빠진다. 다스린다는 권력이 잘못된 길로 들어선 결과다. 견대見大함보다는 권력을 등에 업고 자신만을 바라본 견소견小見 무리의 결과이다. 이것은 어쩌면 바로 범부로서의 국민들이 잘못 선택한 업보業報인지도 모른다. 따라서 앞으로는 국민 자신들은 결코 범부가 되어 우愚를 범犯하지 말아야 한다. 성인이 되어 유일한 권력인 선거를 통하여 견대할 수 있는 지혜를 모아야 한다. 그 지혜를 모아 잘못 선택한 업보業報로부터 벗어날 수 있도록 지금부터 단단히 벼르면서 권력을 행사할 수 있는 날을 손꼽아 기다려야 한다.

(2012. 07. 12. 목)